R.L. Stine

Gänsehaut

Das Grauen ist unter uns

cbj

R. L. Stine

Gänsehaut

Das Grauen ist unter uns

Aus dem Amerikanischen von
Günter W. Kienitz, Hanne Hammer
und Dagmar Weischer

cbj

cbj ist der Kinder- & Jugendbuchverlag
in der Verlagsgruppe Random House

FSC
Mix
Produktgruppe aus vorbildlich
bewirtschafteten Wäldern und
anderen kontrollierten Herkünften

Zert.-Nr. SGS-COC-1940
www.fsc.org
© 1996 Forest Stewardship Council

Verlagsgruppe Random House FSC-DEU-0100
Das für dieses Buch verwendete FSC-zertifizierte Papier *Munken Print*
liefert Arctic Paper Munkedals AB, Schweden.

Gesetzt nach den Regeln der Rechtschreibreform

1. Auflage 2006
Die Originalausgaben erschienen unter den Titeln
»Goosebumps #36: The Haunted Mask II«
»Goosebumps #20: Full Moon Fever«
»Goosebumps #48: Attack of the Jack-O'-Lanterns«

Dieses Werk wurde vermittelt durch die
Literarische Agentur Thomas Schlück GmbH, Garbsen.
Übersetzung: Günter W. Kienitz, Hanne Hammer, Dagmar Weischer
Lektorat: Janka Panskus, Birgit Lockheimer
Umschlaggestaltung: Atelier Langenfass, Ismaning
MI · Herstellung: CZ
Satz: Uhl + Massopust, Aalen
Druck und Bindung: GGP Media GmbH, Pößneck
ISBN-10: 3-570-12814-8
ISBN-13: 978-3-570-12814-5
Printed in Germany

www.cbj-verlag.de

Inhalt

Wer die Geistermaske trägt

Aus dem Amerikanischen
von Günter W. Kienitz

1

Ich weiß nicht, ob du schon einmal Zeit mit Erstklässlern verbracht hast. Für mich gibt es nur ein einziges Wort, das sie treffend beschreibt. Und dieses Wort lautet: TIERE.

Erstklässler sind wie Tiere.

Damit kannst du mich gerne zitieren.

Ich heiße Steve Boswell und gehe in die sechste Klasse. Vielleicht bin ich nicht der klügste Junge an meiner Schule, aber eines weiß ich ganz sicher: Erstklässler sind wie Tiere.

Woher ich das weiß? Das musste ich leider am eigenen Leib erfahren, als ich jeden Tag nach der Schule die Fußballmannschaft der Erstklässler trainierte.

Vielleicht möchtest du noch wissen, wieso ich mich überhaupt dazu entschlossen habe, ihre Fußballmannschaft zu trainieren? Nun, es war gar nicht mein Entschluss. Es war eine Strafe.

Jemand hatte ein Eichhörnchen im Umkleideraum der Mädchen ausgesetzt. Und dieser Jemand war ich. Aber meine Idee war es nicht gewesen. Jack Green, mein bester Freund, hatte das Eichhörnchen eingefangen und mich gefragt, wo er es aussetzen sollte.

Ich sagte: »Wie wär's mit dem Umkleideraum der Mädchen vor ihrem Basketballspiel am Donnerstag?«

Na ja, vielleicht war es also zum Teil auch meine Idee, aber Jack war genauso schuld daran wie ich.

Natürlich war ich derjenige, der erwischt wurde.

Miss Curtis, die Sportlehrerin, schnappte mich, als ich das Eichhörnchen gerade aus der Schachtel ließ. Das Eichhörnchen sauste durch die Turnhalle zur Zuschauertribüne. Daraufhin sprangen alle Kinder von den Sitzen, rannten und brüllten durcheinander und gebärdeten sich wie verrückt.

Dabei war es doch nur ein blödes Eichhörnchen. Aber alle Lehrer jagten hinter ihm her. Es dauerte Stunden, bis es eingefangen war und bis sich alle wieder beruhigt hatten.

Deshalb fand Miss Curtis, ich müsse bestraft werden.

Sie ließ mich zwischen zwei Strafen wählen. Die erste lautete: Ich müsste jeden Tag nach dem Unterricht in der Turnhalle antanzen und die Basketbälle aufblasen – mit dem Mund –, bis mir der Kopf platzte. Und die zweite: Ich müsste die Fußballmannschaft der Erstklässler trainieren.

Ich entschied mich für die zweite Möglichkeit.

Ein böser Fehler.

Mein Freund Jack sollte mir beim Trainieren der Mannschaft helfen, aber er erzählte Miss Curtis, er hätte nach dem Unterricht einen Job.

Weißt du, wie sein Job nach der Schule aussieht? Er geht nach Hause und guckt Fernsehen.

Viele glauben, dass Jack und ich befreundet sind, weil wir uns so ähnlich sehen. Wir sind beide groß und dünn. Wir haben glattes braunes Haar und dunkelbraune Augen. Und wir tragen beide häufig Basketballmützen. Manchmal halten uns die Leute sogar für Brüder!

Aber das ist nicht der Grund dafür, dass ich Jack mag und Jack mich. Wir sind deshalb so gute Freunde, weil wir uns gegenseitig immer zum Lachen bringen.

So hatte ich auch schallend gelacht, als mir Jack erzählte, was sein Job nach Schulschluss war. Inzwischen lache ich allerdings nicht mehr.

Jetzt bete ich. Ich bete jeden Tag um Regen. Denn wenn es regnet, fällt das Fußballtraining der Erstklässler aus.

Unglücklicherweise war heute ein klarer, sonniger, wunderschöner Oktobertag. Ich stand auf dem Sportplatz hinter der Schule und suchte den Himmel nach einer Wolke – irgendeiner Wolke – ab, sah aber nichts als strahlendes Blau.

»Okay, hört zu, *Ferkel!*«, rief ich. Denk bloß nicht, dass ich sie veräppelte. Das ist der Name, den sie sich für ihre Mannschaft ausgesucht haben. Ist das zu fassen? *Die Ferkel.*

Vielleicht kannst du dir jetzt vorstellen, wie diese Kinder drauf waren.

Ich legte die Hände um den Mund und schrie noch einmal: »Stellt euch auf, *Ferkel*!«

Andy Foster schnappte sich die Pfeife, die mir um den Hals hing, und trillerte mir ins Ohr. Gleichzeitig trat mir Duck Benton heftig auf meine neuen Schuhe. Alle nennen ihn Duck, weil er wie eine Ente quakt. Er und Andy fanden das zum Schießen.

Dann sprang mich Mary Rosen von hinten an, schlang mir die Arme um den Hals und kletterte auf meinen Rücken. Mary hat einen roten Lockenkopf, ihr Gesicht ist mit Sommersprossen übersät, und sie hat das bösartigste Grinsen, das ich jemals bei einem kleinen Mädchen gesehen habe. »Galopp, Steve!«, rief sie. »Ich will 'ne Runde reiten!«

»Mary, geh runter von mir!«, brüllte ich. Ich versuchte, ihren Griff um meinen Hals zu lockern. Sie *erwürgte* mich fast. Die *Ferkel* lachten jetzt alle.

»Mary, ich … bekomme … keine … Luft!«, ächzte ich.

Ich bückte mich, um sie von meinem Rücken abzuwerfen, aber sie klammerte sich nur noch fester an mich.

Plötzlich spürte ich, wie sie mir ihre Lippen ans Ohr presste.

»Was machst du denn da?«, rief ich. Wollte sie mich etwa küssen oder was?

Pfui Teufel! Sie hatte mir ihren Kaugummi ins Ohr gespuckt!

Sie lachte wie ein verrückter Dämon, sprang von mir herunter und rannte über den Rasen davon. Dabei wippten ihre roten Locken auf und ab.

»Hört endlich auf mich zu *nerven*!«, schrie ich wütend. Der rosa Kaugummi klebte fest in meinem Ohr. Ich brauchte eine Weile, bis ich ihn ganz herausgekratzt hatte.

Als ich damit fertig war, hatten sie bereits mit einem Trainingsspiel begonnen.

Hast du jemals Sechsjährigen beim Fußballspielen zugeschaut? Da geht es nur darum, dem Ball hinterherzujagen und ihn zu kicken, ihm hinterherzujagen und ihn zu kicken. Alle wollen nichts anderes als den Ball zu kriegen und ihn zu kicken.

Ich bemühe mich, ihnen verschiedene Positionen zu zeigen. Ich versuche, ihnen beizubringen, sich den Ball gegenseitig zuzuspielen. Ich bemühe mich um Teamarbeit. Aber alles, was sie interessiert, ist, den Ball zu kriegen und zu kicken.

Mir soll's recht sein. Solange sie mich bloß in Ruhe lassen.

Ich trillere mit meiner Pfeife und spiele den Schiedsrichter. Und passe auf, dass das Spiel am Laufen bleibt.

Andy Foster kickte mir im Vorbeilaufen einen dicken Klumpen Erde an die Jeans. Er tat so, als wäre es ein Missgeschick gewesen. Doch mir war klar, dass er es mit Absicht getan hatte.

Schließlich gerieten Duck Benton und Johnny Myers

aneinander und rempelten sich gegenseitig. Duck sieht sich mit seinem Dad immer Hockeyspiele an und denkt, man *müsse* sich prügeln. An manchen Tagen jagt Duck überhaupt nicht hinter dem Ball her. Dann prügelt er sich nur.

Ich ließ sie eine Stunde lang dem Ball nachjagen und kicken, nachjagen und kicken. Dann blies ich in meine Trillerpfeife, um das Training zu beenden. Es war gar kein so übles Training gewesen. Es hatte nur eine blutige Nase gegeben. Und das Beste daran war: Es war nicht meine gewesen!

»Okay, *Ferkel* – wir sehen uns morgen!«, rief ich ihnen zu und trottete vom Spielfeld. Ihre Eltern oder Babysitter warteten sicher schon vor der Schule auf sie.

Da sah ich, dass eine Gruppe von Kindern in der Mitte des Spielfelds einen engen Kreis gebildet hatte. Sie lächelten alle merkwürdig, deshalb hielt ich es für besser, nachzusehen, was da im Gange war.

»Was ist los, Leute?«, fragte ich, während ich zu ihnen trabte.

Ein paar der Kinder traten zurück und da entdeckte ich einen Fußball im Gras. Mary Rosen grinste mich mit ihrem Sommersprossengesicht an. »He, Steve, kannst du von hier aus ein Tor schießen?«

Jetzt traten auch die übrigen Kinder vom Ball zurück. Ich spähte zum Tor. Es war ziemlich weit entfernt, mindestens das halbe Feld weit.

»Was ist der Witz dabei?«, wollte ich wissen.

Marys Grinsen schwand. »Kein Witz. Kannst du den Ball von hier aus ins Tor schießen?«

»Nie im Leben!«, rief Duck Benton.

»Steve schafft es«, hörte ich Johnny Myers sagen. »Steve kann ihn sogar noch weiter schießen!«

»Nie im Leben!«, beharrte Duck. »Das ist sogar für einen Sechstklässler zu weit.«

»He, das Tor schieß ich mit links«, prahlte ich. »Wenn's weiter nichts ist…«

Von Zeit zu Zeit muss ich was tun, das sie beeindruckt. Nur um zu beweisen, dass ich mehr draufhabe als sie.

Also stellte ich mich hinter dem Ball auf und trat dann etwa acht oder zehn Schritte zurück, um ausreichend Anlauf zu haben.

»Okay, Leute, dann passt mal auf, wie ein Profi das macht!«, schrie ich.

Ich stürmte auf den Ball zu, gab ihm einen festen Tritt – und erstarrte eine Sekunde lang.

Und dann stieß ich einen langen, schrillen Schrei aus.

2

Ein paar Minuten später kam ich auf dem Heimweg am Haus meines Freundes Jack vorbei. Sofort lief Jack die gekieste Einfahrt herunter, um mich zu begrüßen.

Ich war ganz und gar nicht in der Stimmung, mit jemandem zu reden. Noch nicht einmal mit meinem besten Freund.

Aber nun war er schon mal da. Was blieb mir also übrig?

»He, Steve!« Auf halbem Weg die Einfahrt herunter blieb er stehen. »Was ist passiert? Wieso hinkst du?«

»Beton«, stöhnte ich.

Er nahm seine schwarzrote Baseballkappe ab und fuhr sich durch das dichte braune Haar. »Was?«

»Beton«, wiederholte ich kläglich. »Die Kinder hatten einen Fußball aus massivem Beton.«

Jack guckte mich mit zusammengekniffenen Augen an. Ich konnte sehen, dass er noch immer nicht begriff.

»Einer der Jungs wohnt gegenüber vom Sportplatz. Er hat sich von seinen Freunden helfen lassen, eine Betonkugel zur Schule zu rollen«, erklärte ich ihm. »Die war weiß und schwarz angemalt, damit sie wie ein richtiger Fußball aussah. Und die haben sie dann aufs Spielfeld gelegt und mich gefragt, ob ich ein Tor schießen könnte und … und …« Mir versagte die Stimme. Ich konnte nicht zu Ende sprechen.

Ich humpelte zu der riesigen Buche neben Jacks Einfahrt und lehnte mich an ihren kühlen, silbrig glänzenden Stamm.

»Na, das ist aber kein besonders ulkiger Streich«, sagte Jack und setzte sich die Kappe wieder auf.

»Das kannst du laut sagen«, ächzte ich. »Ich glaube,

ich habe mir jeden einzelnen Knochen im Fuß gebrochen. Und dazu noch ein paar Knochen, die ich gar nicht habe.«

»Diese Kinder sind wie Tiere!«, erklärte Jack.

Ich stöhnte und rieb mir den schmerzenden Fuß. Er war nicht wirklich gebrochen, aber er tat weh, höllisch weh. Ich schob den Rucksack, den ich über der Schulter trug, beiseite und lehnte mich mit dem Rücken an den Baumstamm.

»Weißt du, was ich am liebsten tun würde?«, sagte ich zu Jack.

»Es ihnen heimzahlen?«

»Du sagst es!«, antwortete ich. »Wie konntest du das nur erraten?«

Jack zuckte die Achseln und trat neben mich. Ich konnte sehen, dass er angestrengt überlegte. Jack legt immer das Gesicht in Falten, wenn er nachdenkt.

»Bald ist Halloween«, sagte er schließlich. »Vielleicht fällt uns eine Möglichkeit ein, ihnen Angst einzujagen. Ich meine, *richtig* Angst.« Seine dunklen Augen leuchteten vor Begeisterung auf.

»Na ja … vielleicht.« Ich zögerte. »Aber sie sind doch noch kleine Kinder. Ich will nicht gemein zu ihnen sein.«

Mein Rucksack fühlte sich irgendwie sonderbar an – zu voll. Ich nahm ihn von der Schulter und stellte ihn auf den Boden. Ich beugte mich darüber und zog den Reißverschluss auf.

Und da kamen ungefähr zehn Millionen Federn herausgeflogen.

»Diese Kinder …!«, rief Jack aus.

Ich öffnete den Rucksack ganz. Alle meine Hefte und Bücher waren mit Federn bedeckt. Diese Tiere hatten alle meine Sachen mit Federn beklebt!

Ich warf den Rucksack hin und wandte mich zu Jack um. »Vielleicht will ich doch gemein zu ihnen sein!«, knurrte ich.

Einige Tage später gingen Jack und ich vom Sportplatz nach Hause. Es war ein kalter, windiger Nachmittag. In der Ferne türmten sich dunkle Sturmwolken auf.

Die Wolken erschienen zu spät, um mir zu helfen. Ich hatte das Nachmittagstraining mit den *Ferkeln* gerade beendet.

Es war kein schlechtes Training gewesen, aber auch kein wirklich gutes.

Wir hatten kaum begonnen, als Andy Foster den Kopf senkte und mit Vollgas auf mich zugerannt kam. Er wiegt etwa fünfhundert Kilo und hat einen echt harten Schädel. Er rammte mir den Kopf in den Magen, dass mir die Luft wegblieb.

Minutenlang wälzte ich mich stöhnend und japsend und keuchend auf dem Boden. Die Kinder fanden das ziemlich lustig. Andy behauptete, es wäre ein Unfall gewesen.

Ich werd's euch heimzahlen, schwor ich mir. *Ich*

weiß zwar noch nicht wie, aber ich werde es schaffen!

Etwas später sprang mir Mary Rosen auf den Rücken und riss mir den Kragen von meinem neuen Wintermantel ab.

Jack holte mich nach dem Training ab. Damit hatte er kürzlich angefangen, seit ihm klar geworden war, dass ich nach einer Stunde mit den Erstklässlern normalerweise Hilfe brauchte, um nach Hause zu kommen.

»Ich hasse sie«, murmelte ich. Mein abgerissener Mantelkragen flatterte im Wind.

»Warum lässt du sie nicht alle mit einem Betonball trainieren?«, schlug Jack vor. Er rückte seine Mütze auf dem Kopf zurecht. »Nein, warte. Ich hab's. Vielleicht sollten wir *sie* mal als Ball einsetzen!«

»Nein, das bringt's nicht«, antwortete ich und schüttelte den Kopf. Der Himmel verdunkelte sich. Die Bäume schwankten und ließen rings um uns herum abgestorbene Blätter herabregnen.

Das Laub raschelte unter meinen Schuhen. »Ich will ihnen nicht ernsthaft wehtun«, erklärte ich Jack. »Ich möchte ihnen nur Angst einjagen. Ich möchte sie einfach zu Tode erschrecken.«

Der Wind blies kälter. Ich spürte einen kalten Regentropfen auf der Stirn.

Als wir die Straße überquerten, bemerkte ich zwei Mädchen aus unserer Klasse, die auf der anderen Seite gingen. Ich erkannte Sabrina Mason an ihrem schwarzen Pferdeschwanz, der beim Gehen hin und her baumelte. Und neben ihr lief ihre Freundin Carla Caldwell.

»He …!« Ich wollte ihnen etwas zurufen, überlegte es mir dann aber anders.

Mir war eine Idee durch den Kopf geschossen.

Beim Anblick von Carla war mir auf einmal eingefallen, wie ich den Erstklässlern Angst einjagen konnte.

Plötzlich wusste ich genau, was ich tun wollte.

3

Ich öffnete den Mund, um den Mädchen etwas zuzurufen, doch da legte mir Jack die Hand auf den Mund und zog mich hinter einen dicken Baum.

»He … nimm deine kalte Pfote weg. Was soll der Mist?«, sagte ich, als er die Hand schließlich wegzog.

Er drückte mich gegen die raue Rinde des Baumstamms. »Pssttt! Sie haben uns nicht gesehen.« Er blickte bedeutungsvoll zu den beiden Mädchen hin.

»Und?«

»Also können wir uns anschleichen und sie erschrecken«, flüsterte er, während seine dunklen Augen vor boshafter Begeisterung funkelten. »Komm, wir bringen Carla zum Schreien!«

»Du meinst, um der guten alten Zeiten willen?«

Jack nickte grinsend.

Jahrelang war es unser liebster Zeitvertreib gewesen, Carla zum Kreischen zu bringen. Das lag daran, dass sie eine richtige Heulsuse war und wegen nichts und wieder nichts losschrie.

Im letzten Jahr hatte Jack in einer Schulpause einen Wurm in sein Truthahnsandwich gelegt. Und das hatte er dann Carla geschenkt.

Sie biss einmal ab und merkte sofort, dass es ein bisschen merkwürdig schmeckte. Als Jack ihr zeigte, dass sie von einem Wurm abgebissen hatte, kreischte sie eine ganze Woche lang.

Jack und ich schlossen Wetten darauf ab, wer Carla den größten Schrecken einjagen konnte. Ich nehme an, das war irgendwie fies. Aber es machte Spaß.

Manchmal, wenn du von jemandem weißt, dass man ihm sehr leicht Angst machen kann, hast du gar keine andere Wahl. Du *musst* ihn einfach erschrecken, so oft du kannst.

Wie auch immer, letztes Jahr zu Halloween wurde das alles anders. Da wurden nämlich Jack und ich in Angst und Schrecken versetzt. Carla trug die schauerlichste Maske, die ich je gesehen habe. Es war nicht einfach nur eine Maske. Sie war wie ein lebendiges Gesicht.

Sie war unglaublich hässlich und wirkte völlig real. Carla starrte uns aus bösartigen Augen an, grinste uns mit höhnisch verzerrten, echt wirkenden Lippen entgegen. Ihre Haut leuchtete in giftigem Grün. Und Carlas normalerweise leise Stimme drang laut und wie das Knurren eines Furcht erregenden Tieres hinter der Maske hervor.

Jack und ich rannten um unser Leben.

Kein Witz. Wir bibberten vor Angst.

Wir liefen ein paar Straßenblocks weit und schrien den ganzen Weg über. Das war die schlimmste Nacht meines Lebens gewesen.

Danach hatte sich alles geändert.

Seitdem ist fast ein Jahr vergangen und wir haben kein einziges Mal mehr versucht, Carla zu erschrecken. Ich glaube, dass man Carla gar nicht mehr erschrecken *kann*. Ich glaube nicht, dass ihr nach Halloween im vergangenen Jahr überhaupt noch etwas Angst macht. Ich habe sie jedenfalls in dem ganzen Jahr nicht ein einziges Mal schreien oder kreischen gehört.

Deshalb wollte ich auch jetzt nicht versuchen, sie zu erschrecken. Ich musste dringend mit ihr reden. Über diese schaurige Maske von ihr.

Doch Jack drückte mich noch immer gegen den Baumstamm. »Komm schon, Steve«, flüsterte er. »Sie haben uns nicht gesehen! Wir ducken uns hinter die Hecke und überholen sie. Und wenn sie dann an uns vorbeikommen, springen wir hervor und packen sie.«

»Ich hab keinen Bock …«, begann ich, aber ich konnte sehen, dass Jacks Entschluss feststand. Also ließ ich mich von ihm hinter die Hecke ziehen, sodass wir außer Sicht waren.

Ein leichter Nieselregen hatte eingesetzt und ein böiger Wind trieb mir die nassen Tropfen genau ins Gesicht. Tief gebückt schlich ich hinter Jack die Hecke entlang.

Wir überholten die Mädchen und schlichen weiter. Hinter uns konnte ich Sabrina lachen hören. Carla sagte etwas und dann lachte Sabrina wieder.

Ich fragte mich, worüber sich die beiden unterhielten, und blieb stehen, um vorsichtig über die Hecke zu spähen. Carla hatte einen seltsamen Ausdruck im Gesicht, aber ich konnte nicht alles sehen, da sie den Kragen ihrer blauen Daunenjacke aufgestellt hatte. Ihre dunklen Augen blickten starr geradeaus und sie hielt ihren Kopf ganz aufrecht, ohne ihn zu bewegen.

Schnell duckte ich mich wieder, als die Mädchen näher kamen. Als ich mich umdrehte, stellte ich fest, dass Jack und ich auf der großen Rasenfläche vor dem alten Carpenterhaus standen. Warum das Haus so heißt, weiß ich auch nicht, aber alle nennen es so.

Ein kalter Schauer überlief mich, als ich über den von Unkraut überwucherten Garten zu dem düsteren Haus hinüberblickte, das in tiefer Dunkelheit lag. Es wurde gemunkelt, dass es in dem Haus spukte – dass Menschen in dem Haus herumspukten, die vor hundert Jahren darin ermordet worden waren.

Ich glaube nicht an Gespenster, aber trotzdem ist es mir nicht geheuer, so nahe an dem unheimlichen alten Carpenterhaus zu stehen.

Ich zog Jack auf das unbebaute Grundstück nebenan. Regen platschte auf den Boden. Ich wischte mir Regentropfen von den Augenbrauen.

Carla und Sabrina waren nur noch wenige Meter entfernt. Ich hörte Sabrina aufgeregt über irgendetwas reden, aber ich konnte kein Wort von dem, was sie sagte, verstehen.

Als Jack sich zu mir umdrehte, breitete sich auf seinem Gesicht ein boshaftes Grinsen aus. »Bereit?«, flüsterte er. »Dann packen wir sie!«

Wir richteten uns auf, sprangen blitzschnell vor die Mädchen auf den Bürgersteig und brüllten aus Leibeskräften.

Sabrina japste vor Schreck, blieb mit geöffnetem Mund stehen und riss die Hände in die Luft.

Carla blickte mich nur an. Sie legte den Kopf schief, bis er auf dem Kragen ihrer blauen Jacke lag – und dann kippte er um und fiel.

Er stürzte von ihren Schultern hinab zu Boden und hüpfte ins Gras.

Sabrina senkte den Blick und glotzte ungläubig auf Carlas heruntergefallenen Kopf.

Und dann schlug sie wild mit den Armen um sich, riss den Mund auf und kreischte vor Entsetzen. Sie wollte sich gar nicht mehr beruhigen.

4

Ich schluckte. Meine Knie gaben nach.

Carlas Kopf starrte aus dem Gras zu mir hoch, während Sabrinas Geschrei mir in den Ohren dröhnte.

Mit einem Mal hörte ich ein leises Lachen. Es drang aus Carlas Jacke hervor.

Aus dem hochgestellten Kragen lugte ein Büschel brauner Haare hervor. Und dann schoss Carlas lachendes Gesicht aus der Jacke heraus.

Sofort stellte Sabrina ihr hysterisches Geschrei ein und lachte ebenfalls los.

»Reingelegt!«, rief Carla. Sie und Sabrina bogen sich vor Lachen und kicherten wie verrückt.

»O nein«, stöhnte Jack.

Mir zitterten noch immer die Knie. Ich glaube, ich hatte die ganze Zeit über nicht geatmet.

Ich bückte mich und hob Carlas Kopf auf. Es war eine Art Puppenkopf. Wahrscheinlich aus Plastik, nahm ich an. Ich drehte ihn verblüfft in den Händen. Er war unglaublich. Er sah genau wie Carla aus.

»Er ist aus Gips«, erklärte Carla, während sie mir den Kopf wegnahm. »Meine Mom hat ihn gemacht.«

»Aber ... er sieht so echt aus!«, sagte ich stockend.

Sie grinste. »Mom wird langsam ziemlich gut. Sie modelliert meinen Kopf immer wieder. Der hier ist einer ihrer besten.«

»Er ist ganz gut. Aber er hat uns nicht getäuscht«, sagte Jack.

»Ja, wir wussten gleich, dass er nicht echt ist«, pflichtete ich ihm rasch bei. Aber meine Stimme zitterte, als ich das sagte. Ich stand noch immer unter Schock.

Sabrina schüttelte den Kopf, sodass der Pferdeschwanz an ihrem Hinterkopf hin und her schwang. Sabrina ist sehr groß, größer als Jack oder ich. Carla ist dagegen ziemlich klein geraten. Sie reicht Sabrina gerade mal bis zur Schulter.

»Ihr hättet eure Gesichter sehen sollen!«, rief Sabrina. »Ich dachte schon, *euch* würden jeden Moment die Köpfe abfallen!«

Die beiden Mädchen fielen sich in die Arme und brachen erneut in schallendes Gelächter aus.

»Wir haben euch schon gesehen, als ihr noch ’ne Meile weg wart«, sagte Carla und drehte den Gipskopf in den Händen. »Zum Glück hatte ich den Kopf dabei, weil ich ihn heute zu Kunsterziehung mitgenommen habe. Also habe ich mir die Jacke über den Kopf gezogen und den Gipskopf in den Kragen gesteckt.«

»Euch kann man echt leicht Angst einjagen, Jungs«, höhnte Sabrina.

»Wir hatten keine Angst«, behauptete Jack forsch. »Wir haben nur mitgespielt.«

Ich wollte gern das Thema wechseln, denn sonst würden die Mädchen uns noch stundenlang vorhalten, wie doof Jack und ich waren. Und das wollte ich nicht.

Der Regen fiel, von einem starken Wind getrieben, unvermindert herab. Ich fröstelte. Wir wurden allmählich ganz schön nass.

»Carla, erinnerst du dich noch an die Maske, die du letztes Jahr zu Halloween aufhattest? Wo hattest du die her?«, fragte ich. Ich gab mir Mühe, so beiläufig wie möglich zu klingen. Ich wollte nicht, dass sie glaubte, es ginge um eine große Sache.

Sie drückte den Gipskopf an ihre Brust. »Was? Was denn für 'ne Maske?«

Ich stöhnte. Manchmal ist sie so eine Dumpfbacke! »Erinnerst du dich denn nicht an die grausige Maske, die du letztes Jahr zu Halloween getragen hast? Wo hattest du sie her?«

Sie und Sabrina wechselten einen Blick. Dann sagte Carla: »Ich kann mich nicht erinnern.«

»Jetzt mach aber mal 'nen Punkt!«, stöhnte ich.

»Nein, wirklich …«, beharrte sie.

»Du erinnerst dich daran«, sagte Jack zu ihr. »Du willst es bloß nicht sagen.«

Mir war klar, wieso Carla es nicht sagen wollte. Sie plante wahrscheinlich, sich für das diesjährige Halloween im selben Laden eine andere, genauso schauerliche Maske zu besorgen. Sie wollte das gruseligste Kind in der ganzen Stadt sein. Und sie wollte nicht, dass ich auch zum Fürchten aussah.

Ich wandte mich an Sabrina. »Weißt du, wo sie die Maske gekauft hat?«

Sabrina bewegte die Finger über den Mund, als würde sie einen Reißverschluss zuziehen. »Aus mir kriegst du nichts heraus!«

»Besser, du weißt es nicht«, erklärte Carla, die sich noch immer den Gipskopf an die Brust drückte. »Diese Maske war *zu* furchterregend.«

»Du willst doch nur gruseliger sein als ich«, antwortete ich wütend. »Aber ich brauche dieses Jahr eine echt schaurige Maske, Carla. Es gibt da ein paar Kinder, denen ich Angst einjagen will …«

»Ich meine es ernst, Steve«, unterbrach mich Carla. »Bei dieser Maske ging es nicht mit rechten Dingen zu. Das war nicht einfach nur eine Maske. Sie wurde lebendig. Sie verwuchs mit meinem Kopf und ich bekam sie nicht mehr ab. Die Maske war verhext.«

»Haha«, sagte ich und verdrehte genervt die Augen.

»Sie sagt die Wahrheit!«, rief Sabrina aufgebracht und fixierte mich mit ihren dunklen Augen.

»Die Maske fing an, mir schreckliche Befehle zu erteilen«, fuhr Carla fort. »Sie redete von alleine, mit einem barschen Knurren. Ich hatte sie nicht unter Kontrolle und ich konnte sie nicht mehr abnehmen. Sie war fest mit meinem Kopf verbunden! Ich … ich hatte solche Angst!«

»Na klar doch«, sagte Jack spöttisch und schüttelte den Kopf. »Du hast eine tolle Fantasie, Carla!«

»Nette Geschichte«, stimmte ich ihm zu. »Spar sie dir für den Englischunterricht auf.«

»Aber es ist die *Wahrheit*!«, schrie Carla.

»Du willst mir bloß den Spaß nicht gönnen«, sagte ich. »Aber ich brauche eine gute Maske, so wie deine damals. Komm schon«, bettelte ich. »Sag's mir.«

»Sag's uns«, meinte auch Jack.

»Sag's!« Ich gab mir Mühe, forsch zu klingen.

»Kommt nicht in die Tüte«, erwiderte Carla und schüttelte den kleinen Gipskopf. »Wir sollten nach Hause gehen. Es gießt in Strömen.«

»Nicht, bevor du's mir nicht gesagt hast!«, schrie ich. Ich baute mich vor den beiden auf, um ihnen den Weg zu versperren.

»Schnapp dir den Kopf!«, rief Jack.

Ich riss Carla den Gipskopf aus den Händen.

»Gib ihn mir zurück!«, kreischte sie. Sie griff danach, aber ich schwang ihn aus ihrer Reichweite und warf ihn Jack zu.

Er lief rückwärts weg. Sabrina setzte ihm nach. »Gib ihn ihr zurück!«

»Wir geben ihn dir erst wieder, wenn du uns sagst, wo du deine Maske gekauft hast!«, erklärte ich Carla.

»Niemals!«, rief sie.

Jack warf mir den Kopf zu. Carla machte einen Satz, um ihn abzufangen, aber ich erwischte ihn und ließ ihn in hohem Bogen zu Jack zurückfliegen.

»Gib ihn mir wieder! Komm schon!«, schrie Carla und jagte Jack hinterher. »Meine Mom hat ihn gemacht. Wenn er kaputtgeht, bringt sie mich um!«

»Dann sag mir, wo du die Maske gekauft hast!«, forderte ich starrköpfig.

Jack warf den Kopf zu mir. Sabrina sprang hoch und stoppte den Flug des Kopfes. Er fiel ins Gras. Entschlossen stürzte sie sich darauf, doch ich kam ihr zuvor. Ich hob ihn auf und warf ihn zu Jack zurück.

»Hört auf damit! Gebt ihn zurück!«

Beide Mädchen brüllten uns wütend an, aber Jack und ich setzten unser Spielchen ungerührt fort.

Carla machte einen Satz, um sich den Gipskopf zu schnappen, und landete auf dem Bauch im Gras. Als sie sich aufrappelte, waren ihre Jeans und die Jacke vorne klatschnass und sie hatte grüne Grasflecken auf der Stirn.

»Sag's mir!«, verlangte ich hartnäckig, während ich den Kopf mit ausgestreckten Armen hoch in die Luft hielt. »Sag's mir und du kannst deinen Kopf zurückhaben!«

Sie knurrte mich an.

»Okay«, warnte ich sie. »Ich schätze, ich muss ihn auf dieses Dach dort kicken.«

Ich wandte mich zu dem Haus am Ende des Rasens um, hielt den Kopf mit beiden Händen vor mich hin und tat so, als würde ich ihn auf das Dach schießen wollen.

»Okay, okay!«, schrie Carla. »Ich sag's, Steve.«

Ich hielt den Ball weiterhin schussbereit. »Also, wo hast du die Maske her?«

»Du kennst doch diesen seltsamen kleinen Partyladen ein paar Straßen von der Schule entfernt?«

Ich nickte. Ich hatte den Laden schon gesehen, war aber noch nie hineingegangen.

»Dort hab ich sie gekauft. Es gibt da einen Hinterraum. Der war voller unheimlicher, hässlicher Masken. Da habe ich meine her.«

»Na also!«, rief ich freudestrahlend und reichte Carla den Kopf zurück.

»Ihr seid zwei miese Ratten«, bemerkte Sabrina und stellte ihren Kragen gegen den Regen auf. Sie stieß mich aus dem Weg und wischte Carla die Grasflecken von der Stirn.

»Ich wollte es dir auf keinen Fall sagen«, stöhnte Carla. »Ich habe mir die Geschichte über die Maske nicht ausgedacht. Es war wirklich entsetzlich.«

»Ja, klar.« Ich blickte gelangweilt gen Himmel.

»Bitte, geh da nicht hin!«, bat mich Carla. Sie packte mich fest am Arm. »Bitte, Steve. Bitte geh nicht in diesen Partyladen!«

Ich riss mich los, musterte sie mit zusammengekniffenen Augen und lachte schallend.

Zu dumm, dass ich sie nicht ernst genommen habe.

Zu dumm, dass ich nicht auf sie gehört habe.

Dann wäre mir wahrscheinlich eine Nacht unendlichen Schreckens erspart geblieben.

5

»Runter von mir! Geh runter von mir, Mary! Ich mein's ernst!«, rief ich.

Die kleine rothaarige Nervensäge hing auf meinem Rücken, lachte und krallte mir ihre Wurstfinger in den Nacken. Wieso war es für sie bloß so ein Spaß, auf mir zu reiten?

»Runter von mir! Das ist mein bester Pullover!«, schrie ich. »Wehe, wenn du ihn kaputtmachst …«

Sie lachte nur noch lauter.

Es hatte die ganze Nacht und den ganzen Vormittag über geregnet. Doch um die Mittagszeit hatten sich die Wolken aufgelöst. Nun war der Himmel strahlend blau. Mir blieb keine Wahl. Ich musste das Fußballtraining mit den *Ferkeln* abhalten.

Auf der anderen Seite des Platzes prügelte sich Duck Benton mit Andy Foster. Andy hob den Fußball und rammte ihn Duck mit voller Wucht in den Bauch.

Duck riss den Mund auf. Mit einem langen *Wuussch* ging ihm die Luft aus und gleichzeitig flog ein dicker Klumpen Kaugummi aus seinem Mund und segelte durch die Luft.

»Geh runter!«, forderte ich Mary auf. Ich drehte mich so schnell wie möglich im Kreis, um sie abzuschütteln. Mom würde bestimmt einen Anfall kriegen, wenn diesem Pullover irgendetwas passierte!

Vielleicht fragst du dich, warum ich zum Fußballtraining meinen besten blauen Wollpullover anhatte. Gute Frage.

Die Antwort lautet: Heute wurden Klassenfotos gemacht. Und Mom wollte, dass ich darauf richtig gut aussah, sodass ich das Bild all meinen Tanten und Onkeln schicken konnte. Deshalb bestand sie darauf, dass ich diesen Pullover anzog. Und ich musste mir vor der Schule die Haare waschen und durfte keine Baseballkappe aufsetzen.

Darum sah ich also den ganzen Tag lang wie eine Sülznase aus. Und nun fand das Fußballtraining statt. Und ich hatte vergessen, ein Sweatshirt oder irgendetwas einzustecken, das ich statt meines guten Pullovers hätte anziehen können.

»Aua!« Mary hatte mir zum Abschluss die Ferse in die Seite gerammt, als sie von meinem Rücken heruntersprang.

Ich zog meinen Pullover glatt und hoffte, dass er nicht allzu ausgeleiert worden war. Plötzlich hörte ich wütende Schreie und sah auf. Auf der anderen Seite des Spielfeldes bearbeiteten sich Andy und Duck gegenseitig mit den Fäusten und rannten sich die Köpfe ein.

Ich langte nach meiner Trillerpfeife – und griff ins Leere.

Mary hatte sie mir gemopst. Sie hielt die Pfeife hoch über ihren Kopf und rannte lachend über den Rasen davon.

»Na, warte …!«, brüllte ich und jagte hinter der kleinen Diebin her.

Ich war gerade drei Schritte gelaufen, da glitt ich auf dem schlammigen Boden aus. Meine Füße rutschten unter mir davon. Mit einem wütenden Aufschrei fiel ich mit dem Gesicht voran in den tiefen, feuchten Matsch.

»Neeeiiin!« Entsetzt heulte ich auf. »O neeeiin!«

Als ich mich aufrichtete, zog ich den Matsch mit mir hoch. Ich war von oben bis unten mit einer dicken Schicht Schlamm bedeckt. Und mein wunderschöner blauer Pullover? Der war jetzt ein hässlicher *brauner* Pullover.

Stöhnend ließ ich mich auf den Boden zurücksinken. Am liebsten wäre ich verschwunden, in dem großen Schlammloch versunken, um mich den Blicken zu entziehen.

Meine Mannschaft lachte und johlte. *Die Ferkel* hielten das Ganze für einen Riesenspaß. Nette Kinder, oder?

Zumindest hatte mein Sturz die Rauferei zwischen Andy und Duck beendet.

Der Schlamm zog mich schwer hinab, als ich mich mühsam aufrappelte. Ich kam mir wie Andy vor. Ich hatte das Gefühl, fünfhundert Kilo zu wiegen. Vielleicht wog ich das sogar wirklich!

Ich wischte mir mit beiden Händen die feuchte Erde aus den Augen und entdeckte Jack, der über mir stand. »Tss, tss«, machte er ein paarmal. »Du siehst echt übel aus, Mann.«

»Erzähl mir was, das ich noch nicht weiß«, sagte ich.

»Warum hast du das gemacht?«, fragte er.

Ich blinzelte ihn unter fünf Zentimetern Dreck hervor an. »Wie bitte?«

»Du siehst wie ein Schlammmonster aus oder so.« Jack kicherte.

»Haha«, sagte ich geknickt.

»Du wolltest, dass wir uns hier treffen, Steve. Du hast gesagt, wir würden von hier aus direkt zu dem Partyladen gehen, um du-weißt-schon-was zu kaufen.«

Er schielte zu den Erstklässlern, aber die hörten unserem Gespräch gar nicht zu. Sie waren viel zu sehr damit beschäftigt, sich gegenseitig mit Matschklumpen zu bewerfen.

Ich strich mir mit der Hand über den Pullover und entfernte dabei etwa fünf Kilo nasse Erde. »Ich ... ähm ... ich glaube, ich gehe nach dem Training besser erst mal nach Hause und ziehe mich um«, sagte ich zu Jack.

Erzähl mir nichts von *langen* Nachmittagen!

Erst musste ich die Schlammschlacht beenden. Dann musste ich all die kleinen Engel ihren Eltern und Babysittern übergeben. Und schließlich musste ich den wütenden Eltern und Babysittern erklären, wieso die Kinder Schlammwerfen anstatt Fußball trainiert hatten.

Erst dann konnte ich mich nach Hause schleppen. Jack wartete bereits draußen auf mich. Ich versteckte die verdreckten Klamotten ganz hinten im Schrank. Im Augenblick hatte ich keine Zeit, meiner Mom alles zu erklären.

Anschließend zog ich eine saubere Jeans und ein cooles grau-rotes Sweatshirt an, das mir einer meiner Onkel geschickt hatte. Und als Letztes setzte ich mir eine Kappe auf das schlammverschmierte Haar. Dann lief ich raus, um mich mit Jack zu treffen.

»Steve, bist du das?«, rief mir meine Mutter vom Wohnzimmer aus zu.

»Nein, bin ich nicht!«, rief ich zurück. Ich zog die Tür hinter mir ins Schloss und rannte rasch die Einfahrt hinunter, bevor sie mich davon abhalten konnte rauszugehen.

Ich war echt begierig darauf, diesen Partyladen zu finden und mir die unheimlichen Masken anzusehen. So begierig, dass ich völlig vergaß, Geld einzustecken.

Jack und ich waren schon zwei Straßenblocks weit gegangen, als ich in die Hosentasche griff und feststellte, dass sie leer war. Also trabten wir zu meinem Haus zurück und ich schlich noch einmal in mein Zimmer hinauf.

»Heute ist einfach nicht mein Tag«, murmelte ich.

Aber ich wusste, dass der Kauf einer grässlichen und Furcht erregenden Maske meine Stimmung augenblicklich verbessern würde. Damit konnte ich endlich meinen Plan, den *Ferkeln* Angst einzujagen und Rache zu nehmen, vorantreiben.

Rache!

Was für ein wunderschönes Wort!

Ich holte mein gesamtes gespartes Taschengeld aus der Kommodenschublade, in der ich es versteckte, und zählte es rasch durch – ungefähr fünfundzwanzig Dollar. Ich stopfte die Geldscheine in die Hosentasche und lief die Treppe wieder hinunter.

»Steve, gehst du schon wieder raus?«, rief mir meine Mom aus dem Wohnzimmer zu.

»Bin gleich zurück!«, schrie ich, knallte die Haustür zu und rannte die Auffahrt hinunter, wo Jack auf mich wartete.

Auf dem Weg rutschten wir auf nassen Blättern aus. Der bleiche Vollmond hing tief über den Bäumen. Die Straße und der Bürgersteig glänzten noch immer vom Regen.

Jack hatte die Hände in den Taschen seines Kapuzensweatshirts vergraben und stemmte sich beim Gehen gegen den Wind. »Ich komme zu spät zum Abendessen«, brummte er. »Wahrscheinlich bekomme ich ziemlich Zoff.«

»Das ist es wert«, erklärte ich ihm und fühlte mich schon ein bisschen besser. Endlich erreichten wir die Straße, die zu dem Partyladen führte. An der Ecke befand sich ein kleines Lebensmittelgeschäft und gleich dahinter kamen ein paar andere kleine Läden in Sicht.

»Ich kann's kaum erwarten, die Masken zu sehen!«, rief ich aufgeregt.

»Wenn ich eine finde, die auch nur halb so schaurig ist wie die von Carla …«

Da war er! In der Dunkelheit konnte ich über dem kleinen Laden ein Schild ausmachen. PARTYSHOP.

»Nichts wie hin!«, schrie ich.

Begeistert sprang ich über einen Hydranten, sauste den Bürgersteig entlang, erreichte das große Schaufenster und spähte hinein.

6

»Oh!«, rief Jack außer Atem, als er neben mich trat.

Wir drückten uns beide die Nase an der Fensterscheibe platt.

Wir starrten in völlige Dunkelheit.

»Hat er geschlossen?«, fragte Jack leise. »Vielleicht hat er nur für heute schon zugemacht.«

Ich stieß einen unglücklichen Seufzer aus. »Nein, sicher nicht. Er hat richtig dichtgemacht. Den Laden gibt's nicht mehr.«

Hinter dem staubverschmierten Glas konnte ich leere Regale und Verkaufsständer sehen. Ein hohes Metallregal lag umgestürzt mitten im Laden. Auf der Kassentheke stand ein Mülleimer, der vor Papier und leeren Limodosen überquoll.

»Es hängt aber kein ›Wegen-Betriebsaufgabe-geschlossen‹-Schild an der Tür«, sagte Jack. Er ist wirklich ein guter Freund. Er sah, wie enttäuscht ich war, und wollte mir Hoffnung machen.

»Er ist leer«, seufzte ich. »Völlig ausgeräumt. Er wird auf keinen Fall morgen früh wieder öffnen.«

»Ja, du hast wohl Recht«, murmelte Jack. Er schlug mir auf die Schulter. »Na, dann – vergiss es. Eine gruselige Maske findest du auch in einem anderen Laden.«

Ich löste mich von dem Schaufenster. »Ich wollte aber so eine wie die von Carla«, jammerte ich. »Du erinnerst dich doch noch an die Maske? An diese glühenden Augen, oder? Und daran, wie sich der Mund bewegte. Wie sie uns anknurrte, und an diese langen Fangzähne, von denen Geifer herabtropfte. Sie war so grässlich und sie sah total echt aus! Wie ein richtiges Monster!«

»Wahrscheinlich gibt's solche Masken auch im Supermarkt«, sagte Jack.

»Jetzt hör aber auf«, murmelte ich und kickte das Einwickelpapier eines Schokoriegels weg, das gerade über den Bürgersteig geweht wurde.

Ein Auto fuhr langsam vorbei. Das Licht der Scheinwerfer wanderte über die Ladenfront und beleuchtete die leer gefegten Regale und die Kassentheke im Inneren.

»Wir gehen besser nach Hause«, meinte Jack und zog mich von dem Laden fort. »Nach Einbruch der Dunkelheit darf ich nicht in der Stadt herumlaufen.«

Er sagte noch etwas, aber das bekam ich nicht mehr mit. Ich hatte noch immer Carlas Maske vor Augen und kam über meine Enttäuschung nicht hinweg.

»Du begreifst nicht, wie wichtig das für mich ist«, erklärte ich Jack. »Diese Erstklässler ruinieren mir mein Leben. Zu Halloween muss ich es ihnen unbedingt heimzahlen.«

»Es sind doch nur Erstklässler«, entgegnete er.

»Nein, das sind sie nicht. Sie sind Monster. Bösartige, menschenfressende Ungeheuer.«

»Vielleicht können wir eine schaurige Maske basteln«, schlug Jack vor. »Du weißt schon. Aus Papiermaché oder so 'nem Zeug.«

Ich schenkte mir die Antwort. Jack ist wirklich in Ordnung, aber manchmal hat er die blödesten Ideen, die einem Menschen je eingefallen sind.

Ich konnte mir lebhaft vorstellen, wie Mary Rosen und Duck Benton reagieren würden, wenn ich ihnen zu Halloween auflauerte. *»Ooh, was fürchten wir uns! Wir fürchten uns so! Papiermaché!«*

»Ich habe Hunger«, brummte Jack. »Komm schon, Steve. Wir sollten uns verkrümeln.«

»Ja, schon gut«, sagte ich. Ich folgte ihm den Bürgersteig entlang, blieb dann aber plötzlich stehen.

Wieder war ein Auto in die Straße eingebogen. Das Scheinwerferlicht fiel in eine schmale Seitengasse neben dem Partyladen.

»He, Jack! Sieh dir das mal an!« Ich packte ihn an

der Schulter und drehte ihn herum. »Schau!« Ich zeigte in die Gasse. »Die Falltür dort steht offen!«

»Was denn für eine Falltür?«

Ich zerrte Jack in die Gasse hinein. Eine große schwarze Falltür im Bürgersteig stand offen, schwach vom Licht einer Straßenlaterne beleuchtet.

Jack und ich spähten in die Öffnung. Steile Betonstufen führten in einen Keller hinab.

In den Keller des Partyladens!

Mit verwirrter Miene wandte sich Jack zu mir um. »Na und? Sie haben den Eingang zum Keller offen gelassen. Was soll's?«

Ich hielt mich an der offenen Falltür fest, beugte mich über die Treppe und blinzelte im dämmrigen Licht, das von der Straßenlampe hineinfiel, in den Keller hinab. »Da unten stehen Kisten, eine ganze Menge Kartons.«

Er verstand noch immer nicht.

»Vielleicht sind die ganzen Masken und Kostüme und all die übrigen Partyartikel in diesen Kartons verpackt. Vielleicht sind die Sachen noch nicht weggeschafft worden.«

»He, was hast du vor?«, wollte Jack wissen. »Du willst doch nicht da runtergehen – oder doch? Du willst doch nicht etwa in diesen dunklen Keller hinunterschleichen und eine Maske klauen – *oder*?«

Ich gab keine Antwort.

Ich war bereits auf halbem Weg die Treppe hinunter.

7

Mit klopfendem Herzen stieg ich die schmalen Stufen hinunter, die vom Regen schlüpfrig waren.

»Ahh!« Ich stieß einen Schrei aus, als ich mit einem Fuß auf der Betontreppe ausrutschte und das Gleichgewicht verlor. Ich riss beide Hände hoch und tastete nach einem Geländer – aber es gab keines.

Mit einem lauten Aufprall landete ich auf dem Kellerboden – zum Glück auf beiden Füßen. Etwas wackelig auf den Beinen, holte ich tief Luft und hielt den Atem an.

Dann wandte ich mich zur Falltür zurück und rief zu Jack hinauf: »Alles in Ordnung. Du kannst runterkommen.«

Im Schein der Straßenlampe konnte ich sein Gesicht sehen. Er spähte wenig begeistert zu mir herab. »Das … das möchte ich lieber nicht«, rief er leise.

»Jack, beeil dich«, meinte ich hartnäckig. »Verschwinde da oben aus der Gasse. Wenn jemand vorbeifährt und dich sieht, wird er womöglich misstrauisch.«

»Aber es ist schon so spät, Steve«, jammerte er. »Und es ist nicht in Ordnung, in Keller einzubrechen und …«

»Wir brechen nicht ein«, rief ich ungeduldig zu ihm hinauf. »Die Falltür stand schließlich offen, stimmt's? Mach schon. Wenn wir die Kartons zu zweit durchsuchen, sind wir in fünf Minuten fertig.«

Er beugte sich über die Öffnung. »Es ist zu dunkel«, beklagte er sich. »Wir haben keine Taschenlampe dabei.«

»Ich kann gut sehen«, antwortete ich. »Komm jetzt runter. Du vertrödelst nur Zeit.«

»Aber es ist gegen das Gesetz ...«, begann er. Mit einem Mal veränderte sich sein Gesichtsausdruck. Erschrocken blickte er zur Straße, als ihn die Scheinwerfer eines Autos erfassten. Mit einem leisen Keuchen sprang Jack in die Öffnung und hastete die Treppe herunter.

Heftig atmend trat er dicht neben mich. »Ich glaube nicht, dass sie mich gesehen haben.« Er ließ den Blick durch den riesigen Kellerraum huschen. »Es ist zu dunkel, Steve. Lass uns nach Hause gehen.«

»Gib deinen Augen einen Moment Zeit, sich anzupassen«, empfahl ich ihm. »Ich kann gut sehen.«

Ich schaute mich bedächtig im Keller um. Er war größer, als ich gedacht hatte. Ich konnte die Wände nicht sehen. Sie lagen in der Dunkelheit verborgen.

Die Decke war niedrig, sie schwebte nur etwa einen halben Meter über unseren Köpfen. Trotz des spärlichen Lichts konnte ich dicke Spinnweben zwischen den Balken sehen.

Die Kartons waren in der Nähe der Treppe in zwei Reihen aufeinandergestapelt. Von irgendwo am anderen Ende des Raumes vernahm ich ein gleichmäßiges Tropfen von Wasser.

»Oh!« Ich machte einen Satz, als ich ein lautes Klappern hörte.

Es dauerte einige Sekunden, bis ich merkte, dass der Wind es verursachte, indem er an der metallenen Falltür oben in der Gasse rüttelte.

Ich steuerte auf den Karton zu, der mir am nächsten stand, und beugte mich darüber. Die Deckelklappen waren ineinander gefaltet, aber der Karton war nicht zugeklebt.

»Dann wollen wir mal sehen«, murmelte ich.

Jack hatte die Arme energisch vor der Brust verschränkt. »Das ist nicht recht«, wandte er ein. »Das ist Diebstahl.«

»Wir haben doch gar nichts weggenommen«, widersprach ich ihm. »Und selbst wenn wir eine tolle Maske finden und sie mitnehmen, dann borgen wir sie uns doch nur aus. Nach Halloween bringen wir sie zurück.«

»Hast du ... kein bisschen Schiss?«, fragte Jack leise, während er die Augen durch den dunklen Raum wandern ließ.

Ich nickte. »Doch, ein bisschen schon«, gab ich zu. »Es ist kalt und unheimlich hier unten.« Der Wind ließ die Falltür über uns klappern und ich hörte das leise Geräusch von Wasser, das auf den Betonboden tropfte.

»Wir sollten uns beeilen«, drängte ich Jack. »Hilf mir.«

Jack stellte sich neben mich, schaute aber nur auf den

Karton hinab und machte keinerlei Anstalten, mir zu helfen.

Ich öffnete den ersten Karton und spähte hinein. »Was sind denn das für Sachen?« Ich griff hinein und holte ein spitzes Partyhütchen hervor. Der ganze Karton war voller Partyhütchen.

»Das ist großartig!«, flüsterte ich Jack erfreut zu und ließ das Hütchen in den Karton zurückfallen. »Ich hatte Recht. All das Zeug aus dem Laden steht verpackt hier unten. Wir werden die schaurigen Masken finden. Da bin ich mir ganz sicher!«

Die Kartons waren übereinandergestapelt. Ich holte einen weiteren herunter und machte mich daran, ihn zu öffnen. »Jack, nimm du dir den unteren vor«, wies ich ihn an.

Zögernd griff er nach der Kiste. »Mir ist gar nicht wohl bei der Sache, Steve«, murmelte er.

»Kümmer dich einfach nur darum, die Masken zu finden«, antwortete ich. Mein Herz hämmerte wie wild. Mit zitternden Händen machte ich den zweiten Karton auf. Ich war ziemlich aufgeregt.

»Der hier ist bis oben voll mit Kerzen«, informierte mich Jack.

Mein Karton enthielt stapelweise Platzdeckchen, Servietten und Pappbecher. »Mach weiter«, drängte ich Jack. »Die Masken müssen irgendwo hier unten sein.«

Über unseren Köpfen rüttelte der Wind an der Falltür. Ich hoffte, er würde sie nicht zuschlagen und uns einschließen. Ich hatte keine Lust, in diesen kalten dunklen Keller eingesperrt zu werden.

Jack und ich schoben zwei weitere Kartons in das bleiche Lichtviereck, das von draußen hereinfiel. Meine Kiste war mit Klebeband verschlossen, und ich musste mich anstrengen, um es abzubekommen.

Plötzlich hörte ich über uns ein Knarren.

Waren das die Bodenbretter?

Die Hände am Karton, erstarrte ich. »Was war das?«, wisperte ich.

Jack blickte mich stirnrunzelnd an. »Was war was?«

»Hast du das Geräusch von oben nicht gehört? Es klang wie Schritte.«

Jack schüttelte den Kopf. »Ich habe nichts gehört.«

Ein paar Sekunden lang lauschte ich noch, aber nun herrschte Stille. Also wandte ich mich wieder dem Karton zu. Ich öffnete die Klappen und schaute neugierig hinein.

Grußkarten. Dutzende von Grußkarten. Rasch sah ich sie durch. Geburtstagskarten. Valentinskarten. Weihnachtskarten. Ein ganzer Karton voller Karten.

Enttäuscht schob ich den Karton beiseite und wandte mich zu Jack um. »Hast du mehr Glück gehabt?«

»Noch nicht. Wollen mal sehen, was in der Kiste hier ist.«

Er zog die Deckelklappen mit beiden Händen auf. Dann beugte er sich darüber und spähte hinein.

»Igitt!«, schrie er.

8

»Das ist so entsetzlich!«, stöhnte Jack.

»Was ist es?«, wollte ich wissen. Ich sprang über meinen Karton, um zu ihm zu kommen.

»Sieh dir das an.« Auf Jacks Gesicht breitete sich langsam ein Grinsen aus, während er etwas aus dem Karton zog.

Ich keuchte, als ich ein hässliches dunkles Gesicht mit herausgebrochenen Zähnen sah. Ein langer, fetter Wurm lugte aus einem Loch in der Wange hervor.

»Du hast sie gefunden!«, schrie ich.

Jack lachte vergnügt. »Ein ganzer Karton voller Masken! Eine abstoßender als die andere!«

Ich nahm ihm die Maske aus der Hand und betrachtete sie. »He, sie fühlt sich warm an!«

Es war kalt hier unten im Keller. Warum fühlte sich die Maske also warm an?

Der Wurm, der scheinbar aus der Wange hervorkroch, wippte, als wäre er lebendig.

Ich ließ die Maske fallen, griff mit der Hand in den Karton und holte eine andere heraus. Es war ein widerwärtiges Schweinegesicht, aus dessen Schnauze eine grüne Pampe troff.

»Die sieht wie Carla aus!«, witzelte Jack.

»Die hier sind noch viel schauriger als die, die Carla letztes Jahr hatte«, sagte ich.

Ich holte noch eine aus dem Karton hervor. Es war ein pelziges Tiergesicht, das einem Gorilla ähnelte, außer dass ihm zwei lange, spitze Fangzähne aus dem Maul ragten.

Ich ließ sie fallen und hob die nächste Maske in die Höhe. Und noch eine. Diese war ein grässlicher Glatzkopf, dessen eines Auge an einem Faden aus der Höhle heraushing und in dessen Stirn ein Pfeil steckte.

Ich warf sie Jack zu und beugte mich wieder über den Karton.

»Das ist echt irre!«, rief ich begeistert. »Diese Masken werden den Kindern ordentlich Angst einjagen. Wie soll ich bloß entscheiden, welche die beste ist?«

Angewidert stöhnte Jack auf und ließ die Maske, die er in der Hand hielt, in den Karton zurückfallen. »Sie fühlen sich wie echte Haut an. Und sie sind sonderbar warm.«

Ich kümmerte mich nicht um ihn. Ich war viel zu sehr damit beschäftigt, den Karton bis zum Boden durchzuwühlen. Ich wollte jede einzelne Maske gesehen haben, bevor ich meine Entscheidung traf.

Ich wollte die allerschaurigste, widerlichste Maske in der ganzen Kiste. Ich wollte eine Maske, die den Erstklässlern mehr Albträume bescherte, als sie mir bereiteten!

Ich zog eine Maske mit einem Mädchengesicht heraus, aus dessen Mund eine Eidechse herausschaute.

Nein. Nicht schaurig genug.

Ich holte die Maske eines Wolfes hervor, dessen Lefzen zurückgezogen waren, sodass zwei gezackte Reihen spitzer Zähne zu sehen waren.

Zu harmlos.

Ich fischte die hässliche Maske eines alten Mannes aus dem Karton. Er schien mich mit heimtückischem Blick anzustarren, die Lippen zu einem bösartigen Grinsen verzogen. Ein langer, schief gewachsener Zahn ragte über seine Unterlippe herab. Er hatte langes, strähniges gelbes Haar, das ihm in die zerklüftete Stirn hing. Große schwarze Spinnen krabbelten in seinem Haar und den Ohren herum. An seiner Stirn fehlte ein Stück Haut, wodurch eine kleine Fläche des grauen Schädelknochens darunter freilag.

Nicht schlecht, dachte ich.

Die Maske *roch* sogar übel!

Ich wollte sie gerade zurücklegen, als ich wieder ein Knarren vernahm. Diesmal war es lauter.

Über meinem Kopf ächzte die Decke.

Ich fuhr zusammen. Das hörte sich wirklich nach Schritten an. Jemand ging über uns herum.

Aber der Laden hatte doch dunkel und leer ausgesehen. Jack und ich hatten lange durch das Schaufenster hineingeschaut. Hätte sich drinnen jemand im Dunkeln versteckt, hätten wir ihn sehen müssen!

Ein weiteres Knarren ließ mich nach Luft schnappen.

Ich erstarrte, horchte aufmerksam. Vom anderen Ende des dunklen Kellers her vernahm ich das gleichmäßige

Tropfen von Wasser. Auch die Falltür draußen konnte ich klappern hören. Und meinen eigenen flachen Atem.

Die Decke ächzte wieder. Ich schluckte.

Es ist ein altes Gebäude, sagte ich mir. Alle alten Häuser stöhnen und knarren. Ganz besonders in einer windigen Nacht.

Ein scharrender Schritt ließ mich laut aufkeuchen.

»Jack, hast du das gehört?«

Die Greisenmaske fest umklammernd, lauschte ich angespannt.

»Hast du das gehört?«, wisperte ich. »Meinst du, dass noch jemand im Haus ist?«

Stille.

Dann hörte ich wieder einen schlurfenden Schritt.

»Jack?«, flüsterte ich. »He, Jack?«

Mein Herz hämmerte, als ich mich zu ihm umdrehte.

»Jack?«

Er war fort.

9

»Jack?«

Plötzlich packte mich Angst und schnürte mir die Kehle zu.

Ich hörte das laute Tappen von Schuhen auf Beton und wandte mich zur Treppe um. Im dämmrigen Licht sah ich, wie Jack durch die Falltür nach draußen verschwand.

Kaum war er in der Gasse angekommen, streckte er seinen Kopf durch die Öffnung herein. »Steve, komm hoch!«, rief er raunend zu mir herunter. »Schnell! Mach, dass du da rauskommst!«

Zu spät.

Das Deckenlicht ging an.

Ich blinzelte wegen der plötzlichen Helligkeit. Als sich meine Augen schließlich an das Licht gewöhnt hatten, sah ich einen Mann, der rasch an der Kellerwand entlangging. Er zog an einem langen schwarzen Seil – und da klappte die Falltür mit einem ohrenbetäubenden *Peng* zu.

»Oh!« Ich stieß einen leisen Schrei aus, als er sich mir wütend zuwandte.

Ich saß in der Falle.

Jack war davongekommen, aber ich war gefangen, mit diesem Kerl im Keller eingesperrt.

Und wie sonderbar er aussah! Er trug einen langen schwarzen Umhang, der hinter ihm herflatterte, während er jetzt mit großen Schritten auf mich zukam.

Ist das ein Halloweenkostüm?, fragte ich mich.

Oder trägt er immer einen schwarzen Umhang?

Unter dem wehenden Umhang hatte er einen schwarzen Anzug an, der altmodisch aussah.

Sein glänzendes schwarzes Haar war in der Mitte gescheitelt und mit Pomade glatt nach unten gekämmt.

Über der Oberlippe hatte er einen bleistiftdünnen, aufgezwirbelten Schnurrbart.

Als er sich vor mir aufbaute, leuchteten seine schwarzen Augen wie glühende Kohlen.

Wie die Augen eines Vampirs!, dachte ich.

Ich zitterte am ganzen Leib, hielt mich an dem Karton fest und zwang mich, dem durchdringenden Blick des Mannes standzuhalten.

»Was hast du hier zu suchen?«, fragte er schließlich. Er verschränkte die Arme vor der Brust und sah mich mit seinen glühenden Augen streng an.

»Ähm … ich seh mir nur die Masken an«, brachte ich mit Mühe und halb erstickt heraus. Ich kniete noch immer auf dem Boden. Meine Beine zitterten viel zu heftig, als dass ich hätte aufstehen können.

»Der Laden ist geschlossen«, sagte der Mann mit verbissener Miene.

»Ich weiß«, gab ich zu und senkte den Blick. »Ich …«

»Der Laden wurde wegen Geschäftsaufgabe geschlossen. Wir haben ihn dichtgemacht.«

»Es … es tut mir leid«, murmelte ich.

Würde er mich gehen lassen? Was hatte er mit mir vor?

Selbst wenn ich zu schreien anfinge, würde mich niemand hören.

Würde Jack Hilfe herbeiholen? Oder war er bereits auf halbem Weg nach Hause?

»Ich wohne im ersten Stock«, erklärte der Mann und

funkelte mich zornig an. »Als ich von unten verdächtige Geräusche hörte, Kartons, die herumgeschoben wurden, hätte ich beinahe die Polizei gerufen.«

»Ich bin kein Einbrecher«, platzte ich heraus. »Bitte, rufen Sie nicht die Polizei! Die Falltür stand offen und da sind mein Freund und ich hereingekommen.«

Seine Augen huschten durch den Raum. »Dein Freund?«

»Er ist davongelaufen, als er Sie kommen hörte«, erklärte ich ihm. »Ich wollte nur sehen, ob es hier Masken gibt. Sie wissen schon. Für Halloween. Ich hatte nicht vor, etwas zu stehlen. Ich wollte nur ...«

»Aber das Geschäft ist geschlossen«, wiederholte der Mann. Er warf einen Blick auf den offenen Karton, der vor mir stand. »Das sind besondere Masken. Sie sind nicht zu verkaufen.«

»N-nicht zu verkaufen?«, stotterte ich.

»Du solltest nicht in Läden einbrechen«, antwortete der Mann und schüttelte den Kopf. Sein Haar glänzte im Licht der Deckenlampe. »Wie alt bist du?«

Plötzlich hatte ich völlige Mattscheibe. Ich öffnete den Mund, brachte aber keine Antwort zustande. Vor lauter Angst hatte ich vergessen, wie alt ich war!

»Zwölf«, sagte ich schließlich. Ich holte tief Luft und versuchte, mich zu beruhigen.

»Du bist zwölf und brichst schon in Läden ein«, sagte der Mann leise.

»Ich breche nicht in Läden ein!«, entgegnete ich.

»Ich meine, bis jetzt habe ich das noch nie getan. Ich bin hergekommen, um eine Maske zu kaufen. Sehen Sie. Ich habe Geld dabei.«

Mit zitternder Hand griff ich in die Hosentasche und zog das Bündel Geldscheine heraus. »Fünfundzwanzig Dollar«, sagte ich und hielt ihm das Geld hin, damit er es sehen konnte. »Hier. Reicht das für eine dieser Masken?«

Er rieb sich das Kinn. »Ich hab's dir doch schon gesagt, junger Mann. Das sind ganz besondere Masken. Sie sind unverkäuflich. Glaub mir, du möchtest sicher keine von ihnen haben.«

»Doch, das will ich!«, rief ich. »Die sind nämlich irre! Das sind die besten Masken, die ich je gesehen habe. Bis Halloween sind es nur noch ein paar Tage. Ich muss eine von ihnen haben. Ich brauche sie unbedingt. Bitte ...!«

»Nein!« Barsch schnitt mir der Mann das Wort ab. »Sie sind nicht zu verkaufen.«

»Aber wieso denn nicht?«, fragte ich enttäuscht und verzweifelt.

Er betrachtete mich nachdenklich. »Zu echt«, antwortete er. »Diese Masken sind zu echt.«

»Aber genau deshalb sind sie ja so toll!«, rief ich. »Bitte! *Bitte!* Nehmen Sie mein Geld. Hier!« Ich streckte ihm das Bündel Geldscheine entgegen.

Er antwortete nicht. Stattdessen drehte er sich so schwungvoll um, dass sich sein Umhang aufbauschte und um ihn herumwirbelte. »Komm mit, junger Mann.«

»Wohin?« Ein kalter Angstschauer lief mir den Rücken hinunter. Ich hielt noch immer das Geld in der ausgestreckten Hand.

»Komm mit nach oben. Ich werde deine Eltern anrufen.«

»Nein!«, kreischte ich. »Bitte ...!«

Wenn meine Eltern erfuhren, dass ich beim Einbruch in den Keller eines Ladens erwischt worden war, würden sie vollkommen durchdrehen! Ich bekäme für den Rest meines Lebens Hausarrest! Ich würde Halloween verpassen – und die nächsten dreißig Halloweens ebenfalls!

Der Mann sah mich mit kaltem Blick an. »Ich will nicht die Polizei rufen«, sagte er leise. »Ich würde lieber deine Eltern verständigen.«

»Bitte ...«, murmelte ich noch einmal, während ich aufstand.

Plötzlich hatte ich eine Idee.

Ich konnte versuchen davonzulaufen.

Rasch schielte ich zu den Betonstufen hinüber, die zur Falltür hinaufführten. Wenn ich losrannte – und wirklich schnell lief –, konnte ich die Treppe erreichen, bevor der Mann mich schnappte.

Die Falltür war zwar zu, aber wahrscheinlich war sie nicht abgeschlossen. Ich konnte sie von unten aufstoßen und weiterrennen.

Ich warf noch einen Blick zur Treppe. Einen Versuch war es wert.

Ich holte tief Luft und zählte im Stillen bis drei.

Eins … zwei … DREI!

Auf drei sauste ich los. Das Klopfen meines Herzens übertönte meine Schritte, aber trotzdem schaffte ich es in etwa eineinhalb Sekunden zur Treppe!

»Halt! Bleib stehen!«, hörte ich den Mann entgeistert rufen. Ich konnte seine schweren Schritte hören, als er mir nachsetzte.

»Halt, junger Mann! Wo willst du hin?«

Ich wurde weder langsamer noch schaute ich mich um.

Ich rannte, zwei Stufen auf einmal nehmend, die Treppe hinauf.

Ja! Ja! Gleich hab ich's geschafft!, dachte ich.

Als ich oben ankam, streckte ich die Hände aus und drückte mit aller Kraft gegen die Falltür.

Doch sie rührte sich nicht.

10

»Ohh!« Entsetzt stöhnte ich auf.

Der Mann im Umhang hatte bereits das untere Ende der Treppe erreicht. Ich konnte seinen Atem praktisch schon im Nacken spüren.

Die Falltür muss aufgehen!, sagte ich mir. Sie *muss* einfach!

Ich atmete tief ein und stemmte die Schulter gegen die Klappe. Dabei ächzte ich vor Anstrengung.

Jetzt streckte der vampirhafte Mann die Hand nach mir aus. Ich spürte, wie seine Finger meinen Knöchel streiften.

Ich schlug seine Hand weg und drückte wieder mit aller Kraft gegen die Falltür.

Endlich öffnete sie sich.

»Ja!« Überglücklich kletterte ich in die Gasse hinaus.

Kalte Luft blies mir ins erhitzte Gesicht. Ich stolperte über etwas Hartes – einen Stein oder einen Ziegel. Ich hielt nicht inne, um nachzusehen. Hastig rannte ich die schmale Gasse entlang zum Bürgersteig vor. Dort blieb ich kurz stehen und blickte nach rechts und links, um nach Jack Ausschau zu halten, doch es war weit und breit nichts von ihm zu sehen.

War mir der Mann durch die Falltür gefolgt?

Ich warf einen Blick in die Gasse zurück, sah aber nichts als Dunkelheit.

Schließlich lief ich los und rannte so schnell, dass meine Füße buchstäblich übers Pflaster flogen. Als ich die Straße überquerte, erfasste mich grelles Licht. Eine Autohupe plärrte und ich sprang vor Schreck in die Luft! Der Wagen brauste an mir vorbei.

»He, Steve …!«

Jack trat hinter einem hohen Immergrünbusch hervor. »Du hast es geschafft!«

»Ja, ich hab's geschafft«, antwortete ich und rang keuchend nach Luft.

»Ich … ich wusste nicht, was ich tun sollte!«, stotterte er.

Ich schüttelte den Kopf. »Also hast du einfach hier herumgestanden?«

»Ich hab auf dich gewartet«, sagte er. »Ich hatte, na ja, Schiss.«

Er war wirklich eine große Hilfe!

»Los, komm«, drängte ich, während ich zurückblickte. »Er könnte hinter uns her sein.«

Wir rannten Seite an Seite weiter. Unser Atem bildete in der kalten Nachtluft kleine Wölkchen. Die Häuser und die dunklen Vorgärten huschten schemenhaft an uns vorbei. Wir sprachen kein Wort.

Drei Straßenblocks weiter, als Jacks Haus in Sicht kam, wurde ich langsamer. Ich beugte mich nach vorn, weil ich Seitenstechen hatte. Das bekomme ich immer, wenn ich mehr als ein paar Straßenblocks laufe.

»Tschüss!«, rief Jack mir atemlos zu. »Tut mir leid, dass du deine Maske nicht bekommen hast.«

»Ja, wirklich schade«, murmelte ich betrübt.

Ich beobachtete, wie er um das Haus herumlief. Als er aus meinem Blickfeld verschwunden war, holte ich tief Luft und trabte langsam zu meinem Haus, das einen Straßenblock weiter lag.

Noch immer raste mir das Herz in der Brust, aber ich wurde allmählich ruhiger. Der Kerl im schwarzen Umhang verfolgte uns nicht. Noch ein paar Sekunden und ich würde zu Hause und in Sicherheit sein.

Auf halbem Weg unsere Einfahrt hinauf hörte ich auf zu laufen. Mein Seitenstechen hatte nachgelassen und war kaum mehr zu spüren.

Ich trat in den gelben Lichtschein der Veranda. Drinnen im Haus konnte ich unseren Hund Bingo bellen hören. Bingo wusste, dass ich nach Hause kam.

Während ich die Stufen zur Haustür hinaufstieg, breitete sich auf meinem Gesicht ein triumphierendes Grinsen aus.

Ich war sehr zufrieden mit mir. Genau genommen war ich begeistert. Vor Freude wäre ich am liebsten in die Luft gesprungen. Oder hätte ein wildes, verrücktes Tänzchen aufgeführt. Oder gekräht wie ein Hahn. Oder den Kopf in den Nacken gelegt und den Mond angeheult.

Der Abend war ein voller Erfolg gewesen!

Jack hatte ich nichts davon gesagt. Ich wollte nicht, dass Jack es wusste. Aber als der Mann im Umhang das Licht im Keller eingeschaltet hatte – in diesem Bruchteil einer Sekunde, bevor er mich und ich ihn sah –, hatte ich mir eine Maske aus dem Karton geschnappt und sie mir unter das Sweatshirt geschoben.

Ich hatte eine Maske!

Es war nicht einfach gewesen. Um ehrlich zu sein,

war es sogar das furchterregendste Erlebnis meines Lebens gewesen, mit diesem unheimlichen Mann in dem Keller eingesperrt zu sein.

Aber ich hatte eine Maske! Sicher unter meinem Sweatshirt verborgen.

Beim Laufen hatte ich sie an der Brust gespürt. Und auch jetzt, während ich auf die Haustür zusteuerte, fühlte ich sie warm auf meiner Haut.

Ich war glücklich und gut gelaunt!

Da spürte ich plötzlich, wie sich die Maske bewegte.

Ich schrie auf, als mich etwas in die Brust biss.

11

Ich fasste mir vorne ans Sweatshirt und drückte mit beiden Händen fest auf die ausgebeulte Stelle, unter der sich die Maske befand.

»Merkwürdig«, murmelte ich, während ich die Maske unter dem Sweatshirt festhielt.

Hör auf, dir etwas einzubilden, Steve, ermahnte ich mich selbst. Beruhige dich! Die Maske ist nur an deiner Brust heruntergerutscht. Das ist alles. Sie hat sich nicht bewegt. Sie hat dich auch nicht gebissen.

Geh ins Haus, befahl ich mir. Versteck das Ding in einer Schublade in deinem Zimmer. Und reiß dich ein bisschen zusammen.

Warum war ich nur so nervös?

Der gruselige Teil war schließlich vorbei. Ich war mit einer tollen Maske entkommen und konnte jetzt *anderen* Leuten Angst einjagen. Wieso stand ich also hier und fürchtete mich?

Eine Hand noch immer ans Sweatshirt gedrückt, öffnete ich die Tür und trat ins Haus. »Runter, Junge! Runter mit dir, Bingo!«, rief ich, als mich der kleine schwarze Terrier begrüßte. Immer wieder sprang er an mir hoch und bellte und jaulte, als ob er mich seit zwanzig Jahren nicht mehr gesehen hätte.

»Runter, Bingo! Runter!«

Ich hatte vorgehabt, mich ins Haus zu schleichen, in mein Zimmer hochzulaufen und die Maske zu verstecken, bevor meine Eltern hörten, dass ich nach Hause gekommen war. Doch Bingo vereitelte meinen Plan.

»Steve, bist du das?« Mom kam mit besorgter Miene ins Wohnzimmer gestürmt. Sie funkelte mich an und blies zornig eine blonde Locke beiseite, die ihr in die Augen hing. »Wo um alles in der Welt bist du gewesen? Dein Vater und ich haben schon zu Abend gegessen. Dein Essen ist inzwischen eiskalt!«

»Tut mir leid, Mom«, sagte ich, während ich noch immer die Maske durch das Sweatshirt hindurch festhielt, damit sie nicht herausrutschte, und gleichzeitig versuchte, mir Bingo vom Leib zu halten.

Die Haarlocke fiel Mom wieder in die Stirn. Sie blies

sie erneut zur Seite. »Also? Wo hast du dich herumgetrieben?«

»Ich … also …«

Lass dir schnell was einfallen, Steve!

Du kannst ihr unmöglich erzählen, dass du dich aus dem Haus geschlichen hast, um aus dem Keller eines Ladens eine Halloweenmaske zu klauen.

»Ich musste Jack bei etwas helfen«, antwortete ich schließlich.

Klar, das war eine Lüge. Aber keine wirklich schwerwiegende.

Normalerweise bin ich eine ehrliche Haut. Doch in diesem Moment zählte für mich nur, die Maske zu haben und sie behalten zu können! Ich wollte nichts eiliger, als sie unter meinem Sweatshirt hervorzuholen und sie an einem sicheren Ort in meinem Zimmer zu verstecken.

»Du hättest mir wirklich sagen sollen, wohin du gehst«, schimpfte Mom. »Dein Vater ist gerade beim Einkaufen, aber er ist auch stinksauer. Du hättest zum Abendessen zu Hause sein sollen.«

Ich ließ den Kopf sinken. »Tut mir leid, Mom.«

Bingo schaute zu mir hoch. Starrte er etwa auf die Beule in meinem Sweatshirt?

Wenn der Hund sie sehen konnte, dann konnte Mom das auch.

»Ich zieh nur rasch den Mantel aus und bin sofort wieder unten«, erklärte ich ihr.

Ich ließ ihr keine Zeit zu antworten. Rasch drehte ich mich um, lief die Treppe hoch, stürmte in mein Zimmer und schlug die Tür hinter mir zu.

Es dauerte einige Sekunden, bis ich wieder zu Atem kam. Ich lauschte angestrengt, um sicherzugehen, dass Mom mir nicht nach oben gefolgt war.

Nein. Ich konnte sie in der Küche rumoren hören, wo sie mein Abendessen zurechtmachte.

Ich konnte es kaum abwarten, mir die Maske anzusehen!

Welche hatte ich eingesteckt? Als das Licht im Keller angegangen war, hatte ich mir einfach eine Maske geschnappt, ohne hinzusehen.

Jetzt griff ich voller Spannung unter das Sweatshirt und zog meine schwer verdiente Trophäe hervor.

»Wow!« Ich hielt sie mit beiden Händen vor mich hin und bestaunte sie.

Die Greisenmaske! Ich hatte die Maske des unheimlichen alten Mannes eingesteckt!

Ich strich die langen gelbweißen Haarsträhnen glatt und betrachtete die Maske eingehend.

Ein einzelner weißer Zahn ragte aus dem Oberkiefer heraus, er stand vor und wölbte sich über die Unterlippe. In der Mitte des Zahns klaffte ein braunes Wurmloch.

Draußen auf der Vortreppe hatte mich also der große Zahn an der Brust gekratzt, wurde mir bewusst. Das hatte mich denken lassen, die Maske hätte mich gebissen!

Der Mund war zu einem hämischen Grinsen verzogen. Die Lippen kräuselten sich wie zwei braune Würmer.

Aus beiden Nasenlöchern hingen grüne Klumpen heraus. Oben an der Stirn fehlte ein Stück Haut. Durch das Loch konnte ich den grauen Schädelknochen sehen.

Das ganze Gesicht war zerfurcht und voller Runzeln. Die Haut war von abstoßend grünlicher Farbe und schien sich vom Gesicht abzulösen. Dunkle grindige Stellen bedeckten die eingefallenen Wangen. Schwarze Spinnen schienen im strähnigen Haar herumzukrabbeln. Auch aus den beiden spitzen Ohren guckten Spinnen hervor.

»Pfui Teufel!«, rief ich. Das war bestimmt die schauerlichste Maske im ganzen Universum!

Schon vom bloßen Anschauen der Maske wurde mir ein bisschen flau. Ich strich mit dem Finger über die schorfigen Wangen. Die Haut fühlte sich warm an, wie echte Haut.

»Heh-heh-heh.« Ich versuchte, wie ein alter Mann zu lachen. Ein trockenes Meckern. »Heh-heh-heh.«

Nehmt euch in Acht, *Ferkel,* drohte ich im Stillen. Wenn ich mich euch zu Halloween in dieser Maske zeige, dann kippt ihr aus den Pantinen!

»Heh-heh-heh.«

Ich strich das gelbe, lange Haar zurück. Dabei berührte ich mit den Fingern die Spinnen, die im Haar hingen. Sie fühlten sich gar nicht wie Gummi an, sondern warm und lebendig.

Zufrieden schaute ich auf das widerwärtige alte Gesicht hinunter, das mich anzugrinsen schien. Seine braunen, wurmartigen Lippen bebten.

Sollte ich die Maske anprobieren?

Ich trug sie zum Spiegel an meiner Schranktür. Ich musste unbedingt sehen, wie ich mit der Maske aussah.

Ich ziehe sie nur für eine Sekunde über, beschloss ich. Nur lange genug, um zu sehen, wie grauenerregend ich damit aussehe.

Mit beiden Händen hob ich die Maske über den Kopf.

Dann begann ich langsam, Zentimeter für Zentimeter, die Maske von oben über mein Gesicht zu ziehen.

12

»Steve …!«

Moms lauter Schrei von unten ließ mich zusammenfahren.

»Steve, wo bleibst du denn? Komm runter zum Abendessen!«

»Bin schon unterwegs!«, rief ich zurück. Ich ließ die Maske sinken. Ich probiere sie später an, entschied ich.

Rasch ging ich zur Kommode und zog die Schublade

mit den Socken auf. Ich legte das lange Haar über das hässliche Gesicht und bettete die Maske behutsam in die Schublade. Dann legte ich ein paar Socken über sie und schloss die Schublade wieder.

Ich eilte hinunter in die Küche. Mom hatte Salat und einen Teller aufgewärmte Makkaroni auf den Tisch gestellt.

Mir knurrte der Magen. Plötzlich merkte ich, dass ich am Verhungern war! Ich setzte mich, schob den Salat zur Seite und begann die Makkaroni in mich hineinzuschaufeln.

Als ich zufällig nach unten blickte, entdeckte ich Bingo, der mich mit seinen großen, schwarzen, seelenvollen Augen anstarrte. Kaum hatte er bemerkt, dass ich ihn sah, legte er bettelnd den Kopf schief.

»Bingo«, sagte ich, »du magst keine Makkaroni, schon vergessen?«

Er neigte den Kopf zur anderen Seite, als versuchte er, mich zu verstehen. Verstohlen warf ich ihm ein paar Nudeln zu. Er schnupperte daran und ließ sie auf dem Boden liegen.

Hinter mir räumte Mom den Kühlschrank aus, um Platz für die Lebensmittel zu schaffen, die Dad gerade einkaufte. Ich hätte ihr schrecklich gerne von der schaurigen Maske erzählt. Am liebsten hätte ich sie ihr sogar gezeigt oder sie aufgesetzt und Mom damit erschreckt.

Aber mir war klar, dass sie mir jede Menge Fragen

gestellt hätte: wo ich sie gekauft, wie viel sie gekostet und wie viel von meinem Taschengeld ich dafür ausgegeben hätte.

Lauter Fragen, die ich nicht beantworten konnte.

Also biss ich mir auf die Zunge und verkniff es mir, mit der Neuigkeit herauszuplatzen, dass ich dieses Jahr zu Halloween nicht wieder als Landstreicher würde gehen müssen.

So hatte ich mich in den letzten fünf Jahren kostümiert: als Landstreicher. Genau genommen war es gar kein richtiges Kostüm. Ich zog einen von Dads ausgebeulten alten Anzügen mit Flicken auf der Hose an. Mom rieb mir das Gesicht mit Holzkohle ein, damit ich richtig dreckig aussah. Und über der Schulter trug ich einen Beutel an einer Angelrute.

Stink-lang-wei-lig!

Dieses Halloween wird anders werden, versprach ich mir selbst. Dieses Halloween wird nicht langweilig!

Ich werde *niemandem* von der Maske erzählen, beschloss ich, und alle erschrecken, die ich kenne.

Nicht einmal Jack werde ich in mein Geheimnis einweihen. Immerhin war er davongerannt und hatte mich da unten in diesem dunklen Keller alleine gelassen.

Sieh dich vor, Jack!, sagte ich mir im Stillen und grinste so breit, dass mir ein paar Nudeln aus dem Mund flutschten. Dir werde ich auch Angst einjagen!

13

Am nächsten Tag nach dem Unterricht musste ich wieder zum Fußballtraining. Es war ein sonniger, kalter Oktobernachmittag. Das orange, gelbe und braune Laub schimmerte im Licht wie Gold und über mir zogen weiße Wattewölkchen über den Himmel.

Es war ein wunderschöner Tag. Aber das Beste war, dass Halloween nur noch einen Tag entfernt war.

Ich blickte noch immer zu den Wolken hinauf, als mir Mary Rosen den Fußball in die Magengrube schoss.

Ich hielt mir den Bauch und krümmte mich vor Schmerz. Da sprangen mir Duck Benton und zwei andere Kinder auf den Rücken und ich fiel mit dem Gesicht voran in den Matsch.

Es war mir egal. Ja, ich lachte sogar. Denn ich wusste, dass ich nur noch einen Tag lang warten musste.

Als ich ihnen vormachte, wie man den Ball weitergibt, und an der Seitenlinie entlangrannte, stellte mir Andy Foster ein Bein. Ich stolperte und flog in den Fahrradunterstand. Ein Lenker erwischte mich am Kinn und ich sah tatsächlich Sternchen.

Doch auch das nahm ich heute gelassen hin.

Schließlich hatte ich ein Geheimnis, ein bitterböses Geheimnis, von dem sie nichts wussten.

Um vier Uhr beendete ich das Training erschöpft. Meine Klamotten waren schlammverschmiert, ich hinkte und hatte an ungefähr zwanzig Stellen Schrammen und Blutergüsse.

Ein typisches Training der *Ferkel*.

Aber machte mir das etwas aus?

Du kennst die Antwort.

Ich bat sie, sich im Kreis um mich herum aufzustellen. Sie schubsten einander, zogen sich an den Haaren und warfen sich gegenseitig Schimpfwörter an den Kopf. Ich hab's ja gesagt – sie sind wie Tiere.

Schließlich hob ich die Hände, um sie zum Schweigen zu bringen. »Wir könnten morgen eine *Ferkel*-Halloweenfete aufziehen«, schlug ich vor.

»JAAA!«, jubelten sie.

»Wir treffen uns nach dem Training, verkleidet«, fuhr ich fort. »Die ganze Mannschaft. Und dann ziehen wir alle gemeinsam zum Bonbonsammeln los.«

»JAA!«, riefen sie noch einmal begeistert.

»Sagt euren Eltern bitte, sie sollen euch zum alten Carpenterhaus bringen«, erklärte ich. »Dort treffen wir uns. Dieses Halloween wird für uns etwas ganz Besonderes werden.«

Schweigen. Diesmal jubelten sie nicht.

»Wieso müssen wir uns ausgerechnet dort treffen?«, fragte Andy.

»Spukt es in dem alten Haus nicht?«, fragte Mary leise.

»Ja, das Haus ist viel zu unheimlich«, fügte Duck hinzu.

Ich musterte sie herausfordernd. »Leute, ihr habt doch nicht *Schiss* – oder etwa doch?«, wollte ich wissen.

Stille. Sie warfen sich einander nervöse Blicke zu.

»Nun, was ist? Seid ihr zu feige, euch dort mit mir zu treffen?«, fragte ich.

»Keine Spur!«, behauptete Mary forsch.

»Nie im Leben! Wir haben keine Angst vor einem blöden alten Haus!«, sagten jetzt alle und erzählten mir, wie mutig sie wären. Und sie stimmten alle zu, sich dort mit mir zu treffen.

»Ich hab einmal ein Gespenst gesehen«, prahlte Johnny Myers. »Hinter unserer Garage. Ich habe ›Buh!‹ geschrien und da ist es sofort verschwunden.«

Diese Kinder sind wie Tiere, aber sie haben eine wirklich tolle Fantasie.

Die anderen Kinder zogen Johnny auf, aber er blieb bei seiner Geschichte. Er bestand darauf, ein Gespenst gesehen zu haben. Da stießen sie ihn zu Boden und verdreckten seine Jacke mit Matsch.

»He, Steve, als was verkleidest du dich denn zu Halloween?«, fragte Andy.

»Er geht als Haufen Giftmüll!«, witzelte jemand.

»Nein, er kommt als Ballerina!«, verkündete ein anderer.

Sie johlten und buhten alle.

Macht ruhig so weiter, dachte ich. Kugelt euch vor Lachen! Denn zu Halloween werde ich der Einzige sein, der lacht.

»Ähm … ich werde als Landstreicher gehen«, sagte ich zu ihnen. »Ihr werdet mich bestimmt erkennen. Ich werde einen vergammelten alten Anzug tragen. Und mein Gesicht wird dreckverschmiert sein. Ich werde wie ein Penner aussehen.«

»Du *bist* ein Penner!«, rief eines meiner getreuen Mannschaftsmitglieder.

Darauf erhob sich noch mehr Gelächter und Gejohle. Sie schubsten sich wieder, zogen sich an den Haaren und warfen sich gegenseitig zu Boden.

Zum Glück tauchten in dem Moment ihre Eltern und Babysitter auf, um sie nach Hause zu bringen. Ich sah ihnen mit einem breiten Grinsen im Gesicht nach. Mit einem breiten, boshaften Grinsen.

Dann schnappte ich mir meinen Rucksack und machte mich eilig auf den Heimweg. Ich rannte den ganzen Weg nach Hause, weil ich es kaum erwarten konnte, mir die Maske noch einmal anzusehen.

Als ich an Jacks Haus vorbeitrabte, kam er heraus. »Hallo, Steve … was läuft so?«, rief er.

»Nicht viel!«, antwortete ich. »Bis später!«

Ich lief weiter. Jetzt hatte ich keine Lust, mit Jack herumzuhängen. Ich musste die Maske begutachten. Ich musste mich noch einmal überzeugen, wie umwerfend sie war. Wie absolut umwerfend.

Ich stürmte durch die Haustür und rannte schnurstracks die Treppe hinauf.

In meinem Zimmer angelangt, pfefferte ich den Rucksack aufs Bett. Dann hastete ich zur Kommode und riss begierig die Sockenschublade auf.

»Huch?«

Ich spähte hinein. Mit zitternden Händen schob ich ein paar zusammengesteckte Socken beiseite.

Die Maske war weg.

14

»Nein!«

Wie von Sinnen begann ich die Schublade zu durchwühlen und schleuderte dabei alle Socken auf den Boden.

Keine Maske. Sie war verschwunden!

Die zusammengerollten Sockenpaare hüpften im ganzen Zimmer herum. Mein Herz hüpfte ebenfalls.

Da fiel mir ein, dass ich die Maske woanders versteckt hatte. Heute Morgen vor der Schule. Ich hatte mir Sorgen gemacht, dass Mom womöglich Wäsche waschen und meine Schublade öffnen würde. Und dass sie dann die Maske entdecken würde.

Deshalb hatte ich sie hinten in den Schrank gesteckt, hinter den zusammengerollten Schlafsack.

Aufatmend ließ ich mich auf alle viere nieder, sammelte rasch alle Socken ein und stopfte sie in die Schublade zurück. Dann öffnete ich die Schranktür und holte die Maske aus dem obersten Fach hervor.

Steve, du musst dich beruhigen, sagte ich mir. Letztendlich ist das doch nur eine Halloweenmaske. Du musst aufhören, dir ihretwegen ständig ins Hemd zu machen.

Mit mir selbst zu schimpfen, hilft manchmal.

Langsam fühlte ich mich wieder ein wenig besser. Ich strich die strähnigen gelben Haare der Maske zurück und fuhr mit der Hand über ihre zerfurchte, schorfbedeckte Haut.

Die braunen Lippen grienten mich an. Ich steckte meinen kleinen Finger durch das widerliche Wurmloch in dem Zahn und berührte die kleinen Spinnen, die sich in den Ohren versteckten.

»Das ist *so* cool!«, rief ich laut aus.

Ich konnte unmöglich noch einen ganzen Tag bis Halloween abwarten. Ich musste die Maske jemandem zeigen.

Nein. Ich musste jemanden damit *erschrecken.*

Augenblicklich tauchte Jacks Gesicht vor meinem inneren Auge auf. Mein alter Freund Jack war das perfekte Opfer. Ich wusste, dass er im Moment zu Hause war. Vor ein paar Minuten hatte ich ihn noch dort gesehen.

Wow, wird der geschockt sein!, sagte ich mir. Schließlich dachte er, ich wäre mit leeren Händen aus dem Keller des Ladens geflohen. Wenn ich mich in sein Haus schlich und ihm mit dieser schaurigen Maske vor dem Gesicht auflauerte, würde er glatt *in Ohnmacht fallen*!

Ich warf einen Blick auf die Uhr. Bis zum Abendessen blieb mir noch eine Stunde. Mom und Dad waren noch nicht nach Hause gekommen.

Ja, ich tu's!, beschloss ich.

»Heh-heh-heh.« Ich übte, wie ein alter Mann zu kichern. »Heh-heh-heh.« Das schaurigste, bösartigste Kichern, das ich zustande brachte.

Dann packte ich den faltigen Hals der Maske mit beiden Händen, trat vor den Spiegel und hob die Maske über den Kopf.

Langsam schob ich sie von oben über mein Gesicht. Sie glitt mühelos über mein Haar. Ich zog sie über meine Ohren und meine Wangen, immer weiter hinunter, bis ich spürte, dass sich das obere Ende der Maske an mein Haar schmiegte. Ich rückte sie zurecht, bis ich durch die schmalen Augenlöcher hinaussehen konnte.

Jetzt ließ ich die Hände sinken und trat dichter vor den Spiegel, um mich zu betrachten.

Plötzlich wurde mir warm. Zu warm.

Die gummiweiche Maske legte sich eng an meine Wangen und die Stirn an.

Wärmer.

So heiß …

Es fiel mir schwer zu atmen.

»He … was geschieht hier mit mir?«

15

Ich spürte, wie sich die Haut der Maske fest um mein Gesicht zusammenzog. Meine Wangen brannten. Ein fauliger Geruch stach mir in die Nase, schnürte mir die Luft ab.

Ich würgte und holte durch den Mund Luft. Doch die Maske war so eng, dass ich kaum atmen konnte.

Ich packte sie mit beiden Händen an den Ohren. Außen fühlte sich die Maske ganz normal an, aber unter ihr hatte ich das Gefühl, zu verbrennen!

Ich versuchte die Maske abzunehmen, aber sie ließ sich nicht hochziehen. Der heiße Gummi klebte an meinem Gesicht fest.

Ich stöhnte auf, als mir der ekelhafte Gestank erneut in die Nase stieg. Keuchend schnappte ich nach Luft.

Dann versuchte ich es ein zweites Mal. Ich nahm alle Kraft zusammen und zog an dem strähnigen Haar. Nichts. Verzweifelt legte ich die Hände unter das Kinn und schob, aber wieder tat sich nichts.

»Ohhh.« Ein lautes Ächzen entrang sich meiner Kehle. Schlaff fielen meine Hände nach unten.

Plötzlich fühlte ich mich schrecklich müde.

Völlig erschöpft.

Jeder Atemzug war ein Kampf. Ich beugte mich nach vorne. Ich begann am ganzen Leib zu zittern.

Ich fühlte mich so schwach. Und kraftlos.

Alt.

Fühlte sich so ein alter Mann?

Beruhige dich, Steve, schalt ich mich. Es ist nur eine Gummimaske. Sie sitzt ein bisschen zu eng, das ist alles. Sie haftet an deinem Gesicht, aber du wirst sie abziehen und alles ist in Ordnung.

Beruhige dich. Zähl bis zehn. Dann siehst du dir die Maske gründlich an. Du packst sie am unteren Rand und ziehst sie ab. Kein Problem.

Ich zählte bis zehn, dann trat ich dicht vor den Spiegel.

Beinahe hätte ich laut aufgeschrien, als ich mein Spiegelbild sah. Die Maske war echt irre! So wirklich. So widerlich.

Durch meine Augen, die daraus hervorblickten, schien das Gesicht lebendig zu werden. Die braunen Lippen grinsten mir höhnisch entgegen. Als ich *meine* Lippen bewegte, bewegten sie sich mit. Die grünen Klumpen in den großen Nasenlöchern zitterten und die Spinnen schienen im verfilzten gelben Haar herumzukrabbeln.

Es ist nur eine Maske, eine echt coole Maske, sagte ich mir.

Allmählich wurde ich ein bisschen ruhiger.

Doch da drang ein Kichern aus meiner Kehle hervor. »Heh-heh-heh.«

Das war nicht mein Kichern! Das war nicht meine Stimme! Es war das krächzende Kichern eines alten

Mannes gewesen. Wie war das passiert? Wie konnte ich so seltsame Laute ausgestoßen haben?

Ich presste die Lippen zusammen. Solche Laute wollte ich nicht noch einmal machen.

»Heh-heh-heh.«

Wieder hatte ich gekichert! Mit einer schrillen, hohen Stimme. Es war mehr ein trockenes Krächzen als ein Lachen.

Ich spannte die Kiefermuskeln an, presste die Zähne aufeinander und hielt den Atem an, damit ich unmöglich kichern konnte.

»Heh-heh-heh.«

Ich war das nicht!

Wer kicherte dann so?

Wo kam das Furcht erregende Gelächter her?

Mit großen Augen glotzte ich angstvoll in den Spiegel.

Und dann spürte ich plötzlich, wie mich eine kräftige Hand am Bein packte.

16

Mit einem erstickten Keuchen wirbelte ich herum und schaute durch die engen Augenschlitze der Maske nach unten. Sofort sah ich, dass keine Hand mein Bein umschloss. Es waren Zähne. Hundezähne.

»Bingo – du bist das!«, rief ich. Doch meine Stimme kam als sprödes Flüstern heraus.

Bingo wich zurück.

Ich räusperte mich und versuchte es noch einmal. »Hab keine Angst, Bingo. Ich bin es nur.« Meine Stimme! Sie klang wie trockener Husten.

Sie klang wie mein Großvater!

Ich hatte das Gesicht eines alten Mannes – und die Stimme eines alten Mannes.

Ich fühlte mich so müde. Erschöpft und müde.

Als ich die Hand ausstreckte, um Bingo zu streicheln, fühlte sich mein Arm so an, als wiege er fünfhundert Kilo. Meine Knie knackten beide, als ich mich bückte.

Der Hund schaute zu mir hoch und legte den Kopf schief. Er wedelte wild mit seinem Stummelschwanz.

»Hab keine Angst, Bingo«, krächzte ich. »Ich probiere nur eine Maske an. Ganz schön unheimlich, wie?«

Ich wollte Bingo hochnehmen und senkte den Kopf. Als ich mich jedoch zu dem Hund niederbeugte, konnte ich sehen, wie er die Augen vor Schreck weit aufriss. Bingo stieß ein schrilles Jaulen aus, sprang mir aus den Händen und hetzte davon. Dabei bellte er aus Leibeskräften, bellte voller Angst.

»Bingo, ich bin's!«, rief ich. »Ich weiß, dass ich anders klinge. Aber ich bin es – Steve!«

Ich wäre ihm gerne nachgelaufen, doch meine Beine fühlten sich schrecklich schwach an und meine Knie ließen sich nicht beugen. Ich benötigte drei Versuche, bis ich mich endlich aufgerichtet hatte. Mir tat der Kopf weh und ich war viel zu kurzatmig, um Bingo hinterherzulaufen.

Doch dazu war es sowieso zu spät. Ich konnte ihn bereits unten im Erdgeschoss wie verrückt bellen hören.

»Merkwürdig«, murmelte ich, während ich mir den schmerzenden Rücken rieb. Ich humpelte zum Spiegel zurück. Bingo hatte die Maske vorher schon gesehen. Er wusste, dass ich es war. Warum hatte er solche Angst gehabt? Lag das an meiner unheimlichen Stimme?

Wie hatte die Maske meine Stimme so austrocknen können? Und wieso fühlte ich mich plötzlich, als wäre ich hundertzehn Jahre alt?

Zumindest brannte mein Gesicht nicht mehr wie Feuer. Aber die Haut der Maske presste mein Gesicht noch immer so zusammen, dass ich kaum die Lippen bewegen konnte.

Ich muss aus diesem Ding raus, entschied ich. Jack wird sich eben bis zum Halloweenabend gedulden müssen. Ich werde ihm erst morgen einen Schrecken einjagen, der ihn vom Hocker haut.

Ich griff mir mit beiden Händen an den Hals und tastete nach dem Rand der Maske. Mein Hals fühlte sich faltig an, die Haut war trocken.

Wo war der Rand der Maske?

Ich beugte mich dicht an den Spiegel an der Schranktür heran und musterte mein Spiegelbild mit zusammengekniffenen Augen. Angestrengt betrachtete ich den Hals der Maske.

Runzelige Haut, mit hässlichen braunen Flecken übersät.

Doch wo war der Rand? Wo war die Stelle, wo die Maske aufhörte und mein Hals anfing?

Mit zitternden Händen betastete ich meinen Hals. Ich spürte, wie mein Herz zu rasen anfing.

Langsam bewegte ich die Hände an meinem Hals auf und ab. Wieder und wieder.

Schließlich ließ ich die Hände sinken und seufzte erschöpft und voller Angst.

Die Maske *hatte* keinen Rand! Zwischen der Maske und meinem Hals gab es keinerlei Trennlinie.

Die runzelige, fleckige Haut der Maske war zu *meiner* Haut geworden!

»Neeiiin! Neeiiin!« Ich heulte los, mit der Stimme eines alten Mannes. Ich musste das Ding runterbekommen! Irgendeine Möglichkeit musste es geben!

Ich packte die Maske an den Wangen und zog mit aller Kraft.

»Au!« Mein Gesicht schmerzte.

Verzweifelt riss ich an den Haaren, worauf ein höllischer Schmerz meine Kopfhaut erfasste.

Ich spürte jede Bewegung. Bei jedem Zerren schmerzte meine eigene Haut.

»Die Augenlöcher!«, krächzte ich.

Ich griff nach den Augenlöchern. Vielleicht konnte

ich die Finger hindurchstecken und die Maske auf diese Weise ablösen.

Ich betastete die Augen mit den Händen, suchte, drückte und rieb.

Keine Augenlöcher. Es gab keine Augenlöcher!

Die hässliche, widerliche Maske war zu *meinem* Gesicht geworden!

Ich sah wie ein Furcht erregender, von Spinnen befallener, verwesender alter Mann aus. Und ich fühlte mich so alt und sonderbar, wie ich aussah!

Meine Kehle war vor Entsetzen wie zugeschnürt. Ich sank gegen den Spiegel und schloss die Augen. *Was kann ich tun? Was kann ich tun?* Wie ein freudloses Lied ging mir diese Frage wieder und wieder durch den Kopf.

Dann hörte ich, wie die Haustür zugeschlagen wurde. Kurz darauf rief meine Mutter vom unteren Treppenabsatz hoch: »Steve, bist du zu Hause? Steve?«

Was kann ich tun? Was kann ich tun? Die Frage ließ mich nicht mehr los.

»Steve?«, rief Mom. »Komm runter. Ich möchte dir etwas zeigen.«

Nein!, dachte ich und schluckte, wobei sich meiner Kehle ein widerliches, knackendes Geräusch entrang. *Nein! Ich kann nicht runterkommen! Das geht nicht! Ich will nicht, dass du mich so siehst!*

»Ach, bleib ruhig oben!«, rief Mom. »Ich komme rauf!«

17

Ich hörte ihre Schritte auf der Treppe.

In einem Anfall von Panik machte ich einen Satz in Richtung Tür und wäre beinahe hingefallen. Meine alten Beine waren steif, zu steif, um sich rasch zu bewegen.

Ich humpelte zur Tür und schloss sie gerade, als Mom den ersten Stock erreichte. Erschöpft lehnte ich mich, die Hand an die pochende Brust gedrückt, an die Tür und rang nach Atem.

Ich überlegte, was ich sagen sollte.

Ich konnte nicht zulassen, dass sie mich so sah. Sie würde sofort anfangen, mir Fragen zu stellen. Und ich konnte auch nicht zulassen, dass sie feststellte, wie mich die Maske verändert hatte.

Ein paar Sekunden später klopfte sie leise an die Tür. »Steve, bist du da drin? Was treibst du?«

»Ähm … nichts, Mom.«

»Kann ich reinkommen? Ich habe dir etwas mitgebracht.«

»Im Moment nicht«, krächzte ich.

Bitte, mach die Tür nicht auf!, flehte ich im Stillen.

»Steve, wieso klingst du so merkwürdig?«, wollte Mom wissen. »Was ist denn mit deiner Stimme?«

»Ähm …« *Lass dir rasch etwas einfallen, Steve. Schnell!* »Ähm … rauer Hals, Mom. Ich habe einen echt schlimmen rauen Hals.«

»Das sollte ich mir mal ansehen. Bist du krank?«

Ich schielte nach unten und sah, dass sich der Türgriff bewegte.

»Nein!«, schrie ich und lehnte mich mit meinem ganzen Gewicht gegen die Tür.

»Du bist nicht krank?«

»Ich meine, ja«, krächzte ich mit meiner Greisenstimme. »Ich fühle mich nicht gut, Mom. Ich lege mich ein Weilchen hin. Ich komme später runter, okay?«

Ich starrte auf den Türgriff und lauschte ihrem Atem auf der anderen Seite der Tür.

»Steve, ich habe dir diese schwarz-weißen Kekse gekauft, die du so liebst. Deine Lieblingskekse. Möchtest du einen? Vielleicht geht es dir dann wieder besser.«

Mir knurrte der Magen. Das waren meine Lieblingskekse. Mit Schokoladenguss auf der einen und Vanillezuckerguss auf der anderen Seite. »Vielleicht später«, stöhnte ich.

»Aber ich bin extra einen Umweg von zwei Meilen gefahren, um sie für dich zu kaufen«, sagte Mom.

»Später. Mir geht's wirklich nicht besonders gut.« Ich sagte die Wahrheit. Meine Schläfen pochten. Mein ganzer Körper schmerzte. Ich fühlte mich so schwach, dass ich mich kaum auf den Beinen halten konnte.

»Ich rufe dich dann zum Abendessen«, sagte Mom.

Ich hörte, wie sie die Treppe wieder hinunterstieg. Erleichtert ging ich langsam zum Bett und ließ meinen alten Körper auf die Bettkante sinken.

Was nun?, fragte ich mich und presste die Hände an meine grindigen Backen. Wie komme ich aus diesem Ding wieder raus?

Ich schloss die müden, brennenden Augen und versuchte nachzudenken. Nach ein paar Minuten kam mir Carla in den Sinn.

»Ja!«, krächzte ich. »Carla ist der einzige Mensch auf der ganzen Welt, der mir helfen kann.«

Carla hatte im vergangenen Jahr eine Maske aus demselben Laden getragen. Vielleicht war ihr ja das Gleiche passiert. Vielleicht hatte sich die Maske auch bei ihr mit dem Gesicht verbunden und sie verändert.

Sie hatte ihre Maske abbekommen. Bestimmt wusste sie, wie ich meine Maske loswerden konnte.

Das Telefon stand am anderen Ende des Zimmers auf meinem Schreibtisch neben dem Computer. Normalerweise wäre ich in drei Sekunden dort gewesen, aber nun benötigte ich alleine schon drei Minuten, um meinen alten Körper ächzend und mit der größten Anstrengung aufzurichten. Weitere fünf Minuten brauchte ich, um mich durchs Zimmer zu schleppen.

Als ich schließlich auf meinen Schreibtischstuhl sank, war ich völlig ermattet. Ich musste all meine Kraft zusammennehmen, um die Hand zu heben und Carlas Nummer zu wählen.

So kann es nicht mit mir weitergehen, dachte ich. Sie muss mir helfen. Hoffentlich weiß sie, wie man die Maske wieder runterbekommt.

Nach dem dritten Läuten nahm Carlas Vater ab. »Hallo?«

»Hi … ähm … könnte ich bitte Carla sprechen?«, würgte ich hervor.

Schweigen. Dann: »Wer spricht da?« Mr Caldwell klang verwirrt.

»Ich bin es«, antwortete ich. »Ist Carla da?«

»Sind Sie einer ihrer Lehrer?«, fragte er.

»Nein. Ich bin Steve. Ich …«

»Tut mir leid, Sir. Ich kann Sie nicht richtig verstehen. Könnten Sie bitte etwas lauter reden? Warum möchten Sie mit meiner Tochter sprechen? Vielleicht kann ich Ihnen helfen?«

»Nein … ich …«

Ich hörte, wie Mr Caldwell leise mit jemand sprach. »Da ist ein alter Mann dran, der mit Carla reden will. Ich kann ihn kaum verstehen. Er will mir nicht sagen, wer er ist.«

Er kam wieder ans Telefon. »Sind Sie einer ihrer Lehrer? Woher kennen Sie meine Tochter?«

»Ich bin mit ihr befreundet«, krächzte ich.

Ich hörte, wie er sich wieder an jemand anderes wandte, wahrscheinlich Carlas Mom. Er bedeckte zwar die Sprechmuschel mit der Hand, trotzdem verstand ich, was er sagte: »Ich glaube, das ist ein Verrückter. Irgend so ein Telefonspinner.«

Er sprach wieder zu mir. »Tut mir leid. Meine Tochter kann nicht ans Telefon kommen.« Er legte auf.

Ich saß da und lauschte dem Freiton mit meinen spinnenbehangenen Ohren.

Was nun?, fragte ich mich.

Was nun?

18

Ich musste auf dem Schreibtischstuhl eingedöst sein. Ich hatte keine Ahnung, wie lange ich geschlafen hatte.

Ich wurde von Dad aufgeschreckt, der kräftig an die Tür klopfte. »Steve – Abendessen!«, rief er.

Schlagartig war ich hellwach. Mein Rücken schmerzte vom Schlafen im Sitzen. Ich massierte mir den steifen Nacken.

»Steve, kommst du zum Abendessen runter?«, fragte Dad.

»Ich ... ich habe eigentlich keinen Hunger«, krächzte ich. »Ich leg mich ein bisschen aufs Ohr, Dad. Ich glaube, ich werde krank.«

»He, du wirst doch am Abend vor Halloween nicht krank werden«, erwiderte er. »Du willst doch sicher die Streich-oder-Süßigkeiten-Tour nicht verpassen.«

»Ich ... ich werd schon wieder«, stotterte ich. »Wenn ich jetzt gleich schlafe, geht's mir morgen sicher wieder gut.«

Klar. Ganz bestimmt.

Ich werde zwar hundertfünfzig Jahre alt sein. Aber ansonsten wird's mir gut gehen.

Ich seufzte bekümmert.

»Wir bringen dir später ein Süppchen herauf«, rief Dad durch die Tür, dann verschwand er wieder nach unten.

Ich starrte das Telefon an. Sollte ich noch einmal versuchen, Carla zu erreichen?

Nein, entschied ich. Sie würde nicht glauben, dass ich es war. Sie würde genauso einhängen, wie ihr Vater das getan hatte.

Ich kratzte mir die Ohren. Ich konnte spüren, wie die Spinnen darin herumkrabbelten. Ich berührte die Stelle an der Stirn, wo die Haut aufgerissen war. Die Haut fühlte sich weich und feucht an. Auch ein Stück des darunter liegenden Schädelknochens konnte ich spüren.

»Ohhhh.« Wieder stöhnte ich gedehnt.

Ich muss nachdenken, sagte ich mir. Ich muss unbedingt einen Ausweg aus dieser Situation finden.

Aber ich war so schläfrig.

Mühsam stand ich auf und humpelte zum Bett. Sekunden später lag ich in tiefem Schlaf.

Als ich aufwachte, fiel helles Sonnenlicht durchs Fenster herein. Ich blinzelte ein paarmal. Es war Morgen. Halloweenmorgen.

Eigentlich sollte es ein fröhlicher Tag werden. Ein aufregender Tag. Doch stattdessen ...

Ich hob beide Hände an mein Gesicht und betastete es vorsichtig.

Meine Wangen fühlten sich glatt an. Weich und glatt.

Ich strich über meine Ohren. Es waren kleine Ohren. *Meine* Ohren. Die Spinnen waren verschwunden!

Ich schob meine Hände höher und berührte *mein* Haar, nicht das schüttere eines alten Mannes!

Zögernd fasste ich an die aufgerissene Stelle an der Stirn, wo der Schädelknochen herausgeragt hatte.

Er war nicht mehr da!

»Ich bin wieder ich selbst!«, rief ich laut. Ich stieß einen langen Freudenschrei aus.

Keine Greisenmaske mehr. Keine Greisenstimme. Kein Greisenkörper.

Es war alles nur ein böser Traum gewesen, ein schrecklicher Albtraum!

Wegen der Helligkeit noch immer blinzelnd, schaute ich mich in meinem Zimmer um.

»Ich hab das alles nur geträumt!«, jubelte ich.

Dass ich in den dunklen Keller des Ladens gegangen war. Dass ich den Karton mit den Masken durchwühlt hatte. Den Mann im Umhang. Die Maske mit dem Gesicht eines alten Mannes. Dass ich nach Hause geschlichen war und sie anprobiert hatte. Dass sie mit meiner Haut verwachsen war und nicht mehr abgehen wollte.

Alles nur ein Traum!

Ich war so glücklich! Das musste der glücklichste Moment in meinem ganzen Leben sein!

Ich wollte aus dem Bett springen, durchs Zimmer hüpfen und vor Freude tanzen.

Doch dann öffnete ich blinzelnd die Augen. Und wachte richtig auf …

19

Ich wachte richtig auf.

Und da wurde mir klar, dass ich geträumt hatte, dass alles nur ein schöner Traum gewesen war!

Ich fasste mir ans Gesicht – und fühlte Runzeln, Falten und die dicke Schorfschicht. Ich rieb mir die Nase und strich über die grünen Klumpen, die in den Nasenlöchern hingen.

Ich hatte geträumt, dass ich mein eigenes Gesicht wiederhatte. Meine eigene Stimme und meinen eigenen Körper. Aber das war nur ein Traum gewesen. Ein wunderbarer Traum.

Jetzt war ich wirklich wach – und steckte ernsthaft im Schlamassel.

Ich richtete mich auf und strich mir das lange gelbe Haar aus den Augen.

Ich muss Mom und Dad alles erzählen, beschloss ich. So kann ich keinen Tag länger leben.

Ich hatte in meinen Kleidern geschlafen. Schwankend stieg ich aus dem Bett und schleppte mich zur Tür.

Ich zog die Tür auf – und entdeckte einen Zettel, der an der Außenseite hing.

Lieber Steve,
hoffentlich geht es dir wieder besser. Mom und ich mussten heute Morgen deine Tante Helen besuchen. Wir sind schon früh aus dem Haus, um nicht in den Stoßverkehr zu geraten. Wir sind rechtzeitig wieder zurück, um dir in dein Landstreicherkostüm zu helfen.
Alles Liebe, Dad

Mein Landstreicherkostüm?

Nicht dieses Jahr! Außerdem – mit hundertfünfzig Jahren war ich wohl ein bisschen zu alt, um Bonbons sammeln zu gehen!

Während ich den Zettel in der Hand zerknüllte, begab ich mich, Stufe für Stufe nehmend und die Hand aufs Geländer gestützt, auf den langen Weg hinunter in die Küche. Ganz plötzlich hatte ich Appetit auf einen dampfenden Teller Haferbrei und eine Tasse heiße Milch.

»O nein!«, krächzte ich. Jetzt fing ich schon an, wie ein alter Mann zu *denken*!

Ich goss mir ein Glas Orangensaft ein und schüttete Cornflakes in einen Teller. Ich trug Glas und Teller zum Tisch und setzte mich hin, um zu essen. Das Saftglas fühlte sich an meinen dicken braunen Lippen seltsam an. Und mit nur einem langen, schiefen Zahn war es fast unmöglich, die Cornflakes zu essen.

»Was soll ich nur machen?«, jammerte ich laut.

Da fiel mir plötzlich die Antwort ein.

Ich beschloss, meinen Plan, den Erstklässlern einen Schrecken einzujagen, durchzuführen. Wieso sollte ich diesen biestigen Bälgern nicht den Ärger, den sie mir tagein, tagaus auf dem Fußballfeld bereiteten, heimzahlen?

Ja!, entschied ich. Wenn Mom und Dad nach Hause kommen, werde ich sie begrüßen und ihnen meine Verkleidung vorführen. Sie werden gar nicht merken, dass es nicht einfach nur ein Kostüm ist. Sie werden es ziemlich cool finden.

Etwas später werde ich zum unheimlichen alten Carpenterhaus gehen, um die Kinder zu treffen. Und dann jage ich den Erstklässlern einen solchen Schrecken ein, dass sie aus ihren Kostümen purzeln!

Aber was dann?

Dann suche ich Carla. Sie zu finden wird nicht schwierig sein. Nach der Streich-oder-Süßigkeiten-Tour findet bei ihr zu Hause eine Party statt.

Sobald ich Carla aufgetrieben habe, bringe ich sie dazu, mir das Geheimnis zu verraten. Sie wird mir zeigen, wie ich die schreckliche Maske abnehmen kann.

Danach werde ich ein sehr glücklicher Junge sein.

Ich war sehr zufrieden. Mir kam dieser Plan echt gut vor.

Zu dumm, dass er leider nicht so funktionierte, wie ich mir das vorstellte.

20

Als Mom und Dad am Abend nach Hause kamen, humpelte ich die Treppe hinunter, um sie zu begrüßen. Den beiden blieb die Spucke weg, als sie meine hässliche Maske erblickten.

Mom fiel die Einkaufstasche aus der Hand und die Kinnlade herunter.

Dad traten die Augen hervor. Er starrte mich eine ganze Weile an, dann lachte er schallend los. »Steve – das ist das beste Kostüm, das du jemals hattest!«, rief er aus. »Wo hast du das her?«

»Es ist widerlich«, sagte Mom. »Ohh. Wenn ich diese aufgeschlagene Stelle an der Stirn sehe, wird mir ganz anders. Und dann dieses schreckliche Loch im Zahn!«

Währenddessen spazierte Dad um mich herum und bewunderte mein Aussehen.

Ich hatte den geflickten schwarzen Anzug angezogen, den ich als Landstreicher immer getragen hatte. Und ich stützte mich auf den alten Spazierstock meines Opas, den ich in einem Schrank gefunden hatte.

»Das ist 'ne Wucht!«, erklärte Dad und klopfte mir auf die Schulter.

»Ich habe die Maske in einem Partyladen gekauft«, krächzte ich. Das war immerhin *fast* die Wahrheit.

Mom und Dad wechselten einen Blick. »Diese Greisenstimme ist sehr gut«, sagte Mom. »Hast du dafür geübt?«

»Ja, den ganzen Tag lang«, antwortete ich.

»Geht's dir wieder besser?«, fragte Dad. »Wir wollten dich heute Morgen nicht stören, weil du dich nicht gut gefühlt hast. Deine Mom und ich mussten sehr früh aus dem Haus …«

»Es geht mir viel besser«, log ich. In Wahrheit zitterten mir die Beine und mein ganzer Körper war mit kaltem Schweiß bedeckt.

»Igitt! Was ist denn da in deinen Haaren?«, zeterte Mom.

»Spinnen«, erklärte ich ihr. Schaudernd fühlte ich, wie sie mir über den Kopf und in die Ohren krabbelten.

»Die sehen so echt aus«, meinte sie und legte eine Hand an ihre Wange. Sie schüttelte den Kopf. »Bist du sicher, dass du nicht lieber als Landstreicher gehst? Die Maske muss doch schrecklich heiß und unbequem sein.«

Wenn sie bloß gewusst hätte, *wie* unbequem die Maske war!

»Lass ihn doch«, sagte Dad. »Er sieht umwerfend aus. Er wird heute Abend jeden auf der Straße in Angst und Schrecken versetzen!«

Das will ich hoffen, dachte ich. Ich warf einen Blick auf meine Armbanduhr. Es war Zeit, loszuziehen.

»Nun, *mich* erschreckt er jedenfalls!«, rief Mom. Sie schloss die Augen. »Ich kann deinen Anblick nicht ertragen, Steve. Wieso musstest du etwas so … so Ekelhaftes kaufen?«

»Ich finde die Maske witzig«, sagte Dad zu ihr und berührte meinen langen Zahn. »Ist sie aus Gummi?«

»Ja, ich glaube schon«, murmelte ich mit meiner zittrigen alten Stimme.

Mom verzog angewidert das Gesicht. »Gehst du mit Jack auf Sammeltour?«

Ich gähnte. Plötzlich fühlte ich mich müde. »Ich habe meinen Fußballspielern versprochen, mich mit ihnen zu treffen«, krächzte ich. »Danach werde ich bei Carla vorbeischauen.«

»Bleib nicht zu lange draußen«, sagte Mom. »Und wenn es dir unter der Maske zu heiß wird, dann nimm sie eine Weile ab – okay?«

Das würde ich nur zu gerne!, dachte ich bitter.

»Bis später«, sagte ich und ging, auf den Stock gestützt, in Richtung Haustür.

Mom und Dad lachten über meinen komischen gebeugten Gang.

Ich lachte nicht. Mir war zum Heulen zumute.

Nur eine Sache hielt mich davon ab, aufzugeben und ihnen die Wahrheit zu erzählen: Rache.

Ich konnte schon die entsetzten Gesichter meiner

Ferkel vor mir sehen. Und ich konnte hören, wie sie vor Angst heulten, während sie um ihr Leben rannten. Diese Vorstellung hielt mich aufrecht und ließ mich weitermachen.

Ich packte den Türknopf und mühte mich damit ab, die Haustür zu öffnen.

»Steve, warte!«, rief Dad. »Meine Kamera! Ich will ein Foto von dir machen.« Er verschwand, um seinen Fotoapparat zu holen.

»Dein Sammelbeutel!«, rief Mom. »Du hast deinen Sammelbeutel vergessen.« Sie wühlte im Flurschrank herum, bis sie die Einkaufstasche gefunden hatte, die ringsum mit kleinen Kürbissen bedruckt war.

Mir war klar, dass ich nicht gleichzeitig mit dem Stock und der Tasche zurechtkommen würde. Trotzdem nahm ich die Tasche entgegen. Sobald ich draußen bin, werfe ich sie weg, beschloss ich. Ich hatte nicht vor, auf Streich-oder-Süßigkeiten-Tour zu gehen. Schließlich würde ich jedes Mal eine halbe Stunde brauchen, um allein irgendjemandes Einfahrt hinaufzugehen!

Dad kam ins Wohnzimmer gestürmt. »Bitte lächeln!«, rief er und zückte seine kleine Kamera.

Ich gab mir Mühe, meine wurmartigen Lippen zu einem Lächeln zu verziehen.

Dad drückte ab und die Kamera blitzte. Insgesamt schoss er vier Fotos von mir.

Vom Blitzlicht halb blind, sagte ich Tschüss und hinkte zur Tür hinaus. Die grellweißen Kreise folgten mir in die Nacht. Beinahe wäre ich von der Vortreppe gestürzt.

Ich hielt mich am Geländer fest und wartete darauf, dass mein Herz zu hämmern aufhörte. Allmählich verblassten die Blitzlichtflecke vor meinen Augen und ich machte mich auf den beschwerlichen Weg die Einfahrt hinunter.

Die Nacht war kalt und klar. Kein Windhauch regte sich. Die beinahe kahlen Bäume standen still wie Statuen.

Ich erreichte den Bürgersteig und begab mich auf den Weg zum Carpenterhaus. Es gab kein Mondlicht. An den meisten Häusern brannten die Lampen am Eingang, um die verkleideten Kinder willkommen zu heißen.

Ich stopfte die Einkaufstasche in die Mülltonne, die in der Einfahrt der Nachbarn stand. *Tap, tap,* machte mein Stock auf dem Bürgersteig, als ich meinen Weg den Straßenblock entlang fortsetzte.

Schon bald begann mir der Rücken wehzutun. Meine alten Beine zitterten. Schwer atmend stützte ich mich auf den Stock.

Auf halbem Weg zur ersten Querstraße musste ich mich an einen Laternenpfahl lehnen und verschnaufen. Zum Glück lag das Carpenterhaus bereits im nächsten Straßenblock.

Als ich weiterging, kamen zwei Mädchen den Bürgersteig entlang, gefolgt von ihrem Vater. Eines der Mädchen hatte farbenprächtige Schmetterlingsflügel auf dem

Rücken, das andere trug eine goldene Krone, ein langes, märchenhaftes Kleid und war geschminkt.

»Uhh, ist der hässlich«, flüsterte das Schmetterlingsmädchen seiner Freundin zu, als sie näher kamen.

»Igitt!«, hörte ich die Prinzessin antworten. »Sieh dir bloß mal den grünen Popel in seiner Nase an.«

Ich beugte mich zu ihnen, verzog grimmig den Mund und schnarrte: *»Geht mir aus dem Weg!«*

Die beiden kleinen Mädchen quiekten erschrocken und rannten davon. Ihr Vater warf mir einen bitterbösen Blick zu, bevor er ihnen nacheilte.

»Heh-heh-heh.« Ein tückisches Kichern entrang sich meiner Kehle.

Die angstverzerrten Gesichter der Mädchen zu sehen, verlieh mir neue Kraft. Auf meinen Stock gestützt, überquerte ich – *tap, tap* – die Straße.

Einige Minuten später kam das Carpenterhaus in Sicht. Das gewaltige alte Gebäude stand dunkel und leer. Die steinernen Erkertürme ragten in den tiefvioletten Abendhimmel auf.

Eng aneinander gedrängt, standen meine Fußballer am vorderen Rand des unkrautüberwucherten Rasens unter einer Straßenlaterne. *Meine Ferkel. Meine Erstklässler.*

Meine Opfer.

Sie steckten alle in Kostümen. Ich sah Power Rangers und Ninja Turtles. Mumien und Monster. Zwei Gespenster, eine Schöne und ein Biest.

Aber ich erkannte sie trotzdem. Ich erkannte sie, weil sie einander schubsten, sich gegenseitig in die Sammeltaschen griffen, herumschrien und miteinander rangelten.

Einen halben Block von ihnen entfernt blieb ich stehen und beobachtete sie, auf meinen Stock gestützt. Mein Herz begann zu wummern. Ich zitterte am ganzen Leib.

Das war er. Der große Moment.

»Okay, Kinder!«, murmelte ich leise vor mich hin. »Jetzt hat eure Stunde geschlagen!«

21

Ich bebte vor Anstrengung, als ich mich auf sie zuschleppte. Die Lippen zu einem Furcht erregenden Grinsen verzerrt, trat ich in den Lichtkreis der Straßenlaterne.

Langsam blickte ich von einem zum anderen, um ihnen Gelegenheit zu geben, mein grauenhaftes Gesicht zu sehen. Ich ließ ihnen Zeit, die Spinnen zu entdecken, die in meinem Haar herumkrabbelten, das Wurmloch in meinem Zahn und das Stück Schädelknochen, das aus meiner aufgerissenen Haut hervorschimmerte, zu betrachten.

Sie wurden still. Ich konnte ihre Blicke auf mir spüren. Ich witterte die Angst, die sie augenblicklich erfasste, und öffnete den Mund, um ein fürchterliches Knurren auszustoßen, das sie augenblicklich davonlaufen lassen würde. Aber bevor ich dazu kam, trat Mary Rosen in einem weißen Brautkleid und einem Schleier auf mich zu. »Können wir Ihnen helfen?«, fragte sie.

»Haben Sie sich verirrt?«, wandte sich einer der Power Rangers an mich.

»Sollen wir Ihnen den Weg zeigen?«

»Können wir Ihnen helfen, irgendwohin zu kommen?«

Nein. Nein!

Das lief völlig daneben. Das lief überhaupt nicht so, wie ich es geplant … wie ich es mir erträumt hatte!

Mary nahm mich am Arm. »Wo wollten Sie denn hin? Wir begleiten sie. In einer fremden Gegend herumzuirren, ist heute Nacht ziemlich gruselig.«

Die anderen drängten sich ebenfalls näher, um sich nützlich zu machen. Um einem alten Mann zu helfen. Einem alten Mann, vor dem sie sich nicht das kleinste bisschen fürchteten!

»Neeiin!«, heulte ich aufgebracht. »Ich bin der Geist des Carpenterhauses! Ich bin gekommen, um euch dafür zu bestrafen, dass ihr meinen Rasen betreten habt!«

Ich wollte schreien – doch meine Stimme kam nur als klägliches Flüstern heraus. Ich glaube nicht, dass sie auch nur ein Wort davon verstanden hatten.

Ich muss ihnen Angst einjagen, sagte ich mir. *Unbedingt!*

Ich streckte beide Hände vor, als wollte ich sie alle erwürgen. Da fiel mir plötzlich der Stock aus der Hand. Ich verlor das Gleichgewicht, taumelte und setzte mich unsanft auf den Bürgersteig. Ich stöhnte. Die Kinder schrien alle auf. Aber nicht vor Angst. Sie schrien, weil sie sich Sorgen um mich machten.

Hilfreiche Hände streckten sich mir entgegen, um mir auf die Beine zu helfen.

»Alles in Ordnung mit Ihnen? Hier ist Ihr Stock.« Ich erkannte Duck Bentons heisere Stimme wieder.

Ich hörte mitleidiges Murmeln. »Armer alter Kerl«, flüsterte jemand.

»Haben Sie sich verletzt?«

»Sollen wir Hilfe für Sie holen?«

Nein. Nein. Nein. Nein. Nein!

Sie hatten keine Angst. Sie fürchteten sich nicht im Geringsten!

Ich stützte mich schwer auf meinen Stock. Plötzlich fühlte ich mich hundemüde. So erschöpft, dass ich kaum den Kopf hochhalten konnte.

Vergiss es, ihnen Angst einjagen zu wollen, Steve, sagte ich mir. Du musst zu Carla, bevor du zusammenklappst. Du musst dir von ihr sagen lassen, wie du die Maske ablöst. Wie du dein altes Gesicht – und deine Kraft – wiederbekommst.

Mary hielt noch immer meinen zittrigen Arm. »Wo

wollten Sie denn hin?«, fragte sie. Ihr sommersprossiges Gesicht zeigte Besorgnis.

»Ähm ... wisst ihr, wo Carla Caldwell wohnt?«, fragte ich kläglich krächzend.

»Im nächsten Block, auf der anderen Seite der Straße. Ich kenne nämlich Carlas Bruder«, hörte ich Andy Foster sagen.

»Wir bringen Sie hin«, erbot sich Mary und ergriff meinen Arm fester. Eine Mumie trat hinzu und nahm meinen anderen Arm. So führten sie mich langsam und behutsam den Bürgersteig entlang

Das glaub ich einfach nicht!, dachte ich bitter. Sie hätten vor Angst kreischend davonrennen sollen! Stattdessen halfen sie mir beim Gehen.

Ich seufzte. Das Schlimmste dabei war, ich fühlte mich so müde und schwach, dass ich es ohne ihre Hilfe nicht bis zu Carla nach Hause geschafft hätte.

Sie führten mich die halbe Einfahrt zum Haus hinauf. Dann bedankte ich mich und erklärte ihnen, dass ich den Rest des Weges alleine schaffen würde.

Ich sah ihnen nach, wie sie davonhuschten, um auf Sammeltour zu gehen. »Ich schätze, Steve kommt nicht mehr«, sagte Duck.

»Wahrscheinlich ist er viel zu feige, um in der Halloweennacht rauszugehen!«, witzelte Mary.

Sie lachten alle.

Ich wandte mich zu Carlas Haus um, das hell erleuchtet war. Doch ich konnte niemanden am Fenster sehen. Wahrscheinlich ist sie noch nicht von ihrer Streich-oder-Süßigkeiten-Tour zurück, sagte ich mir.

Da hörte ich Stimmen. Schritte auf dem Kies der Einfahrt.

Ich fuhr herum und sah Carla und ihre Freundin Sabrina Mason, die aufs Haus zueilten.

Carla trug das Entenkostüm, das ihr ihre Mutter letztes Jahr zu Halloween geschneidert hatte. Sabrina stellte eine Art Superheld dar. Sie trug silberglänzende Leggings und einen silberfarbenen Umhang. Über das Gesicht hatte sie sich eine silberne Maske gezogen, aber ich erkannte sie trotzdem an ihrem langen schwarzen Haar.

»Carla …!«, wollte ich rufen, aber ich brachte nur ein ersticktes Flüstern heraus.

Sie und Sabrina plapperten aufgeregt miteinander, während sie über den Kiesweg hasteten.

»Carla …! Bitte!«, schrie ich.

Auf halbem Weg zum Haus drehten sich die beiden um und sahen mich.

Ja!

»Carla …«, rief ich.

Sie nahm ihre Entenmaske ab und ging ein paar Schritte auf mich zu. »Wer sind Sie?«

»Ich bin's!«, sagte ich mit heiserer Stimme. »Ich …«

»Sind Sie der Mann, der heute versucht hat, mich anzurufen?«, fragte sie ungerührt.

»Na ja, also … ja«, krächzte ich. »Weißt du, ich brauche …«

»Lassen Sie mich gefälligst in Ruhe!«, schrie Carla. »Warum verfolgen Sie mich? Lassen Sie mich zufrieden oder ich hole meinen Vater!«

»Aber ... aber ... aber ...«, stammelte ich hilflos.

Die beiden Mädchen wandten sich brüsk ab und liefen auf das Haus zu.

Sie ließen mich einfach in der Einfahrt stehen. Allein und hilflos. Vollkommen verloren.

22

Ich heulte auf. »Carla, ich bin's. Ich bin es! Steve!«, schrie ich. »Steve Boswell!«

Hatte sie mich gehört?

Ja.

Sie und Sabrina hatten gerade den gepflasterten Weg erreicht, der zur vorderen Veranda führte. Im gelben Lichtrechteck, das von der Veranda herabfiel, sah ich, wie die beiden sich umdrehten.

»Ich bin Steve! Ich bin Steve!«, schrie ich so verzweifelt, dass mir der Hals wehtat.

Langsam und misstrauisch kamen die beiden Mädchen zu mir zurück.

»Steve?« Mit offenem Mund und großen Augen sah Carla mich durchdringend an.

»Ist das eine Maske?«, wollte Sabrina wissen.

»Ja, das ist eine Maske«, sagte ich.

»Igitt, die ist ja widerlich!«, rief Sabrina aus. Sie nahm ihre silberne Maske ab, um besser sehen zu können. »Sind das etwa Spinnen? Pfui Teufel!«

»Ich brauche Hilfe«, sagte ich. »Diese Maske …«

»Du bist im Partyladen gewesen!«, fiel mir Carla entsetzt ins Wort. Ihre Entenmaske fiel zu Boden, als sie sich die Hände vor den Mund schlug. »O nein! Nein! Steve, ich habe dich gewarnt!«

»Ja, dort habe ich sie her«, meinte ich und deutete auf mein grässliches Gesicht. »Ich wollte nicht auf dich hören. Ich wusste ja nicht …«

»Steve, ich hab dir doch gesagt, du sollst da nicht hingehen«, antwortete Carla, die Hände noch immer an ihr Gesicht gepresst.

»Und jetzt geht die Maske nicht mehr ab«, heulte ich. »Sie sitzt fest. Sie ist mit mir verwachsen. Und sie … sie verwandelt mich in einen alten Mann. In einen gebrechlichen alten Tattergreis.«

Carla schüttelte betrübt den Kopf und starrte wortlos mein hässliches Gesicht an.

»Du musst mir helfen«, flehte ich. »Du musst mir helfen, die Maske abzukriegen!«

Carla stöhnte bestürzt. »Steve, ich glaube nicht, dass ich das kann.«

23

Ich packte sie bei ihren Entenfedern und hielt sie fest. »Du *musst* mir helfen, Carla«, bettelte ich. »Warum willst du mir nicht helfen?«

»Ich *möchte* dir ja helfen«, erklärte sie mir. »Aber ich bin mir nicht sicher, ob ich das kann.«

»Aber du hattest doch letztes Jahr zu Halloween eine Maske aus demselben Laden«, hielt ich dagegen. »Und du hast die Maske abbekommen, stimmt's?«

»Man kann sie nicht abnehmen«, sagte Carla. »Es ist unmöglich, die Maske abzunehmen.«

Über ihre Schulter hinweg sah ich drei kostümierte Kinder, die vor dem Nachbarhaus standen. Eine Frau erschien an der Tür und warf Schokoriegel in die Taschen der drei.

Manche Kinder haben heute Abend wirklich Spaß, dachte ich bitter.

Ich habe heute Abend *keinen* Spaß. Vielleicht habe ich sogar nie wieder Spaß.

»Komm ins Haus«, schlug Carla vor. »Es ist kalt hier draußen. Ich werde versuchen, es dir zu erklären.«

Ich wollte ihnen folgen, aber meine Beine knickten ein, als wären sie aus Gummi. Carla und Sabrina mussten mich buchstäblich ins Haus tragen. Sie setzten mich auf der grünen Ledercouch im Wohnzimmer ab.

Von einem Tisch am anderen Ende des Zimmers

grinste mir ein ausgehöhlter, beleuchteter Kürbiskopf entgegen. Der Kürbis hatte mehr Zähne als ich!

Carla ließ sich auf der Armlehne der Couch nieder. Sabrina setzte sich auf die Kante des Sessels, der daneben stand. Sie beugte sich vor und kramte in ihrem Sammelbeutel. Wie konnte sie in einem solchen Moment nur an Süßigkeiten denken?

Ich wandte mich an Carla. »Wie bekomme ich die Maske ab?«, krächzte ich.

Carla nagte an ihrer Unterlippe und richtete dann ihren Blick auf mich. »Das ist keine Maske«, sagte sie leise.

»Wie bitte?«, rief ich.

»Das ist keine Maske«, erklärte sie. »Das ist ein echtes Gesicht. Ein lebendiges Gesicht. Hast du den Mann im schwarzen Umhang getroffen?«

Ich nickte.

»Er ist so eine Art verrückter Wissenschaftler. Er hat die Masken selbst angefertigt. In seinem Labor.«

»Er ... er hat sie *gemacht*?«, stotterte ich.

Carla nickte feierlich. »Es sind lebendige Gesichter. Der Mann wollte ihnen ein freundliches Aussehen verleihen. Aber irgendetwas lief schief und sie wurden alle potthässlich. So hässlich wie das Gesicht, das du aufhast.«

»Aber, Carla ...«, begann ich.

Sie hob die Hand, um mich zum Schweigen zu bringen. »Der Mann nennt die Gesichter ›Die Ungeliebten‹.

Niemand kann sie leiden, weil sie so furchtbar geworden sind. Sie sind ungeliebt und sie heften sich jedem an, der ihnen nahe genug kommt.«

»Aber wie bekomme ich das Ding ab?«, rief ich ungeduldig. Ich zerrte an meinen runzeligen, schorfbedeckten Wangen. »Ich kann doch nicht den Rest meines Lebens so herumlaufen! Was kann ich tun?«

Carla sprang auf und lief vor Sabrina und mir auf und ab. Sabrina wickelte einen Schokoriegel aus und begann ihn zu futtern, während sie Carla mit den Augen folgte.

»Das Gleiche ist mir letztes Halloween auch passiert«, sagte Carla. »Ich hatte mir eine echt gruselige Maske ausgesucht, die mit mir verwachsen ist. Und dann hat sie mich verändert, hat mich bösartig gemacht.«

»Und was hast du getan?«, rief ich aufgeregt, meinen Stock nach vorne gelehnt.

»Ich bin zum Partyladen zurückgegangen. Dort habe ich den Mann mit dem Umhang gefunden, der mir sagte, dass es nur eine Möglichkeit gäbe, die Maske loszuwerden: Es kann nur mit einem Symbol der Liebe erreicht werden.«

»Was?« Ich glotzte sie verständnislos an.

»Ich musste ein Zeichen der Liebe finden«, fuhr Carla fort. »Zuerst verstand ich nicht, was der Mann damit meinte. Ich hatte keine Ahnung, was ich tun sollte. Doch dann fiel mir etwas ein, was meine Mom für mich gemacht hatte.«

»Was?«, wollte ich begierig wissen. »Was war das?«

»Es war dieser Kopf«, mischte sich Sabrina ein, den Mund voller Schokolade.

»Meine Mom hatte meinen Kopf nachgebildet«, sagte Carla. »Dieser Gipskopf sieht genauso aus wie ich. Du hast ihn gesehen. Mom hat ihn gemacht, weil sie mich lieb hat. Er ist ein Symbol der Liebe.«

Carla ließ sich neben mich auf die Couch fallen. »Ich hielt den Kopf, den Mom modelliert hatte, über das ›Ungeliebte Gesicht‹. Und da ist es sofort verschwunden. Es hat sich einfach aufgelöst.«

»Großartig!«, rief ich freudestrahlend. »Geh und hol ihn. Beeil dich!«

»Was?« Carla schaute mich entgeistert an.

»Hol den Gipskopf«, bat ich sie, »damit ich das Ding endlich abbekomme!«

Carla schüttelte den Kopf. »Du scheinst nicht ganz zu verstehen, Steve. Du kannst nicht *mein* Symbol der Liebe benützen. Das hat nur für mich funktioniert. Du musst *dein eigenes* Zeichen der Liebe finden.«

»Aber vielleicht funktioniert das bei Steves Maske gar nicht«, warf Sabrina ein. »Vielleicht ist jede Maske anders.«

»Jetzt hör aber auf, Sabrina«, sagte ich ärgerlich. »Es muss klappen! Verstehst du das nicht? Es *muss*!«

»Du musst dein eigenes Symbol der Liebe finden«, wiederholte Carla. »Fällt dir eines ein, Steve?«

Ich starrte sie an und dachte angestrengt nach. Ich überlegte und überlegte.

Symbol der Liebe ... Symbol der Liebe ...

Nein. Mir fiel keines ein. Kein einziges.

Doch dann kam mir eine Idee.

24

Ich stützte mich auf den Stock und versuchte aufzustehen, aber meine schwachen Arme gaben nach und ich sank in die Kissen zurück.

»Du musst mir helfen nach Hause zu kommen«, sagte ich zu Carla. »Mir ist ein Symbol der Liebe eingefallen. Es ist bei mir zu Hause.«

»Gut. Dann nichts wie los!«, antwortete sie.

»Aber was ist mit den anderen, die herkommen wollten?«, fragte Sabrina, während sie ein Stück Schokoriegel vertilgte. »Was ist mit der Party?«

»Du bleibst hier und empfängst sie«, erklärte ihr Carla. »Wenn Steve bei sich zu Hause wirklich ein Zeichen der Liebe findet – und wenn es wirkt –, dann sind wir gleich wieder da.«

»Es wird wirken«, sagte ich. »Da bin ich mir sicher.« Trotzdem drückte ich mir selbst die Daumen. Was es noch schwieriger machte, von der Couch aufzustehen.

Carla sah, wie ich mich abmühte. Sie nahm meine

Hände und zog mich hoch. »Igitt! Was sind das für Dinger, die da in deinen Ohren herumkrabbeln?«, rief sie und verzog angewidert das Gesicht.

»Spinnen«, sagte ich ruhig.

Sie schluckte. »Ich hoffe wirklich, du findest etwas, das wirkt.«

»Ich auch«, murmelte ich, als sie mich zur Tür führte.

Carla drehte sich noch mal zu Sabrina um. »Futtere ja nicht die ganze Schokolade auf, während wir weg sind«, rief sie ihrer Freundin zu.

»Das ist erst mein zweiter Riegel!«, protestierte Sabrina mit vollem Mund.

Wir traten in die Dunkelheit hinaus. Einige verkleidete Kinder kamen, jedes mit einer prall gefüllten Sammeltasche in der Hand, die Einfahrt herauf. »He, Carla, wo gehst du denn hin?«, rief ein Mädchen.

»Ich vollbringe eine gute Tat!«, antwortete Carla. »Bis später!« Sie wandte sich zu mir. »Ich kann's einfach nicht glauben, dass du nicht auf mich gehört hast, Steve. Du siehst abscheulich aus.«

»Ich kann mir noch nicht einmal das grüne Zeug aus der Nase wischen!«, jammerte ich.

Die Hand auf meine Schulter gelegt, führte mich Carla nach Hause. Als wir die letzte Seitenstraße überquerten, hörte ich aus dem Haus an der Ecke laute Musik und Kinderlachen. Eine Halloweenparty.

Während ich noch neiderfüllt hinschaute, stolperte

ich über einen Schatten, der sich bewegte. Ich wäre hingefallen, hätte mich Carla nicht festgehalten. »Was war das?«, rief ich.

Da sah ich sie auch schon auf leisen Pfoten über die Straße huschen: eine schwarze Katze.

Ich lachte. Was hätte ich denn sonst tun können? Ich musste lachen.

Nur zu, Katze, dachte ich grimmig. Lauf mir ruhig über den Weg. *Mehr* Unglück kann ich sowieso nicht mehr haben – oder?

Hinter einer Reihe hoher Immergrünbüsche kam mein Haus in Sicht. Durch die Blätter hindurch konnte ich sehen, dass im Erdgeschoss überall Licht brannte.

»Sind deine Eltern zu Hause?«, fragte Carla, während sie mich über den Rasen führte.

Ich nickte. »Ja, sie sind zu Hause.«

»Wissen sie über … ähm …«

»Nein«, antwortete ich. »Sie halten es für eine ganz normale Maske.«

Sobald wir die Veranda betraten, hörte ich, wie Bingo im Haus zu bellen begann. Als ich die Tür öffnete, jaulte er vor Begeisterung laut auf und sprang an mir hoch.

Er erwischte mich mit den Pfoten an den Hüften und stieß mich rückwärts. Ich torkelte gegen die Wand.

»Runter, Bingo! Bitte geh runter!«, bat ich ihn mit meiner rauen Greisenstimme.

Mir war klar, dass Bingo sich freute, mich zu sehen. Aber ich war zu schwach für seine übliche Begrüßung.

»Runter, Bingo! Bitte!«

Carla schaffte es schließlich, den Hund von mir wegzuziehen, sodass ich mich aufrichten konnte. Sie hielt Bingo so lange fest, bis ich mein Gleichgewicht wiedererlangt hatte.

»Steve, bist du das?«, hörte ich Mom aus der Küche rufen. »Du bist ja ziemlich früh zurück!«

Sie kam ins Wohnzimmer. Sie war inzwischen in ihr graues Flanellkleid geschlüpft, das sie abends der Bequemlichkeit halber gerne trägt, und ihr blondes Haar war auf Lockenwickler gedreht.

»Oh, hallo, Carla!«, rief sie überrascht. »Ich hatte keinen Besuch mehr erwartet. Ich …«

»Ist schon in Ordnung, Mom«, krächzte ich. »Wir bleiben nur ’ne Minute. Wir müssen nur rasch was holen.«

»Gefällt dir Steves Verkleidung?«, fragte Mom Carla. »Ist das nicht die entsetzlichste Maske, die du je gesehen hast?«

»Sie meinen, er trägt eine Maske?«, witzelte Carla. Sie und Mom schütteten sich aus vor Lachen.

Bingo schnüffelte an meinen Schuhen.

»Weswegen bist du denn zurückgekommen?«, fragte mich Mom.

»Wegen der schwarz-weißen Kekse«, antwortete ich. »Du weißt schon, die Kekse, die du mir gestern gekauft hast.«

Diese Kekse waren ein Symbol der Liebe.

Mom hatte mir erzählt, dass sie einen meilenweiten Umweg gefahren war, um sie für mich zu besorgen. Sie wusste, dass ich diese Kekse über alles liebe. Und sie hatte einen Umweg in Kauf genommen, um sie mir zu kaufen, weil sie mich lieb hatte.

Also waren die Kekse ein echtes Zeichen der Liebe.

Ich konnte es kaum erwarten, in einen von ihnen zu beißen. Ein Biss, das wusste ich einfach – und ich würde diese schreckliche Maske endlich abnehmen können.

Mom verzog überrascht das Gesicht. Sie kniff die Augen zusammen und schaute mich forschend an. »Du bist wegen der Kekse zurückgekommen? Wieso? Was ist mit all den Süßigkeiten, die du gesammelt hast?«

»Ähm … also …«, stotterte ich. Ich war wie vernagelt. Mir wollte einfach keine gute Begründung einfallen.

»Er hat gerade so einen Heißhunger darauf«, kam mir Carla zu Hilfe. »Er hat mir gesagt, dass er schon den ganzen Abend an nichts anderes denken kann als an diese Kekse.«

»Das stimmt. Ich habe einen schrecklichen Heißhunger darauf«, wiederholte ich. »Schokoriegel sind nichts im Vergleich dazu, Mom. Diese Kekse sind das Allerbeste.«

»Ich mag sie auch gern«, fügte Carla hinzu. »Deshalb bin ich mit Steve hergekommen. Wir wollen sie zu meiner Halloweenparty mitnehmen.«

»Ach je«, sagte Mom. »Das ist aber jammerschade.«

»Was?«, rief ich und spürte, wie mein Herz einen Schlag aussetzte. »Wie meinst du das? Was ist damit?«

Mom schüttelte den Kopf. »Die Kekse sind alle«, antwortete sie leise. »Der Hund hat sie heute Morgen gefunden und die Schachtel aufgebissen. Tut mir leid, aber Bingo hat sie alle gefressen.«

25

Moms Worte jagten mir einen kalten Schauer den Rücken hinunter. Ich stöhnte kläglich und schaute zu Bingo hinab.

Der Hund sah zu mir hoch und begann mit seinem Stummelschwanz zu wedeln. Als wäre er mit sich selbst hochzufrieden!

Du hast mir das Leben ruiniert, Bingo!, hätte ich am liebsten geschrien. Du gieriges Schwein! Hättest du mir nicht wenigstens *einen* Keks übrig lassen können? Jetzt bin ich dazu verdammt, für immer und ewig mit diesem abstoßenden Gesicht herumzulaufen.

Und das alles nur, weil Bingo auf die schwarz-weißen Kekse genauso versessen war wie ich!

Immer noch schwanzwedelnd, rannte Bingo zu mir und strich an meinem Bein entlang. Er wollte gekrault werden.

Vergiss es, dachte ich. Dass ich dich streichle, kommt nicht in die Tüte, du Verrräter!

Ich hörte, wie Dad aus der Küche nach Mom rief. »Viel Spaß noch, Kinder«, sagte Mom. Sie winkte Carla und mir zu und eilte dann davon, um zu sehen, was Dad von ihr wollte.

Viel Spaß noch, Kinder?

Ich würde *nie* wieder Spaß haben, dämmerte es mir.

Erschöpft und niedergeschlagen wandte ich mich an Carla. »Was tun wir jetzt?«, flüsterte ich.

»Rasch, nimm Bingo hoch«, wisperte sie zurück und deutete mit beiden Händen auf den Hund.

»Wie bitte? Ich soll was? Ich werde ihn nie wieder anfassen!«, krächzte ich verdrossen.

Bingo rieb sich immer noch hechelnd an meinem Bein.

»Nimm ihn hoch!«, verlangte Carla.

»Wieso?«

»Bingo ist dein Symbol der Liebe!«, erklärte Carla. »Sieh ihn dir an, Steve. Sieh dir an, wie sehr dieser Hund dich liebt.«

»Er hat mich so lieb, dass er mir alle meine Kekse weggefressen hat!«, maulte ich.

Carla schaute mich grimmig an. »Vergiss die Kekse. Nimm den Hund hoch. Bingo ist dein Symbol der Liebe. Nimm ihn auf den Arm und drück ihn an dich. Ich wette, die Maske geht dann auf der Stelle ab.«

»Ich schätze, einen Versuch ist es wert», sagte ich

leise. Ich bückte mich, um den kleinen schwarzen Terrier hochzunehmen. Dabei knackte mein Rücken und meine schmerzenden Knie knirschten.

Bitte lass es funktionieren!, flehte ich im Stillen. *Bitte lass es funktionieren!*

Ich griff nach Bingo – aber er schoss mir zwischen den Händen davon und sauste über den Teppich in Richtung Küche.

»Bingo, komm zurück! Bingo!«, schrie ich, noch immer vornübergebeugt und mit ausgestreckten Händen.

Auf halbem Weg durchs Wohnzimmer blieb der Hund stehen und blickte zurück.

»Komm her, Bingo!«, rief ich mit meiner zittrigen Stimme. »Komm her, Junge! Komm zu Steve!«

Wieder wedelte er mit seinem Stummelschwanz. Er schaute mich mit schief gelegtem Kopf an, rührte sich aber nicht von der Stelle.

»Er spielt Spielchen mit mir«, sagte ich zu Carla. »Er möchte, dass ich ihn fange.«

Ich ließ mich auf die Knie nieder und winkte ihn mit beiden Händen zu mir. »Komm, Junge! Komm! Ich bin zu alt, um hinter dir herzulaufen! Komm, Bingo!«

Zu meiner Überraschung fiepte der Hund, rannte quer durchs Zimmer und sprang mir in die Arme.

»Schließ ihn fest in die Arme, Steve«, drängte mich Carla. »Drück ihn an dich. Es wird klappen! Ganz bestimmt!«

Der kleine Hund wog schwer in meinen schwachen Armen. Aber ich hielt ihn fest, drückte ihn so fest ich nur konnte an mich.

Nichts passierte.

26

Nach etwa einer Minute hatte der Hund genug davon, gedrückt zu werden. Er sprang mir aus den Armen und flitzte über den Teppich in die Küche davon.

Ich zerrte mit beiden Händen an der Maske, obwohl ich bereits wusste, dass ich meine Kraft vergeudete. Ich fühlte mich nicht im Geringsten anders. Nichts hatte sich geändert. Das grässliche Gesicht haftete noch immer fest an meinem Kopf.

Carla legte mir sanft die Hand auf die Schulter. »Tut mir leid«, murmelte sie. »Ich schätze, jede Maske ist anders.«

»Du meinst, ich brauche etwas *anderes,* um sie loszuwerden?«, sagte ich und schüttelte geknickt meinen alten, mit Spinnen übersäten Kopf.

Carla nickte. »Ja, etwas anderes. Wir wissen bloß nicht, was das ist.«

Ich stieß einen hilflosen Schrei aus. »Ich bin verloren!«, heulte ich. »Ich komme noch nicht einmal von den Knien hoch!«

Carla schob mir beide Hände unter die Achseln und zog mich auf die Füße. Halt suchend stützte ich mich auf den Stock. Und dann kam mir eine Idee.

»Der Mann im Umhang«, krächzte ich. »Er wird wissen, was ich tun kann.«

»Du hast Recht!«

Carlas Gesicht hellte sich auf. »Ja, du hast Recht, Steve. Er hat mir letztes Halloween geholfen. Ich bin sicher, wenn wir zu dem Partyladen gehen, hilft er auch dir!«

Sie wollte mich gleich zur Haustür ziehen, aber ich zögerte. »Es gibt da nur ein kleines Problem«, erklärte ich ihr.

Sie drehte sich zu mir um. »Ein Problem?«

»Ja«, antwortete ich. »Ich habe ganz vergessen, es dir zu sagen. Der Partyladen hat geschlossen. Für immer.«

Wir gingen dennoch los. Na ja, »gehen« ist zu viel gesagt. Ich humpelte und schlurfte und fühlte mich von Sekunde zu Sekunde schwächer und hinfälliger. Carla musste mich praktisch tragen.

Die Straßen waren verlassen und glänzten leicht im Licht der Straßenlaternen. In allen Häusern ging das Licht aus. Es war ziemlich spät. Alle Halloweener waren nach Hause gegangen.

Zwei große Hunde folgten uns die Straße entlang. Große Schäferhunde. Vielleicht dachten sie, wir würden unsere Halloweensüßigkeiten mit ihnen teilen. Aber natürlich hatte ich nichts Essbares bei mir.

»Verschwindet«, knurrte ich sie an. »Ich kann keine Hunde mehr leiden. Hunde sind nutzlos!«

Zu meiner Überraschung schienen sie mich zu verstehen. Sie machten kehrt, sprangen in großen Sätzen über den dunklen Rasen davon und verschwanden um eine Hausecke.

Minuten später kamen wir an der Zeile kleiner Geschäfte vorbei und erreichten den Partyladen. Er war dunkel und leer.

»Wegen Geschäftsaufgabe geschlossen«, murmelte ich.

Carla klopfte an die Eingangstür. Ich spähte durch das verstaubte Schaufenster in die Finsternis dahinter. Nichts bewegte sich. Es war niemand da.

»Machen Sie auf! Wir brauchen Hilfe!«, schrie Carla und trommelte gegen die Holztür.

Stille. Niemand regte sich.

Ein kalter Wind fegte die Straße entlang. Fröstelnd versuchte ich meinen Kopf zwischen den Schultern zu vergraben. »Lass uns gehen«, murmelte ich am Ende meiner Kräfte.

Doch Carla weigerte sich aufzugeben. Sie hämmerte mit beiden Fäusten gegen die Tür.

Ich wandte mich vom Fenster ab – und blickte in die Gasse neben dem Laden. »Warte«, rief ich ihr zu. »Komm mal her!«

Ich schleppte mich zur Gasse. Carla folgte mir. Dabei rieb sie sich die Fingerknöchel. Ich vermute, sie taten ihr vom heftigen Klopfen weh.

Schon von der Straße aus konnte ich sehen, dass die Falltür geschlossen war. Trotzdem führte ich Carla in die Gasse hinein. Vor der Falltür blieben wir stehen.

»Sie führt in den Keller des Partyladens«, erklärte ich ihr. »Da unten sind all die Masken und anderen Sachen.«

»Wenn es uns gelingt, da runterzukommen«, wisperte Carla, »finden wir vielleicht eine Möglichkeit, dir aus der Patsche zu helfen.«

»Möglicherweise«, flüsterte ich zurück.

Carla bückte sich, packte den metallenen Griff der Falltür und zog kräftig dran, doch die Falltür rührte sich nicht.

»Ich glaube, sie ist abgesperrt«, stöhnte Carla.

»Versuch's noch mal«, drängte ich sie. »Sie klemmt. Sie lässt sich nur sehr schwer öffnen.«

Carla packte den Griff mit beiden Händen und zog erneut. Dieses Mal schwang die Falltür auf, und die Betonstufen, die in den Keller hinabführten, wurden sichtbar.

»Komm schon. Beeil dich, Steve.« Carla zog mich am Arm.

Meine letzte Chance, dachte ich. Das ist meine letzte Chance.

Zitternd folgte ich Carla in die tiefe Dunkelheit hinab.

27

Wir drängten uns dicht aneinander, als wir uns über den Kellerboden vorwärtsbewegten. Durch die offene Falltür sickerte das bleiche Licht einer Straßenlaterne herein.

Vom anderen Ende des Raumes vernahm ich das gleichmäßige Tropfen, das ich auch das letzte Mal gehört hatte. Die großen Kartons standen noch genau so da, wie Jack und ich sie zurückgelassen hatten. Drei oder vier waren noch immer offen.

»So, da wären wir also«, murmelte Carla. Ihre Stimme klang hohl und hallte schwach von den Kellerwänden wider. Sie ließ die Augen durch den Raum huschen und richtete sie schließlich auf mich. »Was nun?«

Ich zuckte die Achseln. »Vielleicht sollten wir die Kartons durchsuchen?«

Ich ging zum nächststehenden und guckte hinein. »In dem hier befinden sich die Masken«, sagte ich zu ihr. Ich nahm eine fellbedeckte Monstermaske in die Hand.

»Igitt«, stöhnte Carla. »Leg sie weg. Wir brauchen nicht noch eine Maske.«

Ich ließ die Maske in den Karton zurückfallen. Es gab ein leises *Plop,* als sie auf den übrigen Masken landete.

»Ich habe keine Ahnung, was wir brauchen«, sagte ich. »Aber vielleicht finden wir etwas …«

»Sieh dir die an!«, rief Carla. Sie hatte einen anderen Karton geöffnet und hielt jetzt eine Art Overall in die Höhe. An seinem Rücken hing ein langer, spitzer Schwanz.

»Was ist das?«, fragte ich, während ich um zwei Kartons herumging, um zu ihr zu gelangen.

»Ein Kostüm«, antwortete sie. Sie bückte sich und zog ein weiteres aus der Kiste heraus. Leggings aus Fell mit Leopardenmuster. »Die Kiste ist voll mit Kostümen.«

»Na toll«, brummte ich. »Das hilft mir auch nicht weiter.« Ich seufzte. »Mir hilft nichts mehr.«

Carla schien mich gar nicht zu hören. Sie beugte sich über den Karton und holte ein anderes Kostüm hervor. Sie hielt es vor sich hin. Es war ein glänzender schwarzer Anzug. Sehr vornehm. Eine Art Smoking.

Als ich ihn anschaute, begann mein Gesicht zu kribbeln.

»Leg ihn weg«, sagte ich niedergeschlagen. Wir müssen etwas finden, das …«

»Oh, *igitt*!«, rief Carla. »Dieser Anzug … ist voller Spinnen!«

»Huch?«, keuchte ich. Mein Gesicht kribbelte stärker und ich hörte ein lautes Summen in den Ohren. Das Kribbeln verwandelte sich in Juckreiz.

»Ich wette, dieser Anzug gehört zu deiner Maske!«, verkündete Carla. Sie trug ihn zu mir. »Siehst du? Er wimmelt von Spinnen!«

Ich kratzte mich an der juckenden Wange. Der Juckreiz war rasch schmerzhaft geworden und ich kratzte mich kräftiger.

»Nimm ihn weg! Er verursacht mir Juckreiz!«, schrie ich.

Carla beachtete mich nicht. Sie hielt mir den schwarzen Anzug vor den Körper, direkt unters Gesicht, das juckte und brannte.

»Siehst du? Du hast den Kopf – und das ist der Körper, der dazugehört«, sagte sie, während sie ihn mir anhielt, ihn bewunderte.

»Nimm ihn weg!«, kreischte ich. »Mein Gesicht – es brennt! Au!«

Ich schlug mir verzweifelt auf die Backen. Auf die Stirn. Aufs Kinn.

»Auuuuuu!«, heulte ich. »Ich fühle mich so seltsam! Was geht hier vor?«

28

»Mir ist schrecklich heiß«, kreischte ich. »*Auuuuuu!* Was ist nur los?«

Ich legte die Hände aufs Gesicht, versuchte, den brennenden Schmerz zu lindern.

Als ich mir an die Wangen fasste, fing das Gesicht plötzlich unter meinen Händen an hochzurutschen. Höher und höher.

Ich zog die Hände zurück – während das Greisengesicht an meinem Kopf nach oben glitt.

Kühle Luft begrüßte meine Wangen und ich sog dankbar die kalte, frische Luft ein.

Einen Moment lang stand der alte Kopf über mir still, dann schwebte er auf den glänzenden schwarzen Anzug zu, den Carla in den Händen hielt, und senkte sich in den Kragen des Jacketts.

Erschrocken schrien Carla und ich auf, als sich die Anzugärmel ausstreckten. Die Hosenbeine schlugen aus. Der Anzug zuckte und wand sich, als wollte er sich freistrampeln.

Auf dem hässlichen alten Gesicht breitete sich ein Lächeln aus. Die Hosenbeine senkten sich auf den Boden hinab, wo der alte Mann ein kleines Tänzchen vollführte; die Ärmel flogen und die Hosenbeine hüpften.

Danach wandte er sich von uns ab. Die Hosenbeine beugten sich in den Knien, als er in Richtung Treppe schlurfte, hinaufstieg und durch die Falltür hinaus verschwand.

Mit großen Augen und aufgerissenem Mund standen wir da und starrten stumm durch die Öffnung nach oben.

Und dann lachten wir beide schallend los.

Wir fielen uns in die Arme, lachten und lachten, bis uns die Tränen über die Wangen liefen.

Ich lachte lauter und ausgelassener, als ich je zuvor gelacht hatte. Weil ich mit *meiner* Stimme lachte. Und mit *meinem* Gesicht. Meinem *wirklichen* Gesicht.

Das Greisengesicht hatte seinen Körper gefunden – und hatte sich aus dem Staub gemacht.

Und nun war ich wieder *ich*!

Das war das beste Halloween aller Zeiten! In meinem ganzen Leben war ich noch nie so glücklich darüber gewesen, dass alles ganz *normal* war.

Auf dem Nachhauseweg tanzten Carla und ich die Straße entlang. Wir waren beide überglücklich.

Wir waren nur noch einen halben Straßenblock von meinem Haus entfernt – als plötzlich eine Gestalt hinter der Hecke hervorsprang.

Carla und ich klammerten uns aneinander und stießen schrille Schreckensschreie aus.

Die Gestalt hatte eine lila Haut, die im Schein der Straßenlaterne leuchtete, feurig rote Augen, einen Mund voller abgebrochener, faulender Zähne, und aus ihrer Backe ragte ein dicker brauner Wurm heraus.

Ungläubig glotzte ich auf den Wurm, der auf und ab wippte, starrte in das Furcht erregende violette Gesicht. Und auf einmal erkannte ich es.

»Jack!«, schrie ich.

Unter seiner Maske ließ er ein heiseres Lachen ertönen. »Reingelegt!«, grölte er. »Ich habe euch beiden wirklich einen Schrecken eingejagt! Ihr hättet eure Gesichter sehen sollen!«

»Jack …«

»Ich habe hier auf dich gewartet, darauf gewartet, dich zu überraschen«, sagte er mit schnarrender Stimme zu mir. Während er sprach, wippte der abscheuliche Wurm in seiner Wange auf und ab.

»Ich habe mir heimlich eine Maske gegrapscht, als ich aus dem Keller gerannt bin. Ich habe es dir nicht erzählt, weil ich dir einen ordentlichen Schrecken einjagen wollte.«

»Du hast mich zu Tode erschreckt!«, gestand Carla und knuffte ihn freundschaftlich. »Und jetzt nimm deine Maske ab, und dann sollten wir zusehen, dass wir nach Hause kommen.«

»Ähm … ich habe da nur ein Problem«, antwortete Jack und senkte die Stimme.

»Ein Problem?«

Jack nickte. »Ich habe ein bisschen Schwierigkeiten damit, die Maske wieder abzubekommen. Meint ihr, ihr könnt mir dabei vielleicht helfen?«

Vollmondfieber

Aus dem Amerikanischen
von Hanne Hammer

1

Meine Schwester Alesha warf den Kopf zurück, schloss die strahlend blauen Augen und öffnete den Mund zu einem langen, hohen tierischen Heulen.

Ich atmete tief durch und stimmte mit ein. Ich formte mit den Händen einen Trichter vor dem offenen Mund und heulte lauter, mein schrilles Jaulen mischte sich mit dem Aleshas.

»Owooooo!«

Scruffy, unser Langhaardackel, warf bei dem Klang den Kopf zurück. Dann richtete er sich auf seinen kurzen, dicken Hinterbeinen auf und begann, wild zu bellen.

Je länger wir heulten, desto stärker bellte er.

Moms ärgerlicher Ruf übertönte unser Geschrei. »Robbie – Alesha – hört auf, den Hund zu quälen!«

Alesha und ich hörten sofort auf. Lachend ließen wir uns auf den Wohnzimmerteppich fallen. Scruffy gab noch ein paar Jaultöne von sich. Der kleine Kerl schnappte nach Luft, sein Schwanz wedelte wild hin und her.

Ich hob ihn mit beiden Händen hoch, drehte mich auf den Rücken und zog ihn auf mich. Er begann, mein

Gesicht zu lecken. Ich hatte das Gefühl, dass er mich bitten wollte, nicht mehr zu heulen.

»Ihr wisst, dass Scruffy dieses Heulen hasst. Warum nur macht es euch solchen Spaß, den Hund zu quälen?«, fragte Mom und blickte uns missbilligend von der Tür her an.

»Weil es lustig ist«, antwortete ich.

Aus irgendeinem Grund fanden Alesha und ich das komisch und lachten wieder wie verrückt los.

»Ihr zwei seid so komisch wie aufgesprungene Lippen«, sagte Mom.

Es war eine ihrer Redewendungen. Sie sagte das immer. »Warum ärgert ihr nicht jemanden, der es mit euch aufnehmen kann?«

»Okay«, antwortete ich, »dann ärgere ich Alesha.« Ich packte meine Schwester an den Schultern und rang mit ihr, bis sie auf dem Boden lag.

Sie stieß einen Schrei aus und boxte mir in den Bauch.

Scruffy sprang auf sie und begann wieder zu bellen, er wollte mich beschützen.

»Steht auf!«, rief Mom. »Kommt her. Guckt mal nach eurem Gepäck für die Nacht. Seht, ob ihr alles habt, was ihr mitnehmen wollt.«

Alesha und ich stöhnten.

Wir sind beide groß und ein bisschen rundlich. Genau genommen sind wir gleich groß, obwohl ich zwölf bin und sie elf ist. Wir haben beide glattes schwarzes

Haar und große blaue Augen. Und wir sind beide ganz groß im Stöhnen und Jammern. Und stolz darauf!

»Warum müssen wir heute Abend Opa John besuchen?«, quengelte ich.

Dad erschien hinter Mom, er schleifte unsere Reisetaschen hinter sich her. Er beantwortete meine Frage.

»Weil er einsam ist. Weil er keine Kinder mehr im Haus hat. Weil er sich darauf freut, euch zu sehen.«

»Aber er erzählt uns immer so unheimliche Geschichten!«, rief Alesha.

»Opa John versucht immer, uns Angst zu machen«, sagte ich.

Dad stellte unsere beiden Taschen an der Eingangstür ab und sah uns stirnrunzelnd an. »Aber ihr habt mir doch gesagt, dass es euch gefällt, wenn er euch Angst macht – erinnert ihr euch?«

»Ja ... schon«, antwortete ich. Ich stand vom Boden auf und ging zu meiner Tasche, um zu sehen, ob alles da war, was ich brauchte.

Dad hatte Recht. Alesha und ich lieben unheimliche Filme und Bücher. Wir erfinden gern schaurige Geschichten, um den beiden Kindern von nebenan Angst zu machen, bei denen wir immer babysitten.

Es war gerade erst Oktober, und wir hatten schon damit begonnen, uns über wirklich gruselige Halloweenkostüme Gedanken zu machen.

Wir *lieben* unheimliche Sachen. Aber Opa John ist ein bisschen *zu* unheimlich.

Ich meine, er sieht so verrückt aus. Er ist sehr groß und dürr und blass. Mit seinen nach vorne geneigten Schultern, den mageren, knochigen Armen, den Händen, die er ständig gegeneinanderreibt, und den hervorquellenden Augen, mit denen er uns anstarrt, erinnert er mich immer an irgendein großes Insekt – an eine blasse Spinne oder eine Gottesanbeterin. Opa John lebt allein in einem kleinen Haus tief im Wald. Alesha und ich können nie schlafen, wenn wir bei ihm sind. Immer heult der Wind, und wir hören, wie Tiere direkt vor unserem Schlafzimmerfenster herumkriechen, hören seltsame Schreie und Klagelaute.

Aber das ist nicht der einzige Grund, weshalb wir keinen Schlaf finden. Jedes Mal, wenn wir Opa John besuchen, wartet er, bis es wirklich spät ist. Dann macht er ein großes, prasselndes Feuer in dem alten gemauerten Kamin. Und erzählt uns die unheimlichsten Geschichten – Geschichten, von denen wir noch wochenlang Albträume haben.

Geschichten, von denen er behauptet, dass sie wahr sind.

Wie die Geschichte von dem Fünftklässler, der keinen Kopf mehr hatte, aber weiterhin jeden Tag in die Schule kam – obwohl die anderen Kinder ihm den Kopf abgeschlagen und auf dem Schulhof vergraben hatten.

Oder die Geschichte von den Seebewohnerinnen – zwei Mädchen, die ertranken, aber als Zombies weiterlebten. Sie haben Pflanzen vom Seeboden gegessen und unter Wasser überlebt. Zum Spaß haben sie Schwimmer an den Füßen auf den Grund des Sees hinuntergezogen, sodass sie für immer mit ihnen dort unten leben mussten.

Schöne Geschichten, nicht?

»Der Schlafanzug passt mir nicht mehr«, beschwerte sich Alesha, zog ihn aus der Tasche und warf ihn durchs Zimmer.

»Warum hast du den eingepackt? Du weißt, dass ich ihn nicht mehr anziehen kann.«

»Okay, geh rauf und hol dir selbst einen Schlafanzug«, seufzte Mom.

»Warum kann Scruffy nicht mitkommen?«, fragte ich, streichelte den kleinen Kerl und kraulte ihn hinter den Ohren. »Scruffy würde es im Wald gefallen.«

»Na klar.« Dad verdrehte die Augen. »Scruffy ist ja auch ein richtiger Hund für draußen. Er hat Angst vor *Blättern*!« Er und Mom brachen in Gelächter aus.

»Haha«, murmelte ich. »Er hat nicht vor allen Blättern Angst – nur vor den *großen*.«

Ich nahm Scruffy hoch. »Komm, alter Junge. Wir besuchen Opa John.«

»Lass ihn runter«, schimpfte Mom. »Du weißt, warum Scruffy nicht mitkann. Opa John ist allergisch gegen Hunde. Er muss niesen und bekommt Ausschlag, wenn er in ihre Nähe kommt.«

»Hah... hah...«, ich öffnete den Mund, schloss

die Augen und setzte zu einem starken Nieser an. »Haaaaatschiii!«

Alesha lachte, während sie ein Nachthemd in ihre Tasche stopfte.

»Ich bin allergisch gegen Opa John!«, erklärte ich. »Vielleicht sollte ich lieber mit Scruffy zu Hause bleiben.«

»Sehr gut«, sagte Dad und verdrehte die Augen. »Packen wir die Sachen ins Auto. Es wird langsam spät.«

Ich stieß einen Seufzer aus und setzte Scruffy wieder auf den Boden. Dann griff ich nach meiner Jacke, nahm meine Tasche und ging hinaus. Ich trat in den klaren, kalten Abend hinaus. Ich konnte meinen Atem vor mir sehen. Ich fühlte mich mehr wie im Winter als wie Anfang Oktober.

Und als ich zu unserem Auto ging, das in der Auffahrt parkte, spürte ich, wie mir ein kalter Schauer den Rücken hinunterlief.

Warum hatte ich so ein schlechtes Gefühl, was diesen Besuch bei Opa John anging?

Warum nur glaubte ich, dass dieser Besuch besonders unheimlich würde?

2

Die Fahrt zu Opa John dauerte ungefähr eine Stunde. Alesha und ich verbrachten die Zeit damit, auf dem Rücksitz über unsere Halloweenkostüme zu reden.

»Ihr könnt doch nicht *beide* als riesige, pelzige Weltraumkäfer gehen!«, erklärte Mom.

»Wo wollt ihr denn den Pelz herbekommen?«, mischte sich Dad ein.

»Wir haben doch Scruffy«, witzelte ich.

»Das ist so komisch wie aufgesprungene Lippen«, sagte Mom.

Dad bog von der Straße ab und folgte dem unbefestigten Weg, der zu Opa Johns Haus im Wald führte. Opa John erwartete uns an der Tür. Hinter ihm konnte ich den orangefarbenen Schein eines Feuers sehen, das im Kamin brannte.

Opa John trug einen khakifarbenen Overall und ein rotes Flanellhemd. Er kam mit seinem steifbeinigen Heuschreckengang auf uns zu. Bei jedem Schritt bewegte sich sein Kopf ruckweise auf und ab. Sein langes, glattes weißes Haar flatterte im Wind.

Er zog die hintere Tür des Autos auf, beugte sich herein und starrte Alesha und mich mit seinen hervorquellenden Käferaugen an. »Tja, tja, tja«, sagte er grinsend.

»Wie geht's dir, Opa John?«, fragte ich und rutschte aus dem Auto. Ich fröstelte in der eisigen Luft.

Opa John rieb die Hände gegeneinander. »Willkommen in meinem Haus, *sagte die Spinne zu der Fliege*!« Sein Grinsen wurde breiter.

Der Wind ließ die Bäume wispern und schwanken. Der blasse Halbmond zog niedrig über den wolkenverhangenen Himmel. Im Licht der Autoscheinwerfer sah ich eine große Maus eilig an einer Seite des Hauses verschwinden.

Ich fröstelte wieder.

Immer wenn ich bei Opa John schlafe, höre ich spätabends über meinem Kopf das Scharren kleiner Füße auf den hölzernen Dachbalken. Das Haus muss voll von solchen großen braunen Mäusen sein, dachte ich.

Nach ausgiebigen Umarmungen und Begrüßungen führte uns Opa John ins Haus. Drinnen war es warm. Im Kamin zerbarst ein Kiefernzapfen und ließ gelbe Funken sprühen. Das Haus roch nach abgestandenem Tabakrauch. Jeden Abend nach dem Essen rauchte Opa John seine Pfeife.

»Ist der Sessel neu?«, fragte Dad und zeigte auf einen breiten, klobigen grünen Ledersessel, der vor dem Kamin stand.

Opa John nickte. »Irgendein Tier ist ins Haus reingekommen. Ein Waschbär, vermute ich. Es hat meinen alten Sessel total zerfetzt.«

Alesha schluckte. »Hast du den Waschbären verjagt?«

Opa John kratzte sich am Kopf. »Ich denke, er ist weg. Ich habe ihn jedenfalls nicht mehr gesehen.«

Er wandte sich mir zu. »Ich habe diese Kekse besorgt, die du so gerne magst, Robbie. Und ich werde uns eine große Schüssel Popcorn machen.« Er rieb seine knochigen Hände gegeneinander. »Zeit zum Futtern.«

»Für uns ist es Zeit zu gehen«, sagte Mom. »Wir haben für acht einen Tisch reserviert. Wir sind schon spät dran.«

Mom und Dad liefern Alesha und mich immer nur ab. Dann verschwinden sie möglichst schnell in ihr Lieblingsrestaurant in der nahe gelegenen Stadt. So bleibt Opa John viel Zeit, die er mit uns alleine verbringen kann.

Zeit, in der er uns zu Tode ängstigen kann!

Er brachte sie zum Auto, um sie zu verabschieden. Ein Schwall kalter Luft wehte mit ihm herein, als er zurückkam. Er machte die Tür hinter sich zu und schloss ab.

»Kalt heute Abend«, murmelte er und rieb die Ärmel seines Flanellhemdes gegeneinander. »Lasst mich erst mal das Popcorn machen. Dann wärmen wir uns am Feuer.«

Einige Minuten später hatte er ein Tablett mit Keksen, einer großen Schale Popcorn und zwei großen Gläsern Apfelsaft auf den niedrigen Tisch vor uns gestellt.

Alesha und ich saßen auf der Kante des abgenutzten Ledersofas und beugten uns vor, um an die Knabbereien zu kommen. Im Kamin tanzten und sprangen die Flammen. Ich konnte die Hitze des Feuers auf meinem Gesicht und durch meinen Pullover hindurch spüren.

Opa John setzte sich in seinem neuen Ledersessel zurecht. Der Sessel gab ein *Quaaaaatsch*-Geräusch von sich, als er sich hineinsetzte. Er grinste uns an, beobachtete uns, wie wir eine Hand voll Popcorn nach der anderen verschlangen. Das Feuer warf zuckende Schatten über ihn.

Opa John nahm seine Pfeife, strich ein paarmal mit der Hand darüber, dann legte er sie wieder zurück. »Bald ist Halloween«, sagte er leise. »Seid ihr bereit für eine Geschichte? Ich kenne eine gute Halloweengeschichte.«

Ich wollte gerade antworten, doch ein schriller Tierschrei unterbrach mich.

Er klang so nah – direkt vor dem vorderen Fenster.

»Was war das?«, rief ich.

Ich horchte, ob ich noch einen Schrei hören würde. Aber alles blieb still.

Opa John beugte sich in seinem großen Sessel vor. »Vielleicht ist es der Wind in den Bäumen«, antwortete er, seine Stimme war nur ein Flüstern. »Oder … jemand, den das Vollmondfieber gepackt hat.«

Ich hielt den Atem an. »Vollmondfieber? Was ist denn das?«

3

Ein Zweig zerbarst im Feuer. Ein verbranntes Stück von einem Holzklotz fiel herunter und brach auseinander, versprühte einen rot-gelben Funkenregen.

Die Schatten tanzten über Opa Johns Gesicht. Das Feuer spiegelte sich in seinen großen, feuchten Augen.

»Es ist eine lange Geschichte«, antwortete er schließlich. Er räusperte sich. Seine riesigen Hände krochen wie Spinnen über die Sessellehnen.

Ich nahm eine große Hand voll Popcorn und setzte mich auf dem Sofa zurück.

Alesha, die neben mir saß, hatte die Hände fest in den Schoß gepresst. Ihre Augen waren auf Opa John gerichtet.

»Die Geschichte spielt vor einem Jahr«, begann er. »Letzten Oktober. Ihr erinnert euch vielleicht, dass ich damals auf Reisen war. Ich verbrachte einige Zeit in Kanada. Tief in den nördlichen Wäldern. Ich wanderte und zeltete.«

»War es kalt?«, unterbrach ihn Alesha. Sie lehnte sich vor, um nach ihrem Glas mit Apfelsaft zu greifen.

Opa John klopfte mit den Fingern leicht auf die Sessellehnen. Er mochte es nicht, wenn man ihn unterbrach, während er eine seiner Geschichten erzählte. Ich glaube, Alesha machte es absichtlich, um ihn zu ärgern.

»Es war kalt, aber schön«, antwortete er ihr. »Die Luft roch nach Kiefern, so frisch und sauber war sie. Die Hügel glänzten grün wie Smaragde.«

Er räusperte sich erneut. »Es war eine herrliche Zeit, ich wanderte ganz allein durch die Kiefernwälder. Aber eines Abends entfernte ich mich zu weit von meinem Zeltplatz und verlief mich in der Dunkelheit. Die Sonne war untergegangen. Wolken verdeckten Mond und Sterne.

Irgendwie verlief ich mich. Große Kiefern wuchsen um mich herum. Plötzlich hatte ich das Gefühl, in der Falle zu sitzen, als würden mich die Kiefern gefangen halten und den Weg vor mir verbergen.

Ich irrte ein oder zwei Stunden umher. Die Batterien in meiner Taschenlampe begannen, schwächer zu werden. Das Licht wurde trübe. Ich wusste, dass ich mich tatsächlich verirrt hatte. In den Bäumen hörte ich Tierlaute. Ein leises Heulen und Stöhnen. Ich konnte das Scharren von Tierpfoten auf den vertrockneten Blättern hören, auf der Decke aus getrockneten Kiefernnadeln, die den Waldboden überzog.«

»Waren die Tiere freundlich? Oder hungrig?«, fragte Alesha.

»Ich weiß es nicht«, antwortete Opa John. »Ich versuchte, nicht in Panik zu geraten. Aber das Herz klopfte mir bis zum Hals. Die Angst schnürte mir die Kehle zu, verursachte mir Schluckbeschwerden. Es wurde kälter. Der Wind frischte auf. Ein heulender Wind, genau wie heute Abend. Meine Zähne begannen zu klappern. Ich *musste* den Weg finden.

Mein Zelt und meine Vorräte – alles hatte ich am Weg zurückgelassen. Ich konnte die Schritte der Tiere hören, die mir folgten, während ich herumirrte.

Schließlich sah ich durch die Stämme der hohen Kiefern ein schwaches, flackerndes Licht. Der Schein eines Feuers im Fenster einer kleinen Hütte.

Ich stieß einen Freudenschrei aus, so glücklich war ich.

Ich rannte zu der Hütte und klopfte an die Holztür. Nach ein paar Sekunden wurde die Tür von einer alten Frau geöffnet. Sie hielt vor Angst den Atem an, als sie mich sah. Das Haar hing mir wild ins Gesicht. Ich atmete schwer. Ich muss grauenhaft ausgesehen haben!

›Ich … ich habe mich verirrt‹, gelang es mir trotz meiner klappernden Zähne zu stammeln.

Die alte Frau bat mich herein. ›Ich habe nicht oft Besuch‹, sagte sie. Sie ließ mich vor dem Kamin stehen, bis ich mich aufgewärmt hatte. Ich beugte mich nah zum Feuer hinunter. Es dauerte lange, bis ich nicht mehr zitterte.

Dann ließ sie mich an ihrem Holztisch Platz nehmen und stellte einen großen, dampfenden Teller Suppe vor mich hin. Sie war sehr nett. Sie erzählte mir, dass ihr Mann Jäger und Fallensteller war. Sie hatten ihr ganzes Leben tief im Wald verbracht. Er war nicht zu Hause, er sah nach seinen Fallen für Pelztiere.

Wir sprachen eine Weile miteinander. Dann erklärte sie mir, wie ich wieder zu meinem Weg kommen konnte. Ich bedankte mich und stand auf, um zu gehen. Doch an der Tür hielt sie mich zurück.

›Sehen Sie beim Gehen auf den Boden‹, warnte sie mich. ›Heute ist eine Nacht, in der man Vollmondfieber bekommen kann.‹

Ich drehte mich zu ihr um. Ich hatte noch nie etwas von Vollmondfieber gehört. Ich fragte sie, was Vollmondfieber sei.

Sie bedeutete mir, mich wieder an den Tisch zu setzen. Ich gehorchte.

Das Feuer wärmte meinen Rücken, während sie mir gegenübersaß, die alten, schwieligen Hände fest auf dem Tisch gefaltet. Dunkle Schatten tanzten über ihr runzliges Gesicht. Aber ihre grauen Augen leuchteten hell, als sie mit ihrer Erklärung begann.

›Heute ist Vollmond‹, sagte sie. ›Und wenn in der Halloweennacht Vollmond ist, wirft der Mond ein besonderes Licht. Ein gefährliches Licht.‹

›Wieso gefährlich?‹, fragte ich.

Ihre Augen brannten sich in meine. ›Wenn Sie genau im richtigen Moment in den Vollmond schauen‹, warnte sie mich, ›erwischt es Sie. Sie bekommen Vollmondfieber.‹

›Ist das eine Krankheit?‹, fragte ich und lehnte mich über den Tisch zu ihr hin. Ich fühlte mich bereits fiebrig von der Hitze des Feuers.

›Es beginnt mit Fieber‹, erklärte die alte Frau. Ihre Stimme wurde schrill. ›Wie eine plötzlich auftretende Grippe. Doch dann verändert sich Ihr Körper.‹

Ich musste lachen. Vermutlich war es ein nervöses Lachen. ›Sie meinen, man wird zum *Werwolf*?‹, rief ich.

Sie schüttelte den Kopf. ›Wer Vollmondfieber bekommt, wird halb Mensch, halb Tier. Er kann nicht mehr mit anderen Menschen zusammenleben. Weil er zu hungrig ist … gefährlich hungrig.‹

Ich lachte wieder. Vielleicht war es ihr intensiver Gesichtsausdruck, die glühenden Augen, der angespannte Mund. So eine verrückte Geschichte, dachte ich. Genau die Art Horrorgeschichte, die eine alte Frau mitten im Wald erfindet, um einem Wanderer Angst zu machen.

›Gibt es ein Heilmittel?‹, fragte ich.

Sie nickte. Der Glanz verschwand aus ihren Augen. ›Kein einfaches Heilmittel‹, flüsterte sie. ›Man muss 28 Tage warten, bis das *nächste* Mal Vollmond ist. Dann muss man genau im richtigen Moment ins Mondlicht schauen.‹

›So heilt man Vollmondfieber?‹, fragte ich sie.

Sie schloss die Augen und seufzte. ›Ich weiß es nicht. Es hat noch niemand bis zum nächsten Vollmond überlebt …‹

Ich starrte sie eine geraume Weile an, beobachtete das Spiel der Schatten auf ihrem Gesicht. Dann bedankte ich mich für die Geschichte und für ihre Freundlichkeit.

Ich trat hinaus und atmete die kalte, frische Luft in tiefen Zügen ein. Unter meinem Parka spürte ich noch immer die Wärme des Feuers auf meinem Rücken. Und als ich meinen Rückweg antrat, sah ich noch immer die leuchtenden grauen Augen der alten Frau vor mir.

Ich stellte fest, dass ich stillvergnügt in mich hineinlachte, während ich ihrer Wegbeschreibung folgte. Was für eine verrückte Geschichte, murmelte ich. Warum wollte sie mir Angst machen? Vielleicht aus Langeweile, dachte ich.

Aber ihre Wegbeschreibung war gut. Ich fand den Weg leicht. Mit einem dankbaren Seufzer stemmte ich mich gegen den Wind und folgte dem Weg bergauf.

Ich hatte total vergessen, dass an diesem Abend Halloween war.

Ich sah in den Himmel. Die Wolken teilten sich und enthüllten einen leuchtenden Vollmond. Er schien so nahe über mir zu schweben ... direkt über meinem Kopf.

Als ich zu ihm hochblickte, ließ ein Mondlichtstrahl mich blinzeln.

Das seltsame silberne Licht umflutete mich. Es war so kalt. Kalt wie Eis.

Das silberne Licht verschwand. Mir wurde plötzlich schwindelig. Ich rieb mir mit meinen behandschuhten Fingern die Stirn. Ich fiel auf die Knie.

Ich fühlte mich krank. Mein Magen krampfte.

Ich schwitzte. Ich zitterte am ganzen Körper. Kälteschauer liefen mir den Rücken hinunter. Aber gleichzeitig war mir so heiß ... so unerträglich heiß.

Und dann begann sich mein Körper zu verändern. Meine Haut juckte. Alles brannte und juckte. Meine Augen juckten!

Und dann ... konnte ich das Fell spüren ... es drängte nach oben, drängte durch meine Haut hindurch. Dickes, stoppeliges Fell drängte durch meine Arme, meine Beine, meine Brust nach oben.

Es hatte mich erwischt, versteht ihr«, sagte Opa John aufgeregt und beugte sich auf dem Rand seines großen Sessels nach vorn. »Ihr habt begriffen, was passiert ist ... nicht wahr? Ich habe Vollmondfieber bekommen – letztes Jahr an Halloween!«

Alesha und ich starrten ihn mit offenen Mündern schweigend an. Seine Augen quollen hervor. Er atmete schnell.

Mit einem wütenden Knurren sprang Opa John aus seinem Stuhl – und stürzte auf uns zu.

»Ich habe Vollmondfieber!«, brüllte er. *»Und jetzt stecke ich EUCH an!«*

4

Alesha und ich schrien auf.

Ich versuchte zu entkommen, vom Sofa aufzuspringen. Doch Opa Johns Arme streckten sich nach uns aus. Fingen uns ein.

Er warf den Kopf zurück – und lachte. Ein hohes, schrilles Lachen, das wie das Wiehern eines Pferdes klang.

Er hielt uns beide fest. Als er endlich zu lachen aufhörte, liefen ihm Tränen über die Wangen. Ein breites Grinsen breitete sich auf seinem Gesicht aus.

»Diesmal habe ich euch *wirklich* Angst eingejagt!«, stellte er fest. »Es war nur eine Geschichte. Nur eine von meinen Geschichten!« Dann warf er den Kopf zurück und lachte wieder. Ich gab ein ärgerliches Brummen von mir und befreite mich aus seinem Griff.

Alesha blickte finster drein und schüttelte den Kopf. »Ich … kann nicht glauben, dass wir darauf reingefallen sind«, flüsterte sie mir zu. Sie hatte die Hände zu Fäusten geballt. »Ich kann nicht glauben, dass er es wieder geschafft hat, uns Angst zu machen.«

»Ihr seid zu leichtgläubig, Kinder«, sagte Opa John und wischte sich die Tränen von den Wangen. »Zu leichtgläubig.«

»Ich falle nie mehr auf eine deiner Geschichten herein!«, sagte ich zu ihm.

Sein Grinsen wurde noch breiter. Seine Augen blitzten. »Wir werden ja sehen«, sagte er in sich hineinlachend.

Wir hatten eine unruhige Nacht.

Das Licht des Halbmonds schien in unser Schlafzimmerfenster und ich musste immer wieder an Opa Johns Geschichte denken. Ich war froh, als Mom am nächsten Morgen kam und uns abholte. Alesha und ich zogen unsere Jacken an, verabschiedeten uns von Opa John und stürmten aus der Tür.

Opa John begleitete uns hinaus. »He, in zwei Wochen ist Halloween«, rief er uns hinterher. »Denkt daran, Kinder – seht nicht in den Vollmond!«

Alesha und ich schüttelten die Köpfe und stöhnten.

So ein Witzbold.

Aber hätten wir nur auf ihn gehört …

5

In der Woche vor Halloween bekamen Alesha und ich die Grippe. Wir verbrachten mehrere Tage im Bett und waren zu erschöpft, um an unseren Kostümen zu arbeiten.

Deshalb hasteten wir am Halloweenabend durch das Haus, um auf die Schnelle noch irgendein Kostüm zusammenzubasteln. Alesha zog ein gelbes Sweatshirt und gelbe Leggins an. Dann klebte sie sich einen glänzenden gelben Plastiktrichter falsch herum auf den Kopf. »Ich bin ein Teletubby«, erklärte sie.

Ich legte ein schwarzes Bettlaken zu einem Umhang zusammen. Aus meinem Schrank holte ich mir eine alte schwarze Maske und ein Spielzeugschwert aus Plastik. »Ich bin Zorro«, verkündete ich.

»Ein bisschen schwach ist das schon«, sagte Alesha und sah mich stirnrunzelnd an.

»Immerhin habe ich ein Schwert«, antwortete ich.

»Ein Babyschwert mit einer Gummispitze!«, spottete sie. Warum kann sie mich nicht einmal in Ruhe lassen?

Ich merkte, wie jemand kräftig an meinem Umhang zog. »He!«, rief ich. »Scruffy – verschwinde! Verschwinde!«

Der Hund hatte mit seinen Zähnen den Saum des Umhangs gefasst und knurrte und zog. Er versuchte, ihn mir wegzunehmen.

»Geht dieser Hund auf eine Schule, auf der man lernt, Menschen zu ärgern?«, fragte ich Alesha.

Sie lachte. »Ich glaube, das ist Scruffys altes Laken! Er will es nur zurückhaben.«

Mom kam herein, als ich Scruffy einen kleinen Tritt versetzte, damit er den Umhang losließ.

»Robbie – du sollst nicht nach dem Hund treten!«, rief sie. »Warum musst du den armen Hund immer quälen?«

»Tu ich doch gar nicht!«, jammerte ich. »Scruffy quält *mich*!«

Mom hob Scruffy mit beiden Händen hoch und hielt ihn sich vor das Gesicht. Er leckte ihr die Lippen.

»Ohhh, bähhh!«, stöhnte ich. »Hundeküsse!«

Mom ließ sich von Scruffy noch ein paar Küsse geben. Nasse, glibberige Hundeküsse. Vermutlich nur, damit Alesha und ich uns ekelten.

Schließlich drehte sie sich zu mir um. »Was bist du denn? Ein Sheriff? Du hast keinen Cowboyhut.«

Ich stieß ein langes Knurren aus und ballte die Hände zu Fäusten. »Ich bin Zorro«, brummte ich.

»Sorry.« Mom setzte Scruffy auf den Boden. »Und das Laken um deinen Hals ist ein Umhang – richtig?«

»Richtig«, murmelte ich. »Sieht es denn nicht wie ein Umhang aus?«

Mom antwortete nicht. Stattdessen kniete sie sich neben Scruffy hin. »Was frisst du da?«, fragte sie den Hund. »Was hast du da im Maul?«

Sie schob die Zähne des Hundes auseinander und zog ein gebrauchtes Papiertaschentuch heraus.

»Pfui Teufel! Der Hund frisst jeden Dreck, den er auf dem Boden findet«, stöhnte Alesha.

»Deshalb sollt ihr auch nichts auf den Boden werfen«, schimpfte Mom.

Scruffy frisst ein schmutziges Taschentuch und *wir* werden ausgeschimpft!

»Erinnert ihr euch an letztes Halloween?«, fuhr Mom

fort und warf das Taschentuchknäuel in den Abfalleimer. »Ihr habt eure Taschen mit den Süßigkeiten auf dem Boden stehen gelassen …«

»Und der doofe Hund hat sie fast alle aufgefressen!«, stöhnte ich.

»Der arme Kerl war eine Woche lang krank«, sagte Mom und streichelte seinen kleinen braunen Kopf.

»Keine Sorge. Das passiert nicht noch mal!«, erklärte ich.

Alesha gab ihrem Kostüm den letzten Pfiff, indem sie einen Pappbildschirm vorne auf ihr Sweatshirt klebte. Dann nahmen wir unsere Taschen für die Süßigkeiten und machten uns auf den Weg Richtung Haustür.

Scruffy rannte neben uns her. Er glaubte, er dürfte mit.

»Bleibt nicht zu lange«, rief Mom von der Diele her. »Und entfernt euch nicht zu weit aus der Nachbarschaft.«

»Tut dies nicht und tut das nicht«, murmelte ich. »Warum müssen einem Eltern immer den Spaß an Halloween verderben? Was ist ihr Problem?«

»Ich glaube, sie machen sich Sorgen«, antwortete Alesha.

»Und worum machen sie sich Sorgen?«, fragte ich.

Alesha antwortete nicht. Ihr Trichter neigte sich zur Seite. Sie schob ihn wieder zurecht.

»Eigentlich müsste ich den ganzen Abend in Babysprache sprechen, ich bin doch ein Teletubby«, sagte sie.

»Sprichst du jemals anders?«, witzelte ich.

Sie stieß mich von der vorderen Veranda herunter.

Ich verfing mich in meinem Umhang und landete rücklings im Gras. »Das fängt ja super an«, brummte ich. Ich sprang hoch und tat, als wollte ich sie mit meinem Plastikschwert erdolchen.

Es war ein klarer, kalter Abend. Leichter Frost ließ den Rasen schimmern. Ich sah zum Himmel. »Wir haben Vollmond! He, Alesha – Vollmond an Halloween! *Vollmondfieber!*«

Sie grinste. Und öffnete den Mund, um etwas zu sagen.

Doch als wir die große, hässliche Gestalt sahen, die durch unseren Vordergarten auf uns zugetorkelt kam, hielten wir beide den Atem an.

Halb Mensch, halb Bestie, taumelte sie vorwärts, die Arme zum Vollmond erhoben. Und stöhnte: *»Helft mir … helft mir!«*

6

Alesha schrie auf – und wich aus, als die Bestie sie zu fassen versuchte.

Ich sprang auch zur Seite. Und musste lachen, als mir klar wurde, dass wir beide ein großes, pelziges Halloweenkostüm anstarrten.

Mit einem Stöhnen wirbelte das Geschöpf von Alesha weg und sprang auf mich zu.

Ich streckte die Hand aus, griff nach der langen, pelzigen Schnauze der Maske – und zog sie herunter.

»Maggie!«, rief Alesha.

Beide starrten wir Aleshas beste Freundin Maggie Brown an.

Maggie streckte eine pelzige Pfote aus und riss mir die Maske aus den Händen. »Grrrr!« Sie knurrte mich an und fuhr mit der Pfote durch die Luft, als wollte sie mich kratzen.

»Was für ein super Kostüm!«, rief Alesha.

»Soll das Barbie sein?«, witzelte ich.

»Nein. Das sollst du sein, Robbie!«, konterte Maggie. Sie hielt den Arm hoch. »Das ist richtiger Pelz.«

Sie knurrte noch einmal. »Ich wollte schon immer ein Wolf sein. Seit ich im letzten Jahr dieses Projekt über Wolfsrudel gemacht habe. Ich finde Wölfe einfach cool.«

»Ist das Wolfspelz?«, fragte Alesha und strich über den pelzigen Kostümärmel.

»Ich weiß nicht, was für ein Pelz das ist«, gab Maggie zu.

»Wahrscheinlich Babyrobbe«, scherzte ich.

»Halt die Klappe, Robbie!«, rief Maggie. »Das ist nicht lustig. Das ist widerlich.«

Ich hörte Scruffy im Haus bellen. Wahrscheinlich sah er Maggie durch das Fenster und hielt sie für einen großen Hund.

»Gehen wir jetzt Süßigkeiten sammeln oder nicht?«, fragte ich ungeduldig. Ich schwang mein Schwert in der Luft. »Wenn wir nicht bald in die Gänge kommen, sind alle guten Sachen weg.«

Maggie zog sich ihre Wolfsmaske über das Gesicht. »Ich bin bereit.«

Alesha brachte ihren Trichter in die richtige Position und strich den Pappbildschirm auf ihrem Bauch glatt. »Gehen wir.«

»Zuerst gehen wir da lang«, sagte ich und zeigte mit meinem Schwert die Straße hinunter. »Dann kehren wir auf der anderen Straßenseite zurück.«

»Hoffentlich gibt uns niemand Äpfel«, sagte Maggie. Ihre Stimme klang gedämpft unter der schweren Pelzmaske. »Ich hasse es, wenn mir jemand Äpfel gibt, ihr auch?«

»Ich hasse saure Apfelringe«, antwortete ich. »Ich verstehe das nicht. Wie kann man nur Süßigkeiten mögen, die wie Zitronen schmecken und bei denen sich einem der Mund zusammenzieht?«

Während wir die Straße hinuntergingen, unterhielten wir uns nur über Süßigkeiten. Im ersten Haus bekamen wir kleine Mars-Riegel. Im zweiten Tüten mit Popcorn. Und im dritten große Milky Ways.

Das war kein schlechter Anfang.

Nachdem wir ungefähr eine Stunde von Haus zu Haus gezogen waren, quollen unsere Taschen fast über.

»Gehen wir nach Hause und schlagen wir uns den

Bauch voll!«, schlug Alesha vor. »Ich habe plötzlich einen Bärenhunger!«

»Ich auch«, stimmte Maggie zu.

Doch mein Blick ruhte noch auf einem Haus.

Die Mädchen drehten sich um und sahen, wie ich das dunkle, heruntergekommene, eingefallene Haus an der Ecke anstarrte, das halb versteckt hinter einem Gewirr von Bäumen lag.

»Kommt, wir gehen zu dem Haus da«, sagte ich und wollte die Straße überqueren.

Alesha griff nach meinem Arm und hielt mich zurück. »Nein, Robbie«, widersetzte sie sich. »Das Haus gehört Mrs Eakins.«

»Ich weiß.« Ich befreite meinen Arm. »Komm schon. Sehen wir mal, was sie uns gibt.«

»Nein. Bitte …«, bettelte Alesha. »Bitte, Robbie. Du *weißt*, dass wir da nicht hingehen können.«

7

»Mrs Eakins hasst uns!«, rief Alesha. »Erinnerst du dich, wie du den Fußball in ihr Fenster geschossen hast? Sie hat uns wie eine Geistesgestörte angeschrien. Sie hat sogar gedroht, die Polizei zu holen.«

»Und sie wollte mir meinen Ball nicht zurückgeben«, fügte ich hinzu und schüttelte den Kopf.

»Wir können da nicht hingehen. Sie *hasst* uns!«, wiederholte Alesha und zog an meinem Arm.

»Wir sind doch verkleidet. Sie erkennt uns bestimmt nicht«, beharrte ich. »Kommt schon. Was kann schon passieren? Ich möchte wissen, was für Süßigkeiten sie gibt.«

»Auf keinen Fall, Robbie!«, erklärte Maggie. Sie nahm ihre Wolfsmaske ab. Ihr Gesicht war verschwitzt und das Haar klebte ihr feucht an der Stirn. »Ich gehe nicht in die Nähe dieses Hauses. Die Frau ist verrückt. Und vielleicht auch gefährlich. Alle sagen, dass sie eine Hexe ist!«

Ich lachte. »Ja, richtig. Wahrscheinlich ist sie gar nicht da, sondern fliegt auf ihrem Hexenbesen herum.«

»Es stimmt!«, wiederholte Maggie schrill. »Sie hat Mrs Tarver von gegenüber verhext und jetzt kann Mrs Tarver nicht mehr aufhören zu blinzeln.«

Alesha zog mich wieder am Arm. »Komm. Wir gehen nach Hause. Wir probieren die Süßigkeiten.«

»Noch ein Haus«, beharrte ich. Ich entzog mich Aleshas Griff. »Kommt schon. Heute ist Halloween und die Halloweennacht *soll* doch unheimlich sein.« Ich lief über Mrs Eakins' Rasen auf das Haus zu.

»Ich mach nicht mit«, rief Maggie. »Ich hör auf. Wir sehen uns später – falls ihr überlebt.«

Sie drehte sich um und rannte den Bürgersteig hinunter nach Hause, ihre Tasche mit den Süßigkeiten in einer Hand, den Wolfskopf unter den Arm geklemmt.

Ich musste einfach lachen. Beim Rennen schwang Maggies langer, pelziger Wolfsschwanz hin und her.

»So ein Feigling«, murmelte ich Alesha zu.

Meine Schwester sah mich stirnrunzelnd an. »Sie ist kein Feigling, Robbie. Sie ist klug. Es ist schon spät und wir haben eine Stunde lang Süßigkeiten gesammelt. Warum sollen wir …?«

Ich wartete nicht, bis Alesha zu Ende geredet hatte. Ich lief das letzte Stück durch das hohe Gras und Unkraut und sprang auf Mrs Eakins' vordere Veranda.

Ein großer Kürbis stand an der Hausmauer. Schwaches Licht drang durch ein kleines Fenster über der Vordertür.

»Robbie – sie *hasst* uns!«, wiederholte Alesha flüsternd. Sie stand hinter mir am Rand der Veranda. Der Pappbildschirm hatte sich von ihrem Kostüm gelöst. Der Trichter auf ihrem Kopf neigte sich nach links.

»Das ist *Wochen* her, Alesha. Sie wird sich nicht einmal mehr an uns erinnern.«

Ich drückte auf die Klingel.

Drinnen im Haus konnte ich kein Schellen hören. Deshalb klopfte ich laut an die Tür.

Nach einigen Sekunden vernahm ich Schritte.

Ich hob meine Süßigkeitentasche hoch.

Ich hörte ein Schloss klicken. Und dann ging langsam … sehr langsam … die Haustür auf.

8

»Sieh mal einer an. Wen haben wir denn da?«

Mrs Eakins machte die Tür auf und steckte den Kopf aus der schwach beleuchteten Diele.

Sie hatte ein rundes, glattes Gesicht, nicht runzlig wie die Gesichter anderer alter Leute, große dunkle Augen und volle rote Lippen. Ihr langes, welliges weißes Haar war streng zurückgekämmt und wurde von einem schwarzen Band zusammengehalten. Sie war schwarz gekleidet, trug einen schwarzen Trägerrock über einem schwarzen Rollkragenpullover. Während sie uns eindringlich ansah, hob sie die blassen, schlanken Hände zum Gesicht. »Und was seid ihr zwei?«, fragte sie. »Unholde oder Kobolde?«

»Ich … ich bin Zorro«, stammelte ich. »Und sie …«, ich zeigte auf Alesha, die sich immer noch einige Meter hinter mir hielt. »Sie ist ein Teletubby.«

Mrs Eakins lachte; sie presste dabei die Hände gegen das Gesicht. »Ich liebe Halloween!«, erklärte sie fröhlich. »Es ist mein Lieblingsfeiertag.«

Ich kann nicht glauben, dass sie so nett ist, dachte ich. *Wahrscheinlich erkennt sie Alesha und mich wirklich nicht wieder.*

Ich hob meine Tasche für die Süßigkeiten hoch. »Süßes oder ich geb dir Saures«, sagte ich.

Ihre dunklen Augen musterten mich einen Moment

lang. Sie streckte die Hand aus und entfernte ein Blatt von meinem Umhang.

»Ja, Ja. Wie ich sehe, habt ihr schon viele Süßigkeiten gesammelt«, sagte sie und ein Lächeln breitete sich auf ihren vollen roten Lippen aus. »Mal sehen, was ich für euch habe.« Sie verschwand im Haus.

Ich drehte mich zu Alesha um. »Siehst du?«, flüsterte ich. »Ich hab dir doch gesagt, das geht in Ordnung.«

Aleshas Augen waren auf die Haustür gerichtet.

Noch immer lächelnd, lehnte Mrs Eakins sich wieder zu uns heraus. »Hier, Zorro.« Sie gab mir zwei Schokoriegel, trat auf die Veranda und beugte sich hinunter, um Alesha zwei Riegel zu geben.

»Schönes Halloween, Kinder!«, wünschte uns Mrs Eakins. »Mir gefallen eure Kostüme. Sehr originell.«

Sie eilte zurück ins Haus. Leise schloss sich die Tür hinter ihr. Ich hörte das Schloss klicken. Das schwache Licht ging aus.

»Siehst du?«, wiederholte ich. Ich sprang von der Veranda. »Ich hab dir doch gesagt, dass du kein Feigling sein sollst.«

Alesha zuckte die Schultern. »Okay, okay. Können wir jetzt nach Hause gehen? Die vielen Süßigkeiten machen mich richtig hungrig!«

»Okay. Gehen wir«, stimmte ich zu. Ich warf einen von Mrs Eakins' Riegeln in meine Tasche. Den anderen packte ich aus und biss hinein.

Alesha tat das Gleiche. Wir gingen langsam zur Straße,

während wir unsere Riegel aßen. Alesha nahm ihren Trichter ab und steckte ihn in die Tasche mit Süßigkeiten.

»Mmmm. Der Schokoriegel war super. Ich könnte noch mindestens sechs davon vertilgen!«, rief sie. »Was für einer war das?«

Ich hatte die aufgerissene Verpackung noch immer in der Hand. Ich breitete sie zwischen meinen Fingern aus und bemühte mich, im Mondlicht den Namen zu lesen. »Es ist ein Riegel Beste Schokolade«, berichtete ich. Ich zerknüllte die Verpackung und warf sie in meine Tasche.

»Das *sind* auch die Besten!«, erklärte Alesha. Sie wühlte in ihrer Tasche herum. »Ich kann den anderen nicht finden.«

»Wir sind fast zu Hause«, sagte ich zu ihr. Wir überquerten die Straße. Ich sah eine kleine Gruppe Halloweenkinder tanzen und aufgeregt in irgendjemandes Einfahrt herumspringen.

»Wenn sie dir so gut schmecken, tausche ich meinen Riegel Beste Schokolade mit dir, Alesha.«

»Tauschen – gegen was?«, fragte sie misstrauisch.

»Gegen zwei Bounty-Riegel.«

»Kommt nicht infrage«, brauste sie auf. »Einer gegen einen. Ich gebe dir keine zwei, Robbie.« Sie trat gegen meine Tasche mit den Süßigkeiten. »Du bist so gefräßig, du bist ja krank!«

Krank.

Das Wort erinnerte mich an etwas.

Ich blieb stehen und blickte zum Mond hoch. Es war Vollmond. Vollmond an Halloween.

»Vollmondfieber«, murmelte ich.

Alesha kramte wieder in ihrer Süßigkeitentasche. Sie zog eine Packung Popcorn heraus, riss sie auf und begann, sich den Inhalt in den Mund zu schaufeln.

»Was hast du gesagt?«

»Vollmondfieber«, wiederholte ich. Ich warf ihr ein teuflisches Grinsen zu. »Komm. Sehn wir mal, ob die Geschichte wahr ist.«

Wir waren an unserer Ecke angekommen. Ich stellte meine Tasche auf den Bürgersteig. Dann nahm ich meine Maske ab und steckte sie in die Tasche.

»Du bist verrückt«, antwortete sie, während sie kräftig kaute. »Ich mach das nicht.«

»Alesha, sei friedlich. Warum musst du über alles mit mir streiten?«, fragte ich sie ungeduldig.

»Und warum musst du dich so verrückt aufführen?«, schoss sie zurück. »Erst musst du unbedingt bei der alten Frau schellen. Jetzt willst du den Vollmond anstarren.«

»Ich will doch nur ein bisschen Spaß haben«, erklärte ich ihr. »Weißt du. Etwas Aufregendes machen, etwas, wozu man ein bisschen Mut braucht.«

Sie blickte mich finster an. »Es könnte doch sein, dass ich kein Vollmondfieber haben *will*!«

Ich lachte. »Dann *glaubst* du also an Opa Johns Geschichte! Du glaubst, dass sie wahr ist!«

»Tu ich nicht!«, beteuerte sie. »Ich finde sie doof. Das ist alles. Ich will einfach nach Hause, aus der Kälte herauskommen und mich mit Süßigkeiten vollstopfen.«

»Es dauert doch nur eine Sekunde«, sagte ich. Ich gab ihr keine Gelegenheit, die Straße zu überqueren. Ich riss ihr die Tasche mit den Süßigkeiten aus der Hand. Dann sprang ich vor sie, um ihr den Weg abzuschneiden.

»Eine Sekunde. Vielleicht zwei«, sagte ich. »Dann gehen wir nach Hause.«

Alesha seufzte. »Das ist so blöd.« Sie ließ die Schultern hängen. »Was soll ich tun?«

»Nichts. Bleib einfach hier stehen«, antwortete ich.

Ich drehte sie herum, bis sie den Mond sehen konnte. Dann stellte ich mich ganz dicht neben sie.

»Sieh einfach hoch«, wies ich sie an.

»Das ist so was von doof«, jammerte sie. Aber sie gehorchte.

Wir legten beide die Köpfe in den Nacken und starrten in den Vollmond, der niedrig und glänzend am Himmel stand.

Wir sprachen nicht. Wir bewegten uns nicht.

Eine Sekunde. Zwei. Drei …

Dann begann mein Körper, heftig zu zucken, als mich eine gewaltige Welle eiskalten weißen Lichts umflutete.

9

Ich spürte einen kräftigen Stoß. Als hätte ich einen elektrischen Schlag bekommen.

Als wäre ich vom Blitz getroffen worden.

Das weiße Licht umschloss mich.

Ganz hell. Ich konnte nichts sehen. Ich konnte mich nicht bewegen.

»Neiiiiin!« Von irgendwoher außerhalb des Lichts hörte ich Alesha schreien.

Ich öffnete den Mund, um nach ihr zu rufen. Aber ich brachte keinen Laut heraus. Langsam verblasste das Licht. Ich merkte, dass ich schwitzte. Kalter Schweiß lief mir das Gesicht hinunter. Mein Hemd klebte nass an meinem Rücken. Es wurde dunkler. Die Häuser, die Straße, die Bäume wurden wieder sichtbar.

Ich zitterte am ganzen Körper. Meine Zähne klapperten. Schweiß rann über mein Gesicht, kribbelte auf meinem Rücken.

»Alesha ...«, brachte ich mühsam hervor.

Doch dann wurde mir plötzlich übel.

Mein Magen zog sich zusammen, wurde zu einem kleinen, harten Ball, als würde mich jemand zusammenquetschen. Mich so fest zusammenquetschen, dass ich keine Luft bekam.

»Übel ...«, murmelte ich und sank auf die Knie. »Ich fühle mich so schwach ... so krank ...«

Ich brach zusammen.

Der Boden schwankte ... und kam mir entgegen.

Ich fühlte, wie meine Stirn auf das harte, kalte Pflaster aufschlug.

Dann wurde alles schwarz.

Ich blinzelte. Einmal. Zweimal.

Zwang mich, wach zu werden.

Versuchte, den Kopf zu heben. Blinzelte noch einmal. Blinzelte in das helle Licht.

War das Sonnenlicht?

Wo war ich?

Ich lag flach auf dem Rücken und blickte erstaunt auf ein Fenster. An den Seiten hingen dunkle Vorhänge. Orangefarbenes Sonnenlicht wurde von der Fensterscheibe reflektiert.

Morgensonne.

Ich befühlte meine Muskeln. Versuchte, mich zu bewegen. Streckte die Arme aus, bis sie an das Kopfbrett stießen.

Ich liege im Bett.

In meinem eigenen Bett, erkannte ich.

Ich bin zu Hause. Und es ist Morgen. Und ich liege in meinem Bett. Ich bin außer Gefahr. Absolut außer Gefahr und okay. Es war ein Traum, wurde mir klar.

Nur ein Albtraum.

Ich seufzte, als ich in das wunderschöne Sonnenlicht blickte. Ich wollte lachen. Ich wollte jubeln.

Alles war nur ein Traum …

Schwer atmend setzte ich mich auf.

Und starrte auf meine Bettdecke hinunter.

Und öffnete den Mund zu einem schrillen Horrorschrei.

10

Die Decke. Die Laken. Sie waren zerfetzt.

Zerfetzt und zerrissen. In kleine Fetzen gerissen.

»Neiiin …«, keuchte ich heiser.

Leise stöhnend sprang ich aus dem Bett. Und starrte auf die zerfetzten Laken, die zerfetzte Bettdecke.

Auf mein Kissen, das mit … ja, mit *was* bedeckt war?

Bedeckt mit kurzen, glatten schwarzen Haaren. War das Fell? Schwarzes Fell überall auf meinem Kissen. Auf meinem Laken.

Was war hier los?

Was war passiert?

Mein Atem kam in lauten, pfeifenden Zügen.

Meine Augen blinzelten in das grelle Sonnenlicht. Blinzelten den entsetzlichen Anblick auf meinem Bett an. In meinem Zimmer.

Nichts war in Ordnung. Alles war verkehrt.

Was war PASSIERT?

Überall auf dem blassblauen Teppich waren schmutzige Fußabdrücke. Große Fußabdrücke führten von der Tür zu meinem Bett.

Fußabdrücke von einem *Tier*.

Ich stöhnte. Meine Brust hob und senkte sich. Rasselnde Atemzüge entwichen meinem offenen Mund. Ich torkelte durch das Zimmer zum Spiegel.

Und stand etwas noch Entsetzlicherem gegenüber.

Mit weit aufgerissenen Augen starrte ich ein Monster an. Ich hatte noch immer mein glattes schwarzes Haar. Doch darunter ... eine Schnauze – eine lange Wolfsschnauze mit feuchten schwarzen Nüstern. Ich öffnete den Mund und sah zwei Reihen zackiger gelber Tierzähne.

Ich hob die Arme. Ja, ich hatte noch immer menschliche Arme, menschliche Hände. Doch Handrücken und Arme waren mit dickem, borstigem schwarzen Fell bedeckt.

Kurzes schwarzes Fell wuchs büschelig in meinem Nacken und auf meinem Rücken.

Meine Augen – nur meine Augen waren noch dieselben. Meine Augen. Meine strahlend blauen Augen.

Aber alles andere war – missgestaltet und hässlich.

Vollmondfieber!

Es ist wahr. Alles ist wahr.

Opa John hat es nicht erfunden.

Vollmondfieber. Es hat mich erwischt, wurde mir klar.

Gestern Abend, an Halloween, hatte ich in den Vollmond geschaut. Das Licht hatte mich umflutet. Und jetzt hatte ich Vollmondfieber.

Und Alesha?

Hatte es Alesha auch erwischt?

Stöhnend, mit sabbernder, feuchter Schnauze und knurrendem Monstermagen taumelte ich vom Spiegel weg.

Meine mit schwarzem Fell bedeckten Füße stolperten über den Bettpfosten. Zähnefletschend wankte ich mit Mühe vorwärts. Am Ende des Betts gewann ich mein Gleichgewicht wieder. Das Bett war total zerfetzt, total zerrissen.

Meine pelzbedeckten Arme streiften den Türrahmen, als ich mich in die Diele schleppte.

Stöhnend und schnaufend.

Meine Zähne schnappten ins Leere. Die Tierkrallen an meinen nackten Füßen schlugen in den mit Teppich ausgelegten Dielenboden.

Mit einer Hand an der Tapete entlangfahrend, bewegte ich mich durch die Diele.

Vor Aleshas Tür blieb ich stehen.

Hatte sie auch Vollmondfieber? Hatte sie es auch?

Ich hob eine haarige Faust – und klopfte an ihre Tür.

11

Ich klopfte noch einmal an Aleshas Tür. Ich hörte ein krachendes Geräusch und merkte, wie die Tür zersplitterte. Ich starrte auf meine Faust. Meine hässliche, pelzbedeckte Faust, die jetzt die Kraft eines Monsters besaß.

Alesha. Ich versuchte, den Namen meiner Schwester zu rufen. Doch das Wort kam als ein tiefes Knurren heraus.

»*Annnnngggh.*«

»*Gohhhh*«, knurrte sie auf der anderen Seite der Tür.

O nein.

Ich schloss die Augen. Alesha hatte es auch erwischt. Alesha hatte Vollmondfieber.

»*Lass mich rein!*«, versuchte ich zu rufen. Aber meine dicke Zunge verfing sich in den zackigen Zähnen meiner neuen Schnauze. Die Worte kamen als »Llll miiiich!« heraus.

Sie öffnete nicht.

»Gehhhhh wwwwweg!«, hörte ich sie wie ein Tier winseln.

Zu Tode erschrocken und gequält winseln.

»Nnneeeein!«, presste ich hervor.

Ich hob meine fellbedeckte Faust – und schlug die Tür ein. Sie zerplitterte, als sei sie aus Pappe. Ich trat ins Zimmer, schob das Holz mit meinem großen Fuß zur Seite.

Alesha stand zusammengekrümmt vor ihrem Schrankspiegel. Schwer atmend starrte sie mich an. Ihre strahlend blauen Augen waren noch die Gleichen. Aber nur die Augen. Alles andere war verwandelt.

Zornig schwang sie die haarigen Fäuste über dem Kopf. Und gab einen halb wütenden, halb weinenden Laut von sich.

Dann kam sie mit einem Wutgebrüll auf mich zu. Warf sich auf mich. Und begann, meine pelzige Brust mit beiden Fäusten zu bearbeiten.

Alles war meine Schuld.

Ich wusste, was sie mir sagen wollte. Alles war meine Schuld. Doch woher hätte ich wissen können, dass Opa Johns Geschichte wahr war? Wie hätte ich wissen können, dass es Vollmondfieber wirklich gab? Opa John hatte uns gesagt, dass er alles erfunden hatte. Wir rangen auf dem Boden. Wütend schlug sie mit beiden Fäusten auf mich ein, während sie knurrte und mit ihren zackigen Zähnen nach mir schnappte.

Ich versuchte, sie wegzustoßen.

Aber sie wich aus – packte mich – und stieß mich gegen die Wand.

Ich schrie erschrocken auf. Dann stürzte ich vor und griff sie mit beiden Armen an.

Wir kämpften weiter, rangen miteinander, als wären wir wilde Tiere.

Ihr Nachttisch kippte um. Fiel mit einem lauten Krachen auf den Boden.

Das Geräusch ließ uns beide in unserem Kampf innehalten.

Ich stand zusammengekrümmt da, die Pfoten auf den Knien, meine Brust hob und senkte sich, ich rang nach Atem.

»Waaaas tuuun wwwir?«, fragte Alesha atemlos.

Was sollen wir tun?, fragte auch ich mich.

Ich schüttelte den Kopf.

»Mommmmm!«, knurrte Alesha.

Ja. Wir mussten es Mom und Dad sagen. Was sollten wir sonst tun?

Irgendwie mussten wir ihnen erklären, was passiert war. Irgendwie mussten wir sie dazu bringen, uns zu helfen.

Ich verließ Aleshas Zimmer als Erster. Wir stiegen über die zerbrochene Tür in die Diele.

Wir schleppten uns die Stufen hinunter, rangen nach Atem. Laut schnaubend, unsere riesigen Körper über den Boden schleppend, bewegten wir uns Richtung Küche.

»Mommmmm!«, rief ich, als ich sie an der Spüle stehen sah. »Mommmmm!«

12

Mom drehte sich um.

Ihre Augen quollen vor Entsetzen hervor.

Sie ließ die Kaffeetasse fallen, die sie in der Hand hielt.

Die Tasse schlug auf den Boden und zerbrach. Eine Pfütze braunen Kaffees bildete sich vor ihren Füßen.

»W-wer seid ihr?«, stammelte sie.

»Mommmm – iiiich!« Ich versuchte zu erklären, fuchtelte wild mit den pelzigen Armen herum. Aber ich konnte meine Zunge, meine Zähne, meinen Atem nicht unter Kontrolle bringen. Die Worte kamen in einem rauen, tierischen Knurren heraus.

Mom öffnete den Mund und stieß einen Entsetzensschrei aus. Sie zitterte am ganzen Körper. »Geht weg!«, schrie sie, während sie an ihren Haaren zog. »Seid ihr *Monster*? Seid ihr *Tiere*? Macht, dass ihr *rauskommt*!«

Sie wich zum Tisch hin zurück. Sie griff nach einem Besen. Sie drohte Alesha und mir damit.

»Raus! Raus!«

Sie drohte uns erneut mit dem Besen und schrie aus Leibeskräften um Hilfe. *»Monster! Jemand … HILFE! Monster!«*

»Mommm!«

Ich musste es ihr erklären. Ich musste ihr klarmachen, dass wir es waren. Ich musste ihr verständlich machen, dass wir Vollmondfieber hatten.

Wir sind's – Alesha und Robbie!, wollte ich sagen. Hab keine Angst! Wir sind keine wilden Tiere! Du musst uns retten!

Aber ich bekam die Worte nicht heraus. Und ihre Schreie taten mir in den Ohren weh. Verursachten mir Kopfschmerzen.

Wild schwang sie den Besen und traf mich in den Bauch.

»Auuuuu!« Ein wütender Schrei entrang sich meiner Brust. Ich griff nach dem Besen – riss ihn ihr aus den Händen. Und zerbrach ihn über meinem Knie.

Neben mir fuhr Alesha mit ihrer pelzigen Hand über den Frühstückstisch. Sie fegte alle Schalen und Gläser herunter, sodass sie auf den Boden polterten. Dann begann sie, Teller gegen die Wand zu werfen.

Wir können unsere Wut nicht kontrollieren!, wurde mir klar.

Wir sind wirklich *Monster*!

Mom hörte auf zu schreien. Sie starrte uns an, zitternd, mit den Händen die Tischkante fest umklammernd, den Mund vor Entsetzen weit geöffnet.

»Bitte …«, keuchte sie flüsternd.

Alesha stieß ihre Faust durch eine gläserne Schranktür. Das Glas zerbrach und zersprang in tausend Stücke.

Mom – hilf uns!, wollte ich schreien. Wir können uns

nicht beherrschen. Wir wollen nicht alles kaputtmachen. Aber wir können nicht anders!

Stattdessen brach ein weiterer lauter Schrei aus meiner Schnauze heraus.

Mom rutschte an der Tischkante entlang, die Augen auf uns gerichtet.

»Bitte ...«, bettelte sie noch einmal. »Bitte – geht weg.«

Und dann lief sie zur Wand. Griff nach dem Telefon. Drückte drei Knöpfe.

»Polizei!«, schrie sie in den Hörer. »Polizei bitte! Schnell!«

Eine Welle der Wut jagte durch meinen Körper. Schnell durchquerte ich die Küche. Ich sah alles in einem Schleier roter Wut.

Mit beiden Händen griff ich nach dem Telefon – und riss es aus der Wand.

Mom schrie auf und stolperte zurück.

Ich warf das Telefon in die Diele.

Außer Kontrolle. Ich bin außer Kontrolle ...

Ich fühlte nur noch Wut. Rotheiße Wut, die bewirkte, dass sich meine Muskeln verhärteten, dass ich meine zackigen Zähne zusammenbiss und knurrte.

Meine Wut beherrscht meinen Verstand, erkannte ich.

Ich stand mitten im Zimmer, meine Brust hob und senkte sich, ich rang nach Luft.

Alesha hatte den Kühlschrank geöffnet. Sie versuchte, die Tür herauszureißen!

Wir müssen hier weg, entschied ich.

Die Küche zu zertrümmern ist schlimm genug. Doch was ist, wenn wir etwas *wirklich* Furchtbares tun? Was ist, wenn wir Mom verletzen?

Ich konnte nicht zulassen, dass das passierte.

Ich taumelte durch die Küche. Ich griff nach Aleshas pelzigem Arm und zog sie vom Kühlschrank weg.

Alesha wehrte sich und warf mir einen wütenden, misstrauischen Blick zu.

Aber ich zerrte sie zur Küchentür.

Ein paar Sekunden später rannten wir durch den Hintergarten. Mein Körper fühlte sich so schwer an. Ich konnte nicht aufrecht stehen. Ich rannte zusammengekrümmt, meine Arme schleiften über den Boden.

Mein Magen knurrte. Ich hatte einen Bärenhunger.

Es war sonnig gewesen. Doch jetzt zogen dunkle Regenwolken über uns her. Die kalte Luft tat meinem heißen Gesicht gut. Und es tat gut zu rennen.

Seite an Seite, stöhnend und schnaufend, liefen Alesha und ich durch die Hintergärten. Wir versuchten, uns außer Sichtweite zu halten, suchten hinter Zäunen und Hecken Deckung, während wir liefen.

Wo sollten wir hin? Was sollten wir tun?

Ich hatte nicht die geringste Idee. Ich konnte nicht klar denken. Ich konnte keinen Plan machen.

Ich sah alles durch einen dicken roten Schleier.

Wir krochen über einen Teppich vertrockneter Herbstblätter. Zwängten uns durch eine Gruppe von Büschen hindurch. Rannten über die Straße in einen anderen Hintergarten.

Ein paar Häuser weiter die Straße hinunter sah ich Kinder auf dem Weg zur Schule.

Ich wartete auf ihre Entsetzensschreie. Doch ich vermute, dass sie Alesha und mich gar nicht sahen.

Dass sie die beiden pelzigen Halbmonster nicht sahen, die wie wild davonstürmten, die rannten und rannten, weil sie Tiere waren und nicht wussten, was sie sonst tun sollten.

Und dann, beim Rennen, gewann der Hunger die Oberhand.

Mein Magen knurrte, dann krampfte er.

Der Hunger packte mich. Ich konnte an nichts anderes mehr denken.

Ich musste etwas essen. Musste essen …

Aus meinem Rennen wurde ein Gehen. Auch Alesha, die neben mir herlief, wurde langsamer. Sie leckte sich mit der Zunge die Schnauze.

Meine Augen suchten den Boden ab. Durch den roten Schleier hindurch sah ich einen Schatten unten an einem Baum.

Der Schatten wurde schärfer. Ein Eichhörnchen.

Ich dachte nicht nach. Irgendein tierischer Instinkt ließ mich handeln.

Ich stürmte vorwärts.

Ich griff das Eichhörnchen mit beiden Händen, bevor es flüchten konnte.

Meine Hände legten sich fest um seinen rundlichen, pelzigen Körper.

Ich spürte, wie es zitterte, als ich es meiner offenen Schnauze entgegenhob.

»Uhhhhh!«

Ich stöhnte laut auf, als Alesha auf meinen Rücken sprang. Sie griff nach dem Eichhörnchen, schnappte hungrig danach.

»Wir teilen es! Wir *teilen* es!«, versuchte ich ihr zu sagen.

Doch sie riss mir das zitternde Tier aus den Händen und stopfte sich seinen Bauch in den Mund.

»Ohhhh«, stöhnte ich, hungrig und wütend zugleich.

Was *tun* wir nur?, fragte ich mich.

Wir essen ein *lebendes Eichhörnchen*!

Wir brauchten Hilfe. Aber wer konnte uns helfen?

13

Nachdem wir zwei Eichhörnchen gegessen hatten, fühlten wir uns besser.

Ich grub mit den Händen ein Loch in die Erde und vergrub die kleinen Eichhörnchenknochen.

Alesha und ich leckten uns die Lippen und die langen gezackten Zähne.

Wir versuchten, miteinander zu reden. Wir waren beide verzweifelt bemüht, einen Plan zu schmieden.

Beim Reden gewöhnten wir uns ein wenig an unsere neuen Schnauzen. Wir lernten unseren Atem besser zu kontrollieren, sodass wir nicht jedes Mal brüllten.

Ich wiederholte meinen Namen so lange, bis ich ihn mit der neuen Zunge und den neuen Zähnen deutlich aussprechen konnte.

»Opa Johnnnn kann uns helfen«, sagte ich. »Errrrr ist der Einzige, der über Vollmondfieberrrrr Bescheid weiß.«

»Glaubst du, errrrr kennt ein Heilmittellllll?«, fragte Alesha und neigte nachdenklich den Kopf zur Seite.

»Errrrr ist unsere einzige Hoffnung«, murmelte ich. Ich kratzte mir den pelzigen Kopf. »Aber wie sollen wir zu ihm kommen?«

Opa John wohnte in der nächsten Stadt, ungefähr eine Fahrstunde entfernt.

Alesha legte den Kopf zur anderen Seite und dachte nach.

»Maaaaaggie«, stieß sie schließlich hervor.

Ich sah sie mit zusammengekniffenen Augen an. »Maggie? Maaaaaggie kann nicht fahren.«

»Aber ihr Bruder Claaaaay – errrrr kann fahren.«

Ja. Das stimmte. Maggies Bruder Clay war 18. Er hatte ein eigenes Auto. Vielleicht konnte Maggie Clay überreden, uns zu Opa John zu fahren.

Es war einen Versuch wert.

Uns außer Sichtweite haltend, liefen Alesha und ich gebückt hinter Büschen, Hecken und Zäunen den Häuserblock entlang zu Maggies Haus.

Beim Rennen verfingen sich Kletten und vertrocknete Blätter in meinem Fell. Aber ich beachtete sie nicht. Ich dachte konzentriert nach, über Maggie, über Clay und über Opa John.

Wir atmeten schwer, als wir endlich bei Maggie ankamen. Ich fühlte, wie sich mein Magen erneut vor Hunger zusammenzog. Wie viele Eichhörnchen würde ich essen müssen, um satt zu werden?

Ich stieß ein wütendes Knurren aus, als ich das Auto die Einfahrt hinunterfahren sah. Vorne im Auto konnte ich Maggie und ihren Vater erkennen.

Er fuhr sie zur Schule.

Alesha und ich hatten sie gerade verpasst.

»Wir laufen zur Schuuuuule und fangen sie da ab!«, rief ich.

Alesha schüttelte den Kopf und hielt mich zurück. »Auf keinen Faaaaall. Wir können nicht zur Schule gehen. Die Kinder werden uns seeeeehen. Wir werden allen einen Schrecken einjagen.«

Ich riss mich von Alesha los. Ich wusste, dass sie Recht hatte. Aber ich fühlte, wie sich die Wut in meiner Brust zu einem Knoten zusammenballte.

Wie hatte uns so etwas passieren können?

Wir sind normale Kinder – keine Monster, dachte ich unglücklich.

Wäre ich nur nicht so dumm gewesen. Hätte ich Alesha nur nicht gezwungen, auch in den Vollmond zu schauen …

»Wir warten vor der Schuuuuule«, sagte ich zu ihr. »Wenn Maaaaaggie herauskommt, sprechen wir mit ihrrrrr.«

Alesha war einverstanden. »Gegenüber der Schule sind viele Häuser«, sagte sie und zupfte eine Fliege aus ihrem Fell. Sie steckte sie sich in den Mund. »Wir können uns in einem der Gäääärten verstecken, während wir warten, bis die Schule aus ist.«

Einige Minuten später versteckten wir uns im Vorgarten eines Hauses, das gegenüber der Schule stand. Ich drückte mich dicht an den breiten Stamm eines alten Ahornbaums. Alesha kauerte sich hinter einer immergrünen Pflanze zusammen.

Wir beobachteten, wie die Kinder in der Schule eintrafen. Glückliche, normale Kinder. Viele sprachen wahrscheinlich über Halloween, über den Spaß, den sie gehabt hatten, über all die Süßigkeiten, die sie gestern Abend gesammelt hatten. Süßigkeiten …

Mein Magen kniff. Ich brauchte etwas zu essen.

Ich fiel auf meine pelzigen Knie. Ich beugte mich hinunter und grub mit den Fingern in der Erde, schaufelte kleine Löcher, bis ich auf rotbraune Regenwürmer stieß, die sich durch die Erde wanden.

Glücklich grunzend zog ich die Würmer einen nach dem anderen heraus und ließ sie in meinen offenen

Mund gleiten. Sie fühlten sich herrlich an. Sie waren so warm, wie sie auf meiner Zunge zappelten. Ein Biss und sie rutschten meine Kehle hinunter.

»Hier sind wir nicht sicherrrrr«, knurrte Alesha.

Ich blickte flüchtig auf und sah, dass sie auch aß. An ihren Zähnen klebten fette schwarze Käfer.

»Irgendjemand wird uns sehennnnn«, drängte sie. »Wir müssen lange warten. Verstecken wir uns im Hintergartennnnnn.«

Ich machte mich ganz klein, während ich auf allen vieren vorwärtssprang und meiner Schwester um das Haus herum folgte. In keinem der Fenster sah ich Licht. Wer immer hier wohnen mochte – hoffentlich war er nicht zu Hause.

Der Hintergarten war voll mit Spielzeug und Fahrrädern und Gartenmöbeln. Vor dem hinteren Gartenzaun erblickte ich ein kleines weißes Gartenhaus.

Alesha und ich schlichen uns um die weiß verputzte Garage. Ich stolperte über eine Harke und prallte mit einem lauten BUMS der Länge nach gegen die Garagenwand.

»Kkkkkkrrrrr!« Ein wütendes Knurren entwich meinem Mund. Mein Kopf schmerzte an der Stelle, an der er gegen die Wand geknallt war.

Ich fühlte eine heftige Wutwelle durch meinen Körper schießen.

Ich brüllte noch einmal, griff nach einem Plastikkinderrad und zerdrückte es in meinen Händen.

So guuuuut … Das fühlte sich so gut an.

Ich drehte mich um und riss ein Stück Putz von der Garagenwand. Ich schmiss es über den Zaun. Dann riss ich noch mehr Putz von der Wand und warf ihn, so weit ich konnte. Ich atmete schwer, mein Herz klopfte.

»Ich bin ein Monnnnnster!«, grölte ich. Mit der Faust zerschlug ich das Garagenfenster. Das Zersplittern des Glases klang wie Musik in meinen Ohren.

Ich drehte mich um und sah, dass Alesha mir mit beiden Händen signalisierte, den Mund zu halten.

»Aber ich bin ein Monnnnnster!«, schrie ich wieder.

»Robbie – nein!«, warnte mich meine Schwester.

Zu spät. Die Küchentür ging auf.

Ein großer Mann mittleren Alters in einer Khakihose, einem karierten Hemd und Jagdstiefeln kam herausgerannt. Sein ärgerliches rotes Gesicht blickte finster drein. »He!«, rief er. »He … he … he!«

Ich drehte mich von der Garage weg und knurrte ihn an. »He … he …«

Der Mann erstarrte. Sein Mund blieb offen stehen. Ich hörte, wie er schluckte.

Seine Augen bewegten sich blitzschnell zwischen Alesha und mir hin und her.

»Wer …?«, keuchte er. »Wer *seid* ihr?«

Ich drehte mich zu Alesha um. Meine Brust hob und senkte sich vor Wut. Die Wut pulsierte in meinen Augen, leuchtend rot, so rot, dass ich nichts sehen konnte.

»Fang ihn!«, knurrte ich. Ich sprang auf ihn zu.

»Neiiiiin!«, schrie der Mann. »Hilfe … Hilfe!«

Ich warf mich auf ihn, schlug ihm mit meinen Pfoten ins Gesicht.

Er wich zur Seite aus – und griff nach einer Harke, die auf dem Boden lag. Die Harke wild schwingend, stolperte er vorwärts.

Wütend schwang er die metallenen Krallen – und traf Aleshas Kopf.

»Ohhhhh.« Sie stöhnte erstaunt auf.

Ihre Knie gaben nach. Ihre Augäpfel drehten sich in ihrem fellüberzogenen Kopf nach oben. Sie fiel ins Gras.

»Bitte … bitte …«, bettelte der entsetzte Mann. »Geht! Bitte *geht!*«

»Alesha … steh auf!«, jammerte ich.

Aber sie lag mit dem Gesicht nach unten im Gras ausgestreckt. Sie bewegte sich nicht.

»Bitte … geht weg! Geht!«, winselte der Mann.

Dann ging er auf mich los. Schwang wütend die Harke. Schlug nach meinem Kopf.

Ich starrte auf meine Schwester hinunter.

Und machte mich zum Kampf bereit.

14

Der Mann schlug mit der Harke nach meinem Kopf.

Ich wich den Metallkrallen aus. Öffnete meinen Mund zu einem wütenden Brüllen.

Vorwärtshechtend schlug ich mit meinen pelzigen Fäusten nach ihm.

Wieder wich er zur Seite aus. Hob die Harke. Begann erneut, nach mir zu schlagen.

Die metallenen Krallen trafen mich in die Seite.

Nahmen mir den Atem.

Ich stolperte rückwärts Richtung Garagenwand.

Stöhnend sprang der Mann vorwärts. Die Harke in beiden Händen haltend, drückte er mich gegen die Garage. Drückte mit all seiner Kraft zu.

Alesha lag noch immer ausgestreckt auf dem Boden. Sie bewegte sich nicht. Und jetzt saß ich in der Falle.

Schweiß stand auf der Stirn des Mannes. Er stieß mir den Harkengriff in den Magen.

Gefangen … gefangen …

Ich atmete tief und pfeifend. Dann griff ich, einen gewaltigen Schrei ausstoßend, nach der Harke – griff mit beiden Händen zu.

Der Mann schrie erstaunt auf.

Ich drehte die Harke in meinen Händen und brach den Griff in zwei Teile.

Dann warf ich die Teile gegen die Garagenwand.

Vor Angst zitternd, wich der Mann vor mir zurück.

Doch ich sprang brüllend hinter ihm her.

Und bohrte meine langen, zackigen Zähne in seinen fleischigen Arm.

Er öffnete den Mund zu einem Schmerzensschrei.

Ich ließ ihn los und er fiel auf die Knie. Er griff nach seinem Arm, versuchte, den Schmerz wegzureiben. Dann kroch er, sich den Arm haltend, weg.

Ich beobachtete ihn, bis er im Haus verschwunden war.

Stöhnend und klopfenden Herzens beugte ich mich zu meiner Schwester hinunter.

Sie bewegte sich, seufzte leise. Sie öffnete die Augen.

»Robbie?«, murmelte sie schwach. Sie hob den Kopf. »Sssssind wir ... sind wir immer noch *Monster*?«

Ich nickte. »Ich fürchte, ja.«

Ich half ihr aufzustehen.

Sie schüttelte kräftig den Kopf. »Ich ... ich bin okay«, verkündete sie.

Aus dem Haus hörte ich die Stimme des Mannes. Ich wusste, dass er die Polizei anrief.

»Wir müssen hier weg«, sagte ich zu Alesha. Ich strich ihr ein paar vertrocknete Blätter von den pelzigen Schultern. »Wir müssen uns woanders verstecken.«

Ich nahm ihre Hand und zog sie zu dem Holzzaun, der hinten den Garten eingrenzte. Der Zaun war hoch – reichte weit über unsere Köpfe. Aber meine Beine schienen über neue Kräfte zu verfügen.

Mit einem lauten Grunzen sprang ich hoch – und erreichte den oberen Rand des Zauns. Auch Alesha hatte keine Schwierigkeiten hochzukommen.

Wir kletterten über den Zaun in den nächsten Hintergarten. Dann rannten wir los, bewegten uns auf allen vieren, grunzten wie Tiere. Unsere Köpfe bewegten sich ruckartig beim Laufen.

Wir drängten uns zwischen ein paar Büschen hindurch. Rannten eine schmale Gasse hinunter, rissen unterwegs Mülleimer um.

»Wo solllllen wir hin?«, fragte Alesha, ohne langsamer zu werden.

»Wir versuchen, uns in der Nähe von Maggies Haus zu verstecken«, schlug ich atemlos vor.

Die Gasse endete auf einer breiten Allee. Wir rannten auf die Straße, ohne uns umzusehen.

Ich hörte Bremsen quietschen. Eine Frau schrie.

Ich hörte das Krachen von Glas und Metall. Und noch mehr Schreie.

Wir blieben nicht stehen. Wir liefen über die Straße in einen kleinen Park. Er war menschenleer.

Ich sah zwei Rotkehlchen, die auf dem harten Boden herumpickten. Und fühlte den Hunger in mir nagen. Ich stellte mir vor, wie ich die Zähne in ihre weichen orangefarbenen Brüste grub.

Aber ich rannte weiter neben Alesha her.

Gegessen wird später, Robbie, sagte ich mir. Erst müssen wir uns in Sicherheit bringen.

Aber wo waren wir sicher?

Man hatte uns gesehen. Bald würde die Polizei ausschwärmen, um nach uns zu suchen. Um nach zwei wilden Monstern zu suchen.

Wo konnten wir uns verstecken?

Wir konnten nicht einfach in Maggies Hintergarten warten, bis sie aus der Schule kam. Wir waren unberechenbar. Waren *Tiere.* Wir konnten uns nicht beherrschen, zerstörten alles, was wir sahen.

Wir überquerten eine weitere Straße. In der Ferne hörte ich Sirenen heulen.

Maggies rotes Backsteinhaus rückte in unser Blickfeld. Alesha und ich blieben stehen.

Die Sirenen wurden lauter. Kamen näher.

Zwei Arbeiter in Blaumännern waren auf dem Dach von Maggies Haus. Ich sah, dass sie sich an der Dachrinne zu schaffen machten.

»Sie werden uns sehen!«, schnarrte ich. »Hier können wir nicht bleiben.«

»Aber wo sollen wir uns versteckeeeeen?«, rief Alesha.

Wir sahen den Kanaldeckel gleichzeitig

»Der Abwasserkanal!«, stieß ich hervor.

Alesha gab ein Stöhnen von sich. »Ich *will* nicht im Abwasserkanal warten!«

Die Sirenen wurden lauter.

Von dem Haus auf der gegenüberliegenden Straßenseite hörte ich eine Frau schreien.

»Du hast keine Wahl«, murmelte ich. Mit beiden Händen griff ich nach dem schweren gusseisernen Deckel und schob ihn mit meinen neuen Kräften von der Öffnung weg, die in den Abwasserkanal führte.

Knurrend ließ Alesha sich in das Loch hinunter. Ich folgte ihr und zog den Kanaldeckel an seinen Platz zurück.

Ein ekliger, saurer Geruch begrüßte uns.

Wir ließen uns in die feuchte, kalte Dunkelheit hinunter.

»Sind wir hier unten sicher?«, flüsterte Alesha.

Ich lauschte dem *Plopp, Plopp, Plopp* des tropfenden Wassers. Und dem schrillen Quieken einer Kanalratte.

»Vielleicht«, antwortete ich.

15

Unsere Augen gewöhnten sich schnell an die Dunkelheit. Wir standen auf einem schmalen Betonsims. Unter dem Sims rieselte das Abwasser in einem flachen Strom vorbei.

»Ich will hier nicht bleeeeeiben«, flüsterte Alesha und presste ihren pelzigen Rücken gegen die Wand des Abwasserkanals.

Von oben hörte ich Sirenen. Laute Schreie.

»Wir müssen hier bleiben«, sagte ich zu ihr. »Wenn

sie uns fangen, bevor Maggie nach Hause kommt …«
Meine Stimme verlor sich.

Wieder fühlte ich nagenden Hunger.

Ich bückte mich und beugte mich über das rieselnde Abwasser. Ich suchte nach etwas, das ich aus dem Wasser fischen und essen konnte.

Ich fand ein paar Käfer. Aber sie schmeckten bitter und machten nicht satt.

Alesha hatte mehr Glück. Sie erwischte einen langen, fetten Wurm, der unter der Wasseroberfläche schwamm. Sie sagte, dass er ganz brauchbar schmeckte, obwohl er schon lange tot war.

Nachdem sie den letzten Bissen hinuntergeschluckt hatte, drehte sie sich traurig zu mir um. »Ich will kein Monster seeeeein«, presste sie hervor. Noch immer hingen ein paar Wurmstückchen zwischen ihren Zähnen.

»Maggie wird uns helfen«, versicherte ich ihr. »Sie bringt uns zu Opa John. Er kennt ein Mittel gegen Vollmondfieber. Ich bin ganz sicher.«

Die Sirenen wurden leiser. Die Stimmen über uns waren verstummt.

Wir pressten uns an die Kanalwand. Wir sahen das dicke, trübe Wasser vorbeifließen. Wir atmeten den Gestank ein. Und wir warteten.

Kurz nach halb vier kroch ich zum Kanaldeckel und schob ihn zur Seite. Ich blinzelte, als mich die Strahlen der Spätnachmittagssonne trafen.

Alesha und ich stemmten uns aus dem Abwasserkanal heraus. Wir standen auf dem Bürgersteig und streckten unsere Rücken und unsere pelzigen Arme. Die Luft war kalt, doch das Sonnenlicht fühlte sich herrlich an auf meinem Gesicht.

Ich stieß den Metalldeckel mit dem Fuß auf seinen Platz zurück. Der saure Geruch saß noch auf meiner Haut und in meinem Fell.

Ich drehte mich zu Maggies Haus um und sah, dass die Dacharbeiter verschwunden waren. Weiter den Block hinunter kletterten zwei kleine Kinder aus einem Auto. Ihre Mutter hatte sie gerade von der Schule abgeholt. Ein blauer Lieferwagen bog in die Straße ein. Er fuhr in unsere Richtung.

»Komm.« Ich griff nach Aleshas Arm und zog sie von der Straße weg. »Wir haben den ganzen Tag gewartet. Wir wollen doch nicht jetzt erwischt werden.«

Wir hasteten in Maggies Hintergarten und versteckten uns hinter den Baumstämmen.

»Ich hoffe, Maggie kommt direkt von der Schule nach Haussssse«, murmelte Alesha.

»Und hoffentlich können wir uns ihr verständlichhhhh machen«, antwortete ich. »Wenn wir sie bloß dazu bringen können, uns zu glauben.«

»Sie wird uns erkennen«, sagte Alesha und leckte sich die zackigen Zähne. »Ich bin ihre beste Freundin. Sie wird mich wiedererkennen. Sie wird keine Angst haben.«

In diesem Moment sah ich Maggie um die Ecke kommen. Sie ging langsam, ihr Rucksack hüpfte auf ihren Schultern.

Als sie in die Einfahrt einbog, sah Alesha sie auch.

»Maaaaaggie!«, rief Alesha. Mit ausgebreiteten Armen stürzte Alesha hinter den Bäumen hervor und rannte über den Rasen auf Maggie zu.

Maggie blieb stehen.

Ihr Mund öffnete sich vor Entsetzen.

Der Rucksack glitt von ihren Schultern und fiel auf den Boden.

»Maaaaaggie!«, rief Alesha glücklich. »Ichhhhh bin's!«

Maggie stieß einen Entsetzensschrei aus.

Dann drehte sie sich um und lief, noch immer schreiend, weg.

16

»Neeeeein!«, heulte Alesha protestierend.

Heulend und schnaubend rannte sie hinter Maggie her.

Maggie lief die Straße hinunter. Sie fuchtelte wild mit den Armen und schrie um Hilfe. Ich jagte hinterher.

»Maggie ... bitteeeee!«, rief ich. »Warte!«

Aber Maggie schrie zu laut, um mich hören zu können.

Unmittelbar vor der Ecke machte Alesha einen Riesensatz. Sie stürzte über den Bürgersteig – und brachte Maggie zu Fall.

»Lass mich los! Lass mich los!«, winselte Maggie. Sie trat und schlug um sich.

»Ich bin's! Ich bin's!«, schnarrte Alesha, während sie Maggie mit aller Gewalt auf den Boden drückte.

Atemlos rannte ich zu ihnen. »Maaaaaggie ... hab keine Angst!«, rief ich. »Wir sind's!«

»Bitte!«, winselte Maggie, sich windend und tretend. »Tut mir nichts!«

»Wir sind's!«, wiederholte ich. Ich beugte mich über sie. »Maggie ... sieh mir in die Augen. Sieh in Aleshas Augen. Unsere Augen sind noch immer dieselben. Wir sind's – Robbie und Alesha.«

»Was?« Sie hörte auf zu kämpfen, aber ihre Augen waren noch immer weit aufgerissen vor Angst. »Was? Robbie?«

»Meine Augen«, wiederholte ich. »Sieh mir in die Augen. Erkennst du mich nicht?«

»Aber ...« Maggie starrte erst zu mir hoch, dann zu Alesha. Einen Moment lang sah sie uns an. Dann veränderte sich langsam ihr Gesichtsausdruck. Verwirrung löste die Angst ab.

»Du *bist* es!«, stellte sie mit schwacher Stimme fest.

Alesha ließ sie los und stand auf. Sie beugte sich zu Maggie hinunter und half ihr hoch.

»Aber wie ist das passiert?«, begann Maggie. »Ich meine …«

»Du musst uns helfen«, sagte ich zu ihr. Ich gab Maggie ihren Rucksack und klopfte den Schmutz vom Rücken ihres Parkas.

»Seid ihr das wirklich?«, rief sie wieder. Ihre Augen wanderten von Alesha zu mir. »Was ist *passiert*?«

»Wir haben Vollmondfieber«, antwortete Alesha. »Wir müssen zu Opa John. Du musst uns helfen, Maaaaagie.«

»Ihr … ihr seid *Monster*!«, stammelte Maggie. Sie schüttelte den Kopf, als wollte sie unseren Anblick wegschütteln. »Seid ihr okay? Tut es weh? Was ist Vollmondfieber?«

»Wir haben jetzt keine Zeit für Erklärungen«, sagte Alesha.

»Wir müssen uns zurückverwandeln«, fügte ich hinzu.

Zu dritt gingen wir auf Maggies Haus zu.

Maggie schluckte noch immer schwer, schüttelte den Kopf und sah uns ungläubig an.

»Hilfst du uns?«, fragte Alesha, als wir ihre Haustür erreicht hatten.

Ich rannte in eine große Kürbislaterne, die von Halloween übrig geblieben war und noch auf der kleinen Veranda stand.

»Wie soll ich euch denn helfen?«, fragte Maggie. »Was kann ich tun?«

Wir gingen hinein. Im Haus war es warm. Irgendwo oben hörte ich Musik.

»Dein Bruder Clay«, sagte ich. »Ist er zu Hause? Er kann uns fahren. Er kann uns zu Opa John bringen.«

»Bitte …«, bettelte Alesha und griff nach Maggies Arm.

Maggie hielt vor Angst den Atem an und zog ruckartig ihren Arm weg.

»Bitte …«, wiederholte Alesha. »Frag ihn. Frag ihn, ob er uns fährt. Wir müssen zu Opa John.«

Maggie zögerte. Sie schluckte noch einmal. »Okay«, stimmte sie schließlich zu. »Ich werde sehen …«

»Dannnnnke!«, rief Alesha.

Sie wollte Maggie umarmen, wich jedoch zurück, als ihr einfiel, wie verängstigt Maggie war.

An der Wand stand etwas, das mir ins Auge stach. Ich kniff meine Augen zusammen, um es genauer zu betrachten.

Das Aquarium.

Auf dem Bücherregal an der Wand hatten Maggies Eltern ein großes Aquarium mit dicken gelb-orangefarbenen Goldfischen aufgestellt.

Meine Zunge hing aus meinem riesigen Mund mit den gezackten Zähnen.

Ich schleppte mich durch den Raum zu dem beleuchteten Aquarium.

Ich beobachtete, wie die plumpen Fische stumm in dem blubbernden Wasser herumschwammen.

Ich kam nicht dagegen an. Ich konnte nicht widerstehen. Ich konnte mich nicht beherrschen.

Ich tauchte beide Hände in das Aquarium.

Ich holte zwei große orangefarbene Fische heraus. Einem wäre es fast gelungen, aus meiner Hand zu schlüpfen, doch ich schloss sie ganz fest um ihn.

Dann schob ich mir beide Goldfische in den Mund. Ich biss fest zu. Es gab ein wundervolles *Glucks*-Geräusch.

Ich schloss die Augen und kaute.

Mmmmmm.

Ich war so hungrig. Ich hatte nicht gewusst, wie hungrig ich war.

Ich öffnete die Augen. Drehte mich um und griff in das Aquarium, um mir mehr von den köstlichen Fischen zu holen.

Maggies Schreie geboten mir Einhalt.

Ich drehte mich zu ihr um und sah, wie sie Alesha zur Tür schob. »Raus! Macht, dass ihr aus unserem Haus kommt!«, schrie Maggie wütend. »Alle beide ... *macht, dass ihr rauskommt*!«

17

Plötzlich verstummte die Musik im Obergeschoss. Ich hörte schwere Schritte die Treppe herunterpoltern. Clay?

Alesha und ich drehten uns um und rannten.

»*Raus! Raus!*«, schrie Maggie.

Wir stürmten aus dem Haus. Die Tür schlug hinter uns zu, aber ich konnte Maggie noch immer im Haus schreien hören. Ich sprang von der kleinen Veranda herunter.

Doch Alesha lief zum Haus zurück. Sie beugte sich zu der Kürbislaterne hinunter und riss ein großes Stück davon ab. Sie warf es gegen die Haustür.

Dann steckte sie die Hand wieder in den Kürbis und holte ein gewaltiges Stück Kürbisfleisch heraus. Hungrig stopfte sie es sich in den Mund.

Mein Magen knurrte. Ich sprang ebenfalls auf die Veranda zurück. Griff in den Kürbis. Riss ein riesiges Stück von der weichen Rinde ab und schlang sie hungrig hinunter.

Dann rannten Alesha und ich mit klebrigen, kürbisverschmierten Gesichtern davon.

Wieder hielten wir uns außer Sichtweite, von der Straße entfernt, liefen gebückt hinter Sträuchern und Hecken entlang, manchmal auf allen vieren.

Nach ein paar Minuten blieben wir hinter einer Garage stehen, um Atem zu schöpfen.

»Maggie wollte uns helfen«, sagte Alesha seufzend. »Aber dann musstest du ihre Fische verschlingen ...«

»Ich bin nicht dagegen angekommen«, antwortete ich schwer atmend vom langen Laufen. »Ich war so hungrig und sie sahen so gut aus.«

»Wir sind *Tiere*!«, jammerte Alesha. »Widerwärtige Tiere!«

Mit beiden Händen wischte ich mir die Kürbisreste aus dem Gesicht. »Ich weiß«, stimmte ich ihr traurig zu. »Ich habe den Mann mit der Harke *gebissen*. Kannst du das glaubbbbben? Ich habe einen Menschen gebissen!«

»Ich habe tote Würmer aus der Kloake gegessen«, sagte Alesha leise. Und dann fügte sie hinzu: »Und sie haben mir *geschmeckt*!«

»Ja. Wir sind Tiere.«

Ich schloss die Augen und stellte mir Mom und Dad vor.

Sie müssen sich Sorgen machen, dachte ich.

Sie müssen total besorgt und ganz außer sich sein.

Mom hat heute Morgen geglaubt, sie würde von zwei Monstern angegriffen. Und jetzt musste sie denken, dass die beiden Monster Alesha und mich fortgeschleppt oder sonst etwas mit uns gemacht hatten.

Sollten wir nach Hause gehen?, fragte ich mich. Sollten wir nach Hause gehen und versuchen, Mom und Dad alles zu erklären?

Ich drehte mich zu Alesha um und sah, dass auch sie angestrengt nachdachte.

»Wir haben keine Wahl«, sagte sie und schüttelte den Kopf. »Wir müssen zu Opa John *laufen.* Wir müssen zu ihm, Robbie ... so schnell wie möglich. Je länger wir Monster bleiben ...«

Ihre Stimme verlor sich.

»Okay. Wir warten, bis es dunkel ist«, stimmte ich ihr zu. »Dann laufen wir. Wir kommen hin ... auch wenn wir die ganze Nacht unterwegs sind.«

Wir brauchten fast die ganze Nacht. Wir folgten dem Highway, liefen durch das hohe Gras am Straßenrand. Jedes Mal wenn ein Auto vorbeifuhr, mussten wir uns verstecken.

Wir wussten, dass die Polizei wahrscheinlich nach uns suchte. Wir konnten nicht riskieren, dass jemand uns sah.

Nachdem wir über drei Stunden gegangen waren, kam ein großer Lieferwagen gefahren und wir versteckten uns wieder hinter einem hohen Busch. Er brauste vorbei, doch dann hörten wir das Quietschen von Bremsen und sahen, wie er ins Schleudern kam und hielt.

»Sie haben uns gesehen!«, flüsterte ich und warf mich auf den harten, kalten Boden. »Wir sitzen in der Falle.«

Doch zu unserer Erleichterung fuhr der Lieferwagen wieder an und brauste davon.

»Was hatte *das* zu bedeuten?«, knurrte ich. Mein

Herz schlug noch immer schnell unter meiner fellbedeckten Brust.

Alesha und ich näherten uns der Straße, und da sahen wir, warum der Wagen ins Schleudern geraten war.

Mitten auf dem Highway lag ein überfahrener Hase.

Der Hase musste auf die Straße gerannt sein. Der Fahrer des Lieferwagens hatte gebremst und das Steuer herumgerissen.

Doch zu spät.

Ich bückte mich und hob den toten Hasen mit beiden Händen auf. Er war noch warm.

Ich drehte mich zu Alesha um. »Möchtest du weißes oder dunkles Fleisch?«, fragte ich sie.

Das Hasenfleisch war süß, aber ein bisschen zäh. Ich war so hungrig, ich hätte noch sechs Hasen essen können!

»Ich kann es nicht glauben. Wir essen ein Tier, das überfahren worden ist.« Alesha stöhnte, während sie den letzten Bissen Fleisch von den Knochen nagte.

»Es ist nicht mehr weit bis zu Opa John«, sagte ich zu ihr und setzte mich in Bewegung. »Dann ist dieser Albtraum vorbei.«

Es war schon fast Morgen, als wir Opa Johns Häuschen im Wald erreichten. Es war eisig kalt. Alesha und ich zitterten in der feuchten Kälte. Der Himmel war noch immer schwarz wie die Nacht.

Opa John hatte keine Klingel, deshalb klopften wir an die hölzene Tür.

Drinnen war alles still. »Es ist noch so früh. Er wird noch schlafen«, sagte Alesha leise. Nervös zupfte sie an dem dicken Fell in ihrem Nacken.

»Wir müssen ihn wecken«, sagte ich.

Wir hämmerten mit beiden Fäusten gegen die Tür. Ich warf den Kopf zurück und stieß ein schrilles tierisches Geheul aus. Dann hämmerten wir noch einmal gegen die Tür.

Nach einer Ewigkeit öffnete sich die Tür des Häuschens. Verschlafen guckte Opa John heraus. Er trug einen sackartigen rot-weiß gestreiften Schlafanzug. Sein weißes Haar klebte platt an seinem Kopf.

»Ohh!« Er schrie erstaunt auf und wollte die Tür wieder zuschlagen.

Doch ich bückte mich, stieß die Tür mit der Schulter auf und drängte ins Haus.

Opa John wankte rückwärts gegen die Wand.

Alesha eilte herein und stellte sich neben mich. »Opa John ... *wir* sind's!«, rief sie.

Mit vor Angst weit aufgerissenen Augen presste er sich mit dem Rücken gegen die Wand und hob beide Hände, als wollte er sich schützen.

»Wir sind's ... Robbie und Alesha!«, rief ich.

»Hab keine Angstttttt!«, zischte Alesha.

»Aber ... aber ...«, stotterte er. Sein Gesicht war fast so rot wie sein Schlafanzug.

»Opa John ... hör zu!«, drängte ich. »Es hat uns erwischt. Wir haben Vollmondfieber.«

»Was?« Mit zusammengekniffenen Augen sah er erst mich und dann Alesha eindringlich an. »Ihr *seid* es!«, erklärte er schließlich. Ein Lächeln breitete sich auf seinem roten Gesicht aus. »Ihr habt Halloweenkostüme an? Richtig? Das sind eure Kostüme?«

»Hör uns zu!«, drängte ich. »Das sind keine Kostüme. Wir sind Monster! Monster!«

»Wir haben Vollmondfieber!«, erklärte Alesha aufgeregt.

»Nein!«, keuchte Opa John und schüttelte den Kopf. »Nein … das kann nicht sein! Das war doch nur eine Geschichte! Nur eine verrückte Geschichte! Eine erfundene Geschichte!«

»SIEH UNS AN!«, brüllte ich. »Das KANN sein! Es hat uns erwischt!«

Opa Johns Augen quollen hervor, aber er antwortete nicht. Er starrte uns in verwirrtem Schweigen an.

Dann streckte er eine zitternde Hand aus und griff nach meinem Arm. Er zog an dem dicken braunen Fell auf meinem Arm. Zog fest.

»Es ist echt«, murmelte er.

»Ja«, sagte ich und nickte traurig. »Du bist der Einzige, der uns helfen kann.«

»Du musst uns heilen!«, drängte Alesha. »Du musst uns heilen … sofort!«

»Aber … aber das kann ich nicht«, stammelte Opa John. »Versteht ihr denn nicht? Es *gibt* kein Mittel gegen Vollmondfieber.«

18

»Neiiiiin«, schrie ich und drohte ihm mit den Fäusten. »Es *muss* ein Mittel geben!«

»Warum hast du das gesagt?«, knurrte Alesha Opa John an.

Opa John zuckte die schmalen Schultern. »Wie soll es ein Mittel geben, wenn es keine entsprechende Krankheit gibt?«, rief er. »Vollmondfieber ... das ist doch nur eine verrückte Geschichte! Ist nur ...«

Er verstummte. Er blinzelte mit den Augen. Er fuhr sich mit der Hand durch das lange, strähnige weiße Haar. »Wartet«, murmelte er.

»Was hast du vor?«, fragte ich.

Ungeduldig torkelte Alesha auf ihn zu, rannte ihn fast um. »Hast du eine Idee?«

Opa John nickte, während er konzentriert nachdachte. »Die alte Frau, die mir die Geschichte erzählt hat. Sie hat von einem Mittel gesprochen. Sie hat gesagt, dass derjenige, der dem Vollmondfieber zum Opfer gefallen ist, warten muss, bis wieder Vollmond ist. Dann muss er sich wieder unter den Mond stellen und den richtigen Moment abwarten.«

Opa Johns Augen blitzten aufgeregt. »Ja. Das müsst ihr tun. Nächsten Monat, wenn wieder Vollmond ist ...«

»Wir können nicht warten!«, schrie ich. *»Verstehst du nicht?«*

Ich hatte das Gefühl, als würde meine Brust zerspringen. Ich sah Rot ... leuchtendes Rot. Ich konnte meine Wut nicht zügeln.

Mit einem wütenden Schrei rannte ich durch das Zimmer. Ich griff mit beiden Händen nach der Lehne von Opa Johns neuem Sessel ... und riss sie ab.

Dann warf ich die schwere Armlehne durch das Fenster. Ich hatte tierische Kräfte. Die Lehne durchschlug das Glas und flog in die Dunkelheit.

Alesha warf den Kopf zurück und stieß einen aufgeregten Schrei aus.

»*Wiiiiir können nicht waaaaarten!*«, knurrte ich.

Opa John versuchte zurückzuweichen und stolperte über das Sofa. Er fiel auf die Kissen und gab auf. Seine Augen waren vor Angst weit aufgerissen. Die knochigen Heuschreckenarme hielt er wie einen Schutzschild vor sich.

»Verstehst du nicht?«, schrie Alesha, nach Atem ringend. Das Fell auf ihrem Rücken hob und senkte sich. »Wir sind *Monster*! Wir töten Tiere und essen sie!«

»Ich habe einen Mann *gebissen*«, knurrte ich Opa John an. »Heute habe ich einen Mann *gebissen*! Und er hat *gut* geschmeckt! Was werde ich das nächste Mal tun? Ich bin ein Monster! Was werde ich tun?«

»Die Polizei sucht nach uns«, fuhr Alesha fort. »Wenn sie uns schnappen, werden wir *nie* geheilt.«

Alesha und ich beugten uns über das Sofa, beugten uns über Opa John, schnappten mit unseren Tierzähnen. Sabber lief aus unseren Mündern, während wir ihn anbrüllten.

»Wir können nicht warten, bis wieder Vollmond ist«, knurrte ich.

»Du musst uns jetzt helfen!«, schrie Alesha ihn an.

Ich spürte nagenden Hunger.

»Aber … aber … was kann ich denn tun?«, stotterte Opa John. Er lag noch immer hilflos auf dem Rücken ausgestreckt. Alesha und ich beugten uns stöhnend und schwer atmend über ihn.

Alesha drehte sich zu mir um.

Ich starrte sie an.

Und ich glaube, dass uns in diesem Moment klar wurde, dass wir im Begriff waren, Opa John zu *essen*!

19

»Neiiiiin!«

Noch einmal wütend aufheulend, zwang ich mich, zur Wand zurückzuweichen.

Was für ein Gedanke! Was für ein furchtbarer Gedanke!

Nimm dich zusammen, Robbie!, befahl ich mir. Ich schloss die Augen und konzentrierte mich. *Reiß dich zusammen.*

Alesha stand noch immer hungrig über Opa John

gebeugt und leckte sich die zackigen Zähne. Mit einem ängstlichen Schrei wand Opa John sich unter ihr weg und sprang auf. Seine Augen quollen vor Angst hervor, er drehte sich von Alesha weg mir zu.

Plötzlich hatte ich eine Idee. »Bring uuuuuns zu der alten Frau«, sagte ich zu ihm.

»Jaaaaa!«, zischte Alesha. »Zu der alten Frau in den nördlichen Wäldern. Zu der Frau, die dir die Geschichte mit dem Vollmondfieber erzählt hat. Bring uns zu ihr.«

»Sie gibt es doch wirklich … oder?«, fragte ich. »Sie ist doch kein Teil der Geschichte?«

Opa John nickte. »Sie gibt es wirklich«, murmelte er. »Aber … aber …« Er zog nervös an seinem weißen Haar.

»Aber was?«, knurrte ich.

»Was ist, wenn sie nicht mehr dort lebt? Was ist, wenn ich sie nicht finde?«, stotterte Opa John. »Was ist, wenn sie kein Mittel gegen Vollmondfieber kennt?«

Alesha und ich antworteten einstimmig: »Wir müssen es versuchen …«

Alesha und ich holten das gesamte Fleisch aus Opa Johns Tiefkühltruhe. Wir saßen auf dem Boden, brachen Stücke von tiefgefrorenen Fleischbrocken ab und schlangen sie hinunter.

Während wir aßen, telefonierte Opa John.

Zuerst rief er unsere Eltern an und teilte ihnen mit, wo wir waren. Mom und Dad waren besorgt und ziemlich durcheinander. Opa John sagte ihnen, dass es uns gut ginge und dass er uns in ein paar Tagen nach Hause bringen würde. »Dann erkläre ich euch alles«, versprach er.

Danach rief er die Fluggesellschaft an und reservierte Plätze. Anschließend führte er einige Gespräche, um eine Transportfirma zu finden, die schon geöffnet hatte.

Alesha und ich stöhnten und knurrten, während wir uns mit gefrorenem Fleisch vollstopften. Die kalten Fleischbrocken knirschten, als wir sie zwischen unseren scharfen Tierzähnen zermalmten.

Ich blickte auf und sah Opa John zur Tür gehen. »Was ist los?«, rief ich und spuckte einen großen Batzen Fleisch auf den Boden.

»Ich bin bald zurück«, antwortete Opa John. Er verschwand durch die Tür. Einige Sekunden später hörten wir, wie er seinen Lieferwagen startete und wegfuhr.

Alesha und ich wandten uns wieder dem Haufen gefrorenen Fleisch zu.

Wir erfuhren nicht, warum Opa John weggefahren war, bis wir am nächsten Morgen auf dem Flughafen ankamen. Er zog zwei lange graue Plastikkisten hinten aus dem Lieferwagen.

»Das sind Transportbehälter«, erklärte er.

Er hob die Deckel der beiden Kisten hoch. »Klettert rein. Ihr müsst als Fracht reisen.«

»Waaaaas …« Ich zögerte.

»Ihr könnt nicht als Passagiere fliegen«, erklärte er. »Niemand würde euch ins Flugzeug lassen. Ihr müsst im Frachtraum reisen. Das ist die einzige Möglichkeit.«

»Aber wie sollen wir Luft bekommen?«, fragte Alesha.

Opa John zeigte auf die Seiten der langen Kisten. »Das hier sind Luftlöcher. Seht ihr? Dutzende von Luftlöchern. Im Deckel sind auch welche. Ihr bekommt genug Luft. Beeilt euch. Wenn jemand euch sieht …«

Alesha und ich hatten keine andere Wahl.

Wir zwängten unsere pelzigen Körper in die Kisten. Opa John schloss die Deckel über uns. Wir hörten, wie er die Schlösser zumachte.

Ich atmete schwer. Ich wollte brüllen und den Deckel mit den Fäusten wegschieben. Es gefiel mir nicht, wie ein Tier eingesperrt zu sein.

Einige Minuten später hörte ich Stimmen und merkte, wie meine Kiste hochgehoben wurde. Durch die Luftlöcher konnte ich beobachten, wie ein paar Männer in Uniformen die Kisten auf einen Frachtkarren hoben.

»Ufff.« Ich spürte einen heftigen Ruck, als Aleshas Kiste auf meine gestellt wurde. Dann bewegten wir uns. Fuhren über die Rollbahn hinter dem Flughafenterminal.

Ich sah ein riesiges Flugzeug. Vorne neben dem Flugzeug standen in einer Reihe viele Frachtgüter: Kisten, Behälter und Koffer. Alesha und ich wurden daneben abgestellt. Ich spähte hinaus. Männer hoben Kisten und Behälter auf ein Förderband. Das Förderband führte zum Frachtraum des Flugzeugs.

Alles okay, sagte ich mir und stieß einen Seufzer der Erleichterung aus. Niemand hatte uns bemerkt. Bald würden wir im Flugzeug sein, auf dem Weg zu einem Mittel gegen das Vollmondfieber.

Ich beobachtete, wie die Behälter und Koffer über das Förderband rollten und in der offenen Frachtluke verschwanden.

Durch die Luftlöcher sah ich, wie die Männer sich zu unseren Kisten vorarbeiteten. Zwei von ihnen blieben vor meiner Kiste stehen.

Ich spannte die Muskeln an, bereit, hochgehoben zu werden. Doch dann rann kalter Schweiß über meinen Körper, als ich einen Mann rufen hörte: »Nein! Stopp! Die beiden nicht! Lasst sie stehen!«

20

Die zwei Arbeiter ließen meine Kiste los.

Sie drehten sich zu dem Mann herum, der ihnen die Anweisung zugerufen hatte.

»Die beiden Kisten nicht«, ordnete der Mann an. Er zeigte auf zwei hölzerne Kisten, die neben unseren standen.

»Die müssen zurück zum Terminal. Lasst sie einfach stehen, bis ihr den Rest verladen habt.«

Wow.

Das war knapp.

Kurz darauf wurden Alesha und ich durch die Frachtluke gehoben. Meine Kiste wurde mit einem harten *Bums* abgestellt. Ich hielt die Hand vor den Mund, um nicht aufzuschreien. Ich hörte einen weiteren *Bums* und sah, dass Alesha genau neben mir stand.

Im Frachtraum war es dunkel und sehr kalt. Hunde winselten und bellten in ihren Transportkisten.

Das Geräusch machte mich hungrig.

Ein leckerer Hund wäre jetzt nicht schlecht, dachte ich, als ich meinen Magen knurren hörte.

Ich stellte mir vor, wie das weiche Fell meine Zunge berührte, wie das warme Fleisch durch meinen Schlund glitt. Ich presste die Hände gegen den Kistendeckel. Konnte ich ausbrechen? Konnte ich den Deckel aufdrücken, herauskriechen und mir einen oder zwei Hunde schnappen?

Mmmmm …

Ihr Jaulen und Bellen machte mich wahnsinnig.

»Robbie … tu's nicht!« Aleshas Stimme hallte in dem großen Frachtraum.

Ich lachte. »Du hast meine Gedanken erraten!«

»Ich habe auch Hunger«, knurrte Alesha. »Aber wenn wir die Hunde aufessen, schnappen sie uns vielleicht.«

Ich brüllte laut. »Wenn sie nur ruhig wären!«, schrie ich.

Das Bellen verstummte. Jetzt winselten die Hunde, mein wildes Gebrüll hatte ihnen Angst gemacht.

»Robbie?« Aleshas Stimme klang ganz dünn. Ich spähte durch die Luftlöcher, aber ich konnte nicht in ihre Kiste hineinsehen.

»Ja?«, rief ich.

»Robbie … hast du Angst?«, fragte sie. »Ich habe Angst. Furchtbare Angst.«

Ich hatte auch Angst. Mehr Angst, als ich je in meinem Leben gehabt hatte. Aber ich beschloss, es nicht zuzugeben.

»Es wird schon gut gehen«, antwortete ich stattdessen. »Kein Problem, Alesha. Alles wird gut gehen.«

»Wir haben uns verirrt.« Opa John seufzte. »Wir haben uns total verirrt.«

Wir waren in dem Jeep, den Opa John gemietet hatte, von dem kleinen Flughafen weggefahren und über eine halbe Stunde einer schmalen Straße gefolgt, die sich durch die Wälder schlängelte.

Die Sonne ging hinter den Bäumen unter, als aus der Straße ein unbefestigter Weg wurde. Wir rumpelten über den Weg, bis er plötzlich vor einer dicken Wand aus Kiefern endete. Wir hatten keine Wahl. Wir mussten aussteigen, den Jeep zurücklassen, unseren Proviant tragen und zu Fuß weiter.

Der graue Himmel färbte sich purpurn, dann verdunkelte er sich und wurde schwarz. Die Luft war kalt und feucht. Weder Mond noch Sterne standen am Himmel, die uns den Weg hätten beleuchten können.

Das Licht aus Opa Johns Taschenlampe tanzte über den Weg vor uns. Es wurde von Bäumen und vorspringenden Felsen zurückgeworfen.

»Ich erinnere mich, dass ich hier entlanggegangen bin«, wiederholte er immer wieder. »Ja, Ja. Ich erinnere mich an diese seltsam geformte Felswand. Ich bin sicher, wir sind auf dem richtigen Weg, auf dem Weg, der zu der Hütte der alten Frau führt.«

Doch nach einer Weile war er sich nicht mehr so sicher. Mehrmals baten wir Opa John, stehen zu bleiben. Er musste warten, während meine Schwester und ich nach Eichhörnchen und Dachsen und pummligen Waschbären jagten, die wir hungrig hinunterschlangen.

Dann wanderten wir weiter durch den dunklen Wald, unsere Füße stapften über einen dicken Teppich vertrockneter Blätter und Kiefernnadeln.

Auf einer kleinen, runden, mit Gras bewachsenen Lichtung machten wir Halt. Opa John zupfte an seinem weißen Haar. Er verlagerte den Rucksack auf seinen Schultern und sah sich um.

»Ich glaube, wir haben uns verirrt«, murmelte er.

In den Bäumen schrien Vögel. Blätter raschelten und knackten, wenn die kleinen Nachttiere über sie hinweghuschten.

»Da sollte noch ein anderer Weg sein«, flüsterte Opa John und schüttelte den Kopf. »Ich habe mich total verlaufen.«

»Vielleicht sollten wir hier unser Nachtlager aufschlagen«, schlug Alesha vor. »Morgen früh sehen wir besser. Wir können …«

»Wartet!«, unterbrach ich sie. »Guckt mal da. Sehe ich Gespenster?«

Ich zeigte auf einen schwachen orangefarbenen Lichtschein, der halb von den Bäumen verdeckt wurde.

»Ist das ein Feuer?«, flüsterte Alesha.

Es flackerte schwach. »Möglich«, murmelte ich.

»Lasst uns nachsehen«, antwortete Opa John.

Wir rannten über die Lichtung in den Wald. Als wir näher herankamen, sahen wir eine kleine Hütte. Orangefarbener Feuerschein erleuchtete das kleine Fenster.

»Ist das die Hütte der alten Frau?«, fragte ich, zwischen Alesha und Opa John hin- und herlaufend.

Er kratzte sich den Kopf. »Ich weiß es nicht. Ich bin nicht sicher. Es kann ihre Hütte sein. Ich kann mich wirklich nicht erinnern.«

Ich schirmte meine Augen mit einer Hand ab und drückte meine pelzige Stirn gegen das Fenster. Das Glas fühlte sich warm an. Ich spähte hinein, wartete, dass sich meine Augen an das Licht gewöhnten.

»Ich … ich kann niemanden sehen«, stammelte ich.

»Irgendjemand muss zu Hause sein«, sagte Opa John. »Wenn ein Feuer brennt …«

»Es gibt nur eine Möglichkeit, das herauszufinden«, erklärte Alesha. Sie stapfte zur Eingangstür, hob die Faust und klopfte mehrere Male.

In der Hütte war es still.

Alesha stieß ein ärgerliches Knurren aus. Sie klopfte fester – mit beiden Fäusten.

Die dünne Holztür begann zu zersplittern.

Alesha hob wieder die Fäuste – und die Tür ging auf.

Eine kleine weißhaarige Frau in einem dunkelblauen Bademantel steckte den Kopf heraus. In der Hand hielt sie ein riesiges Jagdgewehr, ein Gewehr, das fast so groß war wie sie selbst.

»Verschwindet!«, schrie sie. *»Verschwindet … oder es wird euch leid tun!«*

21

Alesha stieß ein wütendes Knurren aus.

Die alte Frau hob das riesige Gewehr.

»Geht weg! Geht weg!«

»Bitte … wir brauchen Ihre Hilfe«, sagte Opa John leise.

Die alte Frau richtete das Gewehr auf ihn. Ihre wässrigen Augen waren weit aufgerissen vor Angst. Sie starrte ihn eine geraume Weile an, dann wurde ihr Gesichtsausdruck weicher.

»Ich … ich erinnere mich an Sie«, stammelte sie.

Sie hielt das Jagdgewehr weiterhin im Anschlag. »Warum sind Sie zurückgekommen?«

»Wir brauchen Hilfe«, wiederholte Opa John. »Meine beiden Enkelkinder …« Er zeigte auf uns. »Sie sehen ja selbst, dass sie Probleme haben.«

Die alte Frau senkte das Jagdgewehr. Sie blickte Alesha und mich argwöhnisch an. Ihr Gesicht war runzelig wie eine trockene Frucht.

Sie erschauderte. Zog den Mantel fester um sich. Wandte sich Opa John zu. »Ich verstehe nicht. Was ist mit ihnen?«

»Sie haben Vollmondfieber«, antwortete Opa John. Er verlagerte den schweren Rucksack auf seinen Schultern. Trotz der Kälte der Nacht standen große Schweißperlen auf seiner Stirn.

»Sie haben Vollmondfieber.«

Die alte Frau versperrte noch immer die Tür, mit einer Hand hielt sie den Lauf des Gewehrs. »Die Geschichte, die ich Ihnen erzählt habe?«

»Das ist keine Geschichte«, sagte Opa John zu ihr. »Alles ist wahr. Meine Enkelkinder … sie haben in der Halloweennacht in den Vollmond geschaut.«

»Unmöglich!« Die alte Frau blickte ihn finster an. »Eine Geschichte ist eine Geschichte.«

»Sehen Sie uns doch an!«, knurrte ich wütend. *»Das sind keine Kooooostüme! Das ist riiiiichtiges Felllll!«*

Alesha fuchtelte mit ihren pelzigen Händen in der

Luft herum. Die alte Frau gab ein ängstliches Winseln von sich. Ihr Griff um den Gewehrlauf wurde fester.

»Unmöglich«, wiederholte sie und schüttelte den Kopf. Ihr weißes Haar fiel über den Kragen ihres blauen Bademantels. Ihre wässrigen Augen sahen Opa John an. »Warum sind Sie hierher zurückgekommen und erzählen mir diese verrückte Geschichte? Was erwarten Sie von mir?«

»Können Sie den beiden helfen?«, fragte Opa John. »Gibt es ein Mittel gegen Vollmondfieber?«

»Woher soll ich das wissen?«, brauste die Frau auf. »Woher soll ich ein Mittel gegen eine Krankheit kennen, die es gar nicht gibt?«

Alesha und ich tauschten Blicke aus. Es ist hoffnungslos, wurde mir klar. Meine Schwester und ich sind in diesen Monsterkörpern gefangen. Niemand kann uns helfen.

Und dann unterbrach die heisere Stimme der alten Frau meine traurigen Gedanken. »Es gibt einen Menschen hier im Wald, der euch vielleicht helfen kann.«

»*Werrrrr?*«, heulten Alesha und ich einstimmig.

Unser tierischer Schrei ließ die alte Frau erneut erschaudern.

»Versucht es mal beim verrückten Dr. Thorne«, antwortete sie. »Dr. Thorne lebt seit 70 Jahren in diesem Wald. Die meisten Leute haben Angst vor ihm. Er und sein Sohn ... die beiden sind sehr seltsam. Aber er ist eure einzige Hoffnung. Er war Arzt, als er noch jünger war.«

Sie rieb sich die runzlige Wange. »Wenigstens sagt er das allen.«

»Wie finden wir Dr. Thorne?«, fragte Opa John.

Mit zittriger Hand zeigte die alte Frau uns den Weg. »Folgt diesem Pfad. Es ist nicht weit bis zu seinem Haus. Wir, die wir im Wald leben, versuchen, nahe beieinander zu bleiben.«

Opa John verbeugte sich vor ihr. »Vielen Dank für Ihre Hilfe. Entschuldigen Sie, dass wir Ihren Schlaf gestört haben.«

Die alte Frau antwortete nicht. Sie schlug die Tür fest zu. Ich hörte, wie sie drinnen den Riegel vorschob.

Wir drehten uns um und gingen zum Pfad zurück. Ein bleicher Halbmond glitt hinter einer Wolke hervor und beleuchtete unseren Weg.

Als wir dem Pfad durch den hohen Kiefernwald folgten, hatte ich zum ersten Mal Hoffnung.

Vielleicht … vielleicht kannte der alte Arzt ein Mittel. Vielleicht würde dieser Albtraum bald vorbei sein.

Ich konnte natürlich nicht wissen, dass der wirkliche Horror gerade erst begann.

22

Die alte Frau hatte gesagt, dass es nicht weit bis zum Haus des Arztes sei. Aber wir liefen lange, mindestens ein oder zwei Stunden.

Als wir endlich das Haus erblickten, ging der Mond hinter den Bäumen unter und ein Band roten Morgenlichts breitete sich am Horizont aus.

Das Haus war lang und niedrig und aus gebleichtem Holz gebaut. Aus der Nähe erschien es uns wie eine Reihe miteinander verbundener Hütten mit Flachdächern.

»Was mag er mit all den Netzen machen?«, fragte Opa John.

Ich sah mehrere Netze – Fischernetze –, die um das Haus auf Pfählen ausgebreitet waren. Ein weiteres Netz war vom Eingang des Hauses zum Pfad hin gespannt.

»Er kann sie nicht zum Fischen brauchen«, murmelte Opa John. »Hier ist meilenweit kein Wasser.«

Das Haus stand auf einer sanften Anhöhe im Schatten der Kiefern. Als wir die Anhöhe hinaufstiegen, sah ich im hohen Gras einen großen, glänzenden roten Gegenstand.

Ein Boot?

Bevor ich irgendetwas sagen konnte, kam ein rundlicher Mann mit einer Mähne langen roten Haars, das ihm bis auf die Schultern fiel, den Abhang heruntergelaufen, um uns zu begrüßen. Er trug einen Overall und ein weißes Sweatshirt.

»Sind Sie Dr. Thorne?«, rief Opa John.

Der Mann lachte als Antwort. Seine Arme schwangen an seinen Seiten hin und her und sein dicker Bauch hüpfte beim Gehen auf und ab.

Als er Alesha und mich sah, blieb er kurz stehen.

»Wow!«, rief er. »Was ist denn mit euch beiden passiert?«

»Sind Sie Dr. Thorne?«, wiederholte Opa John und wischte sich die Stirn mit dem Handrücken ab.

Der Mann schüttelte den Kopf. Sein Doppelkinn schwabbelte. »Nein, Sir. Ich bin Dr. Thorne *junior.*«

Er konnte nicht aufhören, meine Schwester und mich anzustarren. »Eigentlich heiße ich Roger. Aber alle nennen mich Wolf.«

»Wolf?«, wiederholte Opa John. »Warum werden Sie Wolf genannt?«

»Da bin ich überfragt.« Er lachte wieder.

Ich stand neben dem roten Boot. »Wozu brauchen Sie mitten im Wald ein Boot?«, fragte ich.

Lange Zeit starrte er mich an, ohne zu antworten. Schließlich zeigte er mit einer Hand zum Wald hin. »Bald wird hier überall Wasser sein.«

»Wie bitte?«, rief Alesha.

»Es wird regnen«, prophezeite er und rieb sich das Doppelkinn. Ein seltsames Lächeln lag auf seinem Gesicht. »Der Wald wird überflutet werden. Er wird zu einem reißenden Strom werden. Und Dad und ich werden bereit sein.«

Er versetzte dem Boot einen Tritt. »Wir werden die Einzigen sein, die bereit sind«, erklärte er.

Er ist verrückt, dachte ich. Wenn sein Vater genauso verrückt ist, gibt es für Alesha und mich keine Hoffnung.

Ohne Vorwarnung streckte Wolf seine fleischige Hand aus – und griff in das dicke Fell in meinem Nacken.

»He!«, schrie ich auf.

Er ließ mich schnell los. Sein Mund öffnete sich vor Erstaunen. »Das ist ja echt!«, rief er. Er blickte mich mit zusammengekniffenen, kleinen runden Augen an. »Bist du ein halber *Gorilla* oder so etwas?«

Alesha stieß ein wütendes Gebrüll aus. Als sie einen Schritt vortrat, sah ich, wie sich ihr gesamter Körper anspannte und zum Kampf bereitmachte.

Mein Magen rumorte. Er begann, vor Hunger zu knurren.

»Ich habe noch nie *Wolf*fleisch probiert«, murmelte ich und betrachtete Dr. Thornes dicken, runden Bauch, der sich unter dem Overall wölbte.

Opa John stellte sich vor Alesha und mich. »Diese Kinder brauchen sofort die Hilfe Ihres Vaters«, sagte er zu Wolf. »Er ist doch Arzt, oder?«

»Das sagt er allen«, antwortete Wolf. Sein langes rotes Haar wehte in der steifen Brise. Die schweren Netze knarrten und schaukelten in dem plötzlich aufgekommenen Wind.

»Die Kinder stecken in Schwierigkeiten«, sagte Opa John ernst. »Können wir jetzt zum Doktor?«

Aus irgendeinem seltsamen Grund lachte Wolf still in sich hinein. Seine kleinen Augen leuchteten vor Vergnügen. »Folgt mir«, sagte er und zeigte mit einer dicken rosigen Hand auf das Haus.

Wir folgten ihm durch eine Seitentür ins Haus. Das Haus war niedrig und eng und nur spärlich beleuchtet. In einem kleinen Kamin war das Feuer bis auf die purpurne Glut heruntergebrannt.

Als wir ins Wohnzimmer traten, stieß ich Alesha an und zeigte zur Decke. Ein Gewirr schwerer Netze hing unter der Decke. Sie sahen wie riesige Spinnweben aus.

Wolf stand in der Mitte des langen, engen Raums und starrte uns an. Wieder rieb er sich das Kinn.

»Ist Ihr Vater zu Hause?«, fragte Opa John ungeduldig. »Es eilt. Können wir jetzt mit ihm sprechen?«

Wieder breitete sich ein seltsames Lächeln auf dem Gesicht des Mannes aus. »Sie *sprechen* mit ihm!«, erklärte er.

»Ich ... ich verstehe nicht«, stammelte Opa John.

Wolf griff mit seinen dicken Händen in sein langes rotes Haar – und riss es herunter.

Eine Perücke!

Unter der rothaarigen Perücke wuchs dünnes weißes Haar auf einem rosigen Schädel.

Er fasste sich mit der Hand ins Gesicht – und zog mit einem lauten, ratschenden Geräusch das Doppelkinn ab.

Attrappen.

Er warf die rote Perücke und das Doppelkinn aus Gummi zur Seite und grinste uns an. Ein schmalgesichtiger alter Mann.

»Ich habe mir immer einen Sohn gewünscht«, sagte er, »aber nie einen bekommen. Deshalb musste ich mir einen erschaffen.«

Er ist wirklich verrückt, wurde mir klar.

Total verrückt.

Wie soll er Alesha und mir helfen?

»Es ist einsam hier im Wald«, sagte Dr. Thorne und sein Lächeln verblasste. »Es ist einfacher, wenn Wolf bei mir ist.«

Opa John starrte auf die rote Perücke, die auf dem Boden lag. Dann richtete er den Blick auf Dr. Thorne. »Können Sie meinen Enkelkindern helfen?«, fragte er. »Kennen Sie ein Mittel gegen Vollmondfieber?«

Dr. Thorne sah uns nachdenklich an. Er schnalzte mit der Zunge gegen die Zähne.

Ich fühlte eine Welle der Wut durch meinen Körper jagen. Plötzlich hatte ich das Gefühl, aus Leibeskräften brüllen zu müssen. Den Raum auseinanderreißen zu müssen. Die Fenster zerschlagen zu müssen. Die Netze von der Decke reißen und in Stücke zerbeißen zu müssen.

Ich bin ein Monster, sagte ich mir und versuchte, den mächtigen Drang zu bekämpfen, alles kaputtzuschlagen. Und ich werde ein Monster bleiben, weil dieser alte Mann verrückt ist und nicht die geringste Ahnung hat, wie er uns helfen kann.

Ich starrte Alesha an. Sie atmete schwer. Angespannt ballte sie die an den Seiten herabhängenden Hände immer wieder zu Fäusten.

Sie muss das Gleiche denken wie ich, wurde mir traurig klar. Dr. Thorne ging durch das Zimmer zu der Wand mit den Bücherregalen. Vor sich hin summend, holte er drei oder vier staubige alte Bücher aus den Regalen. Er trug sie zum Schreibtisch und stöhnte dabei unter dem Gewicht.

Er ließ sich in seinen Schreibtischstuhl fallen. Beugte sich über den Schreibtisch. Und begann, in den Büchern zu suchen, schnell die Seiten umzublättern und mit dem Finger die klein gedruckten Spalten entlangzufahren.

Alesha, Opa John und ich standen angespannt mitten im Raum und beobachteten, wie der alte Mann die Seiten umblätterte. Niemand sagte etwas.

Schließlich hob Dr. Thorne den Kopf. »So eine kleine Schrift ist schwer zu lesen«, murmelte er. »Ich hätte Wolf bitten sollen, die Bücher durchzusehen. Seine Augen sind besser als meine.«

»Haben Sie etwas gefunden?«, fragte ich ungeduldig. »Haben Sie ein Mittel gefunden?«

Dr. Thorne schüttelte den Kopf. »Nein. Ich habe kein Mittel gefunden. Ich habe nicht einmal etwas über Vollmondfieber gefunden. In keinem der Bücher.«

Alesha und ich seufzten. Opa John ließ die Schultern hängen. Er schloss die Augen.

Dr. Thorne sprang auf. »Aber ich *werde* euch helfen«, erklärte er.

»Uns helfen?«, rief ich. »Wie?«

Er antwortete nicht. Stattdessen zog er an einem Seil hinter dem Schreibtisch.

Über mir hörte ich ein *Wupp*.

Ich blickte noch rechtzeitig auf, um zu sehen, wie die Netze krachend von der Decke fielen.

Sie fielen auf uns herunter. Sie waren so schwer, dass sie uns alle drei zu Boden rissen.

Ich stieß einen überraschten Schrei aus.

Kämpfte, um auf die Beine zu kommen.

Aber die Seile waren zu schwer. Meine um sich schlagenden Arme verfingen sich in dem Netz. Ich fiel wieder auf den Boden.

Dr. Thorne stand hinter dem Schreibtisch und beobachtete unseren Kampf.

»Was soll das?«, rief ich wütend. »Was haben Sie mit uns vor?«

23

»Ich werde euch berühmt machen.«

Das war Dr. Thornes Antwort.

Diese Worte werde ich nie vergessen. Die Aufregung in seinen kleinen Augen. Das grausame, kalte Lächeln, das sich auf seinem rosigen Gesicht breit machte.

»Ich werde euch berühmt machen.«

Das war vor drei Wochen.

Jedenfalls *glaube* ich, dass es vor drei Wochen war. Es ist schwer, das Zeitgefühl nicht zu verlieren, wenn man dauernd unterwegs ist.

Und wenn man wie ein Tier in einem Käfig lebt.

Ja, Alesha und ich leben in einem Käfig. Ich denke, wir hatten dabei noch Glück. Opa John wird von Dr. Thorne in Handschellen in einem kleinen Wohnwagen gefangen gehalten.

»Ich werde euch berühmt machen.«

Das hatte er gesagt.

Und jetzt gehören wir zu einem Wanderzirkus. Die Leute kaufen Eintrittskarten und starren uns an wie die Tiere im Zoo.

DR. THORNES MONSTERKINDER.

Das verkünden die großen Plakate.

SIE WAREN MENSCHEN – JETZT SIND SIE TIERE.

Die Leute zahlen fünf Dollar Eintritt, um uns zu sehen. Wir sind berühmt. Wir ziehen viele Leute an, wo immer wir Halt machen.

Alesha und ich sind Monster. Zirkusmonster.

Als Dr. Thorne das Programm zusammenstellte, hat er noch ein paar andere Zirkusattraktionen aufgenommen und Leute verpflichtet. Er hat einen Jungen mit zwei Köpfen angeheuert und eine Frau mit einem Fischschwanz, die behauptet, im Meer geboren worden zu sein.

Aber beide sind nicht echt. Ihre Kostüme sind nicht gut. Die Zuschauer interessieren sich nicht für sie.

Die Leute wollen Alesha und mich sehen – die *echten* Monster. Sie lachen und zeigen auf uns. Sie werfen Nüsse und Popcorn in unseren Käfig. Sie rufen uns Beleidigungen zu und versuchen, uns wütend zu machen, damit wir brüllen und an den Käfigstäben rütteln und uns wie Monster aufführen.

Sie haben auch versucht, uns anzufassen, an unserem Fell zu ziehen.

Während einer Vorstellung hat ein Mann seinen Arm in den Käfig gesteckt und meinen pelzigen Fuß gekitzelt.

Ich habe nach dem Arm gegriffen und ihn fast abgerissen. Jetzt müssen die Besucher hinter einem Seil stehen, das einige Zentimeter vor unserem Käfig gespannt ist.

Alesha und ich können unsere Launen nicht kontrollieren. Wir sind wirklich Tiere.

Wir brüllen die Leute an. Manchmal werfen wir uns gegen die Stäbe und versuchen, nach ihnen zu schnappen.

Wir tun alles, um ihnen Angst zu machen und sie zu verjagen. Aber die Besucher lachen nur. Sie haben keine Angst. Sie finden das lustig.

Ihr Lachen macht Alesha und mich nur noch wütender. Doch je mehr wir knurren und brüllen und schwerfällig durch den Käfig tappen, desto mehr lacht die Menge.

Nachts träume ich von grinsenden Gesichtern. Ich höre ihr Lachen in meinen Träumen. Selbst im Schlaf sehe ich die Menge mich anstarren.

Jetzt ist fast Mitternacht. Der Zirkus hat geschlossen.

Es ist eine kalte, klare Nacht. Durch die Käfigstäbe kann ich den Mond hoch am Himmel stehen sehen, wir haben bald Vollmond.

Alesha und ich sitzen auf dem Käfigboden, den Rücken gegen die Stangen gelehnt. Wir warten auf unser Abendessen.

Die Käfigtür öffnet sich einige Zentimeter.

Wir drehen uns um und sehen Dr. Thorne. Er schiebt ein großes Tablett mit rohem Fleisch in den Käfig.

»Guten Appetit«, murmelt er. Dann schlägt er die Käfigtür zu.

Jeden Abend das Gleiche.

Jeden Abend bringt er das Tablett mit Fleisch, eine Stunde, nachdem der Zirkus geschlossen hat.

Jeden Abend sagt er: »Guten Appetit.« Dann schließt er die Käfigtür wieder fest zu.

Jeden Abend stürzen Alesha und ich uns auf das Essen.

Knurrend und stöhnend halten wir das Fleisch in den Händen und reißen große Stücke davon ab. Wir stopfen uns die Stücke in den Mund und schlucken sie ganz hinunter.

Wir sind so hungrig.

So traurig und hungrig.

Das Essen füllt unsere Mägen. Besser fühlen wir uns davon nicht.

Wir wollen keine Monster sein.

Wir wollen wieder *wir* sein.

Und heute, während das kalte, dunkle Fleisch meinen Schlund hinuntergleitet, denke ich: *Vielleicht ist das heute das letzte Mal. Vielleicht müssen Alesha und ich heute zum letzten Mal in diesem Käfig sitzen und wie Tiere essen.*

Denn ich habe einen Plan.

24

Ich wartete bis zum nächsten Abend, um Alesha von meinem Plan zu erzählen.

»Was für ein furchtbarer Tag!« Sie stöhnte und ließ sich erschöpft auf den Käfigboden gleiten.

Wir beobachteten, wie die letzten Besucher das Zirkusgelände verließen. Die hellen Lichter erloschen. Ich starrte den Mond an, der blass und rund über unserem Käfig stand.

»Sie haben mit Bananenschalen geworfen.« Alesha seufzte. »Als wären wir Affen. Die Kinder haben Bananenschalen in den Käfig geworfen und sich kaputtgelacht.«

Ich ließ mich dicht neben ihr nieder, während meine Augen auf Dr. Thornes Wohnwagen ruhten, der am Rand des Zirkusgeländes stand.

»Alesha, hörrrrr zu«, flüsterte ich. »Jetzt ist Schluss mit Bananenschalen. Jetzt ist Schluss mit diesem Käfig.«

Ihre Augen wurden vor Erstaunen ganz groß. »Robbie, wie meinst du das?«

»Ich habe einen Plan«, flüsterte ich.

Ich zeigte in den Himmel. »Sieh mal.«

Alesha hob die Augen. »Was soll ich sehen?«

»Den Mond«, antwortete ich, während ich weiter in den Himmel zeigte. »Er ist ganz rund. Wir haben Vollmond, Alesha. Zum ersten Mal, seit uns das Vollmondfieber erwischt hat.«

Sie sah mich mit zusammengekniffenen Augen an. »Na und?«

»Erinnerst du dich nicht daran, was die alte Frau Opa John gesagt hat? An das Mittel gegen Vollmondfieber? Wir müssen uns unter das Licht des *nächsten* Vollmonds stellen. Wir müssen in den vollen Mond schauen, dann werden wir geheilt.«

Aleshas Augen blitzten aufgeregt. »Jaaaaa!«, zischte sie. »Aber wir müssen aus diesem Käfig heraus. Wir müssen direkt unter dem Mond stehen. Wie sollen wir das machen?«

»Bald bringt uns Dr. Thorne unser Essen«, flüsterte ich. »Er kommt jeden Abend, eine Stunde, nachdem der Zirkus geschlossen hat.«

»Ja, ja, das weiß ich«, knurrte Alesha ungeduldig.

»Heute Abend tun wir so, als wären wir krank. Wir legen uns auf den Käfigboden und bewegen uns nicht. Er wird sich wundern, was mit uns los ist. Er wird die Käfigtür weiter öffnen. Vielleicht klettert er sogar in den Käfig, um zu sehen, was wir haben. Dann …«

»Dann schnappen wir ihn uns, schlagen ihn k. o. und flüchten!«, unterbrach mich Alesha. »Das dürfte ziemlich einfach sein. Warum haben wir das nicht schon früher versucht?«

»Das hätten wir tun sollen«, antwortete ich. »Aber heute Abend haben wir keine Wahl. Heute Abend *müssen* wir entkommen. Rechtzeitig, um uns unter den vollen Mond zu stellen und geheilt zu werden.«

»Dann holen wir Opa John aus dem Wohnwagen und gehen für immer von hier weg«, fügte Alesha hinzu und lächelte das erste Mal seit Wochen.

Ich sah noch einmal kurz zu Dr. Thornes Wohnwagen hin. »Mach dich bereit«, wies ich Alesha an. »Bald ist es so weit, bald bringt er unser Essen.«

Wir streckten uns auf dem Käfigboden aus. Alesha lag flach auf dem Rücken. Ich blieb auf der Seite liegen, um Dr. Thornes Wohnwagen beobachten zu können.

Wir bewegten uns nicht.

Wir warteten.

Und warteten.

Der Vollmond stieg höher am purpurnen Nachthimmel. Ich konnte das Flüstern des Windes in den kahlen Bäumen hören. Die Zirkuszelte flatterten in der Brise.

Wir warteten.

Ich beobachtete den dunklen Wohnwagen. Im Fenster sah ich Licht. Dr. Thorne war da drinnen.

Warum kam er nicht heraus? Warum brachte er uns nicht unser Abendessen?

Da wurde es mir auf einmal klar.

Ich setzte mich auf. »Alesha … er kommt heute Abend nicht«, murmelte ich.

Sie schrie erschrocken auf und blieb flach auf dem Käfigboden liegen. »Wie meinst du das? Er *muss* kommen!«, jammerte sie.

»Er weiß es«, sagte ich mit zusammengebissenen Zähnen. »Er weiß, dass heute Vollmond ist. Er weiß, dass heute die einzige Nacht ist, in der wir geheilt werden können … und er will nicht, dass wir geheilt werden!«

Ich stöhnte. »Verstehst du nicht? Er will, dass wir

Monster bleiben. Für immer. Deshalb kommt er nicht mit unserem Abendessen. Er wird heute Abend den Käfig nicht öffnen.«

Alesha setzte sich auf.

Ich sah die Angst in ihren Augen.

»Robbie«, flüsterte sie und starrte in den Himmel. »Sieh mal. Der Mond hat fast den höchsten Stand erreicht. Wir haben nur noch wenig Zeit. Was sollen wir tun?«

25

Ich starrte durch die Stäbe zu Dr. Thornes Wohnwagen hin.

Für immer ein Monster, dachte ich.

Ich hob die Augen zum Mond.

Ich dachte an die lachenden, höhnisch grinsenden Besucher. An die starrenden Blicke. Die dummen Witze, die sie über Alesha und mich machten.

Und an die Bananenschalen.

Für immer ein Monster.

Wieder starrte ich zu Dr. Thornes Wohnwagen hin.

Er kommt heute Abend nicht, dachte ich.

Ich fühlte, wie irgendetwas in mir zerbrach.

Meine Brust hob und senkte sich. Eine Welle der Wut ließ meinen ganzen Körper erschaudern.

Ich musste schreien. Ich musste brüllen. Sonst würde mein Kopf platzen.

Ich legte den Kopf in den Nacken und sah in den Himmel, öffnete den Mund und machte meiner Wut in einem ohrenbetäubenden Gebrüll Luft.

Ich drehte mich um und sah, dass Alesha neben mir stand. Sie schrie auch, schrie ihren Ärger hinaus.

Und dann warfen wir uns, ohne ein Wort miteinander zu wechseln, gegen die Käfigtür.

Die Zähne fletschend wie wilde Tiere, rissen wir an den Gitterstäben. Kauten mit unseren zackigen Zähnen auf ihnen herum. Rüttelten mit unseren großen, fellbedeckten Händen an ihnen. Traten und schlugen auf sie ein.

Unsere Wut gab uns eine Stärke, wie wir sie nie zuvor besessen hatten. Die Metallstäbe bogen sich in unseren Händen. Das Schloss sprang auf. Die Tür schwang auf.

Aufgeregte Schreie ausstoßend, sprangen wir Seite an Seite hinaus. Auf den gepflasterten Weg neben dem Käfig.

Ins Mondlicht.

Ich griff nach Aleshas Hand. Wir liefen zum Rasen. Auf das weiche Gras ... weg von dem Käfig ... weg von unserem Gefängnis.

»Sieh in den Mond«, befahl ich. »Wir kommen gerade noch rechtzeitig. Gerade noch rechtzeitig, um geheilt zu werden.«

Da hörte ich einen Schrei.

Ich wirbelte herum … und sah Dr. Thorne aus seinem Wohnwagen stürzen. Wild fuchtelte er mit einer Hand vor sich herum.

Was hielt er da in der Hand?

Eine Peitsche?

Ja. Hatte er vor, uns wie wilde Tiere auszupeitschen? Uns in den Käfig zurückzupeitschen?

»Zurück!«, schrie er außer Atem. »Zurück mit euch!« Sein dicker Bauch wippte beim Rennen auf und ab.

Er lief über den gepflasterten Weg. Kam über den Rasen auf uns zu.

Er hob die Peitsche.

Alesha und ich stürzten uns auf ihn.

Er schrie erschrocken auf, als ihm die Peitsche aus der Hand flog.

Er hatte keine Gelegenheit, sie gegen uns zu erheben.

Wir sprangen auf ihn. Schlugen auf seinen Rücken ein. Und dann hoben wir ihn hoch, hoben seinen riesigen Körper hoch, als wäre er schwerelos. Unsere neue Kraft, die unbändige Kraft der Wut, befähigte uns dazu.

Wir trugen ihn zu einem leeren Käfig. Er kämpfte und trat um sich, brüllte uns an. Wir warfen ihn in den Käfig. Ich schlug die Käfigtür zu. Alesha ließ das Schloss einrasten.

»Beeil dich!«, presste ich hervor und drehte mich zu Alesha um.

Ich starrte in den Vollmond.

»Beeil dich … wir haben nicht mehr viel Zeit!«

Alesha und ich rannten zurück zum Rasen. Dicht nebeneinanderstehend, streckten wir unsere Gesichter dem Vollmond entgegen. Ließen sein silbernes Licht auf uns scheinen.

Würde es funktionieren?

Würden wir geheilt werden?

26

Nein. Wir hatten das Gefühl, stundenlang unter dem Mondlicht zu stehen. Der Wind strich durch unser Fell. Die Zirkuszelte flatterten hinter uns im Wind.

Nein. Nein. Nein …

Es funktionierte nicht. Das kalte silbrige Licht ergoss sich über unsere Tierkörper. Aber wir verwandelten uns nicht in Robbie und Alesha zurück.

Wir veränderten uns überhaupt nicht.

Mit einem Schrei der Enttäuschung drehte ich mich zu unserem Käfig um. Dr. Thorne rüttelte an der Tür, er versuchte, sie zu öffnen.

»Kommt zurück, ihr zwei!«, schrie er. »Ihr könnt doch nirgendwohin gehen. Euer Zuhause ist jetzt hier!«

»Neinnnnn!« Ein weiterer Schrei des Entsetzens entwich meiner Kehle. Nein … niemals. Das konnte nicht unser Zuhause sein. Alesha und ich rannten über den Rasen. Atemlos stürzten wir in den Wohnwagen, in dem Opa John gefangen gehalten wurde.

Er sprang auf. »Ihr seid entkommen!«, rief er glücklich. »Aber ...«

Wir ließen ihn seinen Satz nicht beenden. Mit meiner neuen Kraft riss ich die Handschellen von seinen Handgelenken.

»Gehen wir!«, knurrte ich.

»Wohin?«, fragte Opa John, während er uns aus dem Wohnwagen folgte.

»Nach Hause!«, antwortete ich.

Alesha und ich flogen wieder im Frachtraum.

Während des Heimflugs sprachen wir kaum miteinander. Wir waren zu unglücklich, machten uns zu große Sorgen, wie unsere Zukunft aussehen würde.

Unsere Zukunft als Monster ...

Nach der Landung mietete Opa John einen Lieferwagen. Alesha saß vorne neben ihm. Sie machte sich im Sitz ganz klein, damit niemand sie sah. Ich kauerte mich hinter sie. Ich zupfte an dem Fell auf meinem Handrücken.

»Ich habe euren Eltern ein Telegramm geschickt, bevor wir aufgebrochen sind«, teilte Opa John uns mit, während er den Lieferwagen Richtung Highway steuerte. »Ich habe ihnen geschrieben, dass es euch gut geht. Und ich habe sie darauf vorbereitet, dass ihnen ein furchtbarer Schock bevorsteht.«

Ein furchtbarer Schock?

Wie werden Mom und Dad reagieren, wenn sie uns sehen?, fragte ich mich.

Und was werden sie fühlen, wenn wir uns nicht beherrschen können und das ganze Haus kurz und klein schlagen?

Oder den Hund essen?

Scruffy …

Ich musste an Scruffy denken. An den niedlichen kleinen Kerl. Ich kann es nicht erwarten, Scruffy wiederzusehen, dachte ich.

Mein Magen knurrte.

Ich schnappte nach Luft. Ich hoffe, dass ich Scruffy nicht esse, dachte ich.

Würde ich meinen Monsterhunger kontrollieren können, wenn ich in seiner Nähe war?

Gerade jetzt bin ich so hungrig, dachte ich. Ich bin eigentlich *immer* hungrig.

Wir bogen in unsere Einfahrt ein. Alesha stieß ihre Tür auf und glitt aus dem Wagen. Aber ich wollte nicht aussteigen. Ich wollte nicht, dass Mom und Dad mich so sahen, fellbedeckt und mit zackigen, aus meiner langen Tierschnauze herausragenden Zähnen.

»Komm, Robbie«, drängte Opa John sanft. Er hielt mir die Tür auf. »Ich helfe euch, es euren Eltern zu erklären.«

Zu meiner Überraschung waren Mom und Dad nicht zu Hause.

»Ich habe ihnen nicht gesagt, wann wir ankommen«, sagte Opa John. »Sie kommen bestimmt bald zurück.«

Ich hörte ein Jaulen, dann wildes Bellen.

Scruffy kam ins Zimmer gestürmt. Sein Schwanz wippte heftig, er sprang hoch, um Alesha zu begrüßen, dann stürzte er auf mich zu.

»Scruffy!«, rief ich. Ich nahm ihn in die Arme. Er leckte mir das pelzige Gesicht.

»Es macht ihm nichts aus, dass wir Monster sind«, rief Alesha. »Er erkennt uns. Es macht ihm nichts aus, dass wir überall Fell haben.«

»Ich hoffe, Mom und Dad sind wie Scruffy«, erklärte ich. Ich drückte den Hund fest an mich.

Und merkte, wie mein Magen knurrte. Plötzlich hatte ich solchen Hunger …

Bärenhunger …

Scruffy leckte mir die Schnauze. Ich hielt ihn mit beiden Händen fest.

Ich begann zu sabbern.

Bärenhunger …

Wow! Halt! Ich WOLLTE Scruffy nicht essen!

Die Halloweensüßigkeiten fielen mir ein.

Stand unsere Halloweentasche noch immer in meinem Zimmer?

Wieder knurrte mein Magen.

Ich setzte Scruffy ab und stürmte die Treppe hinauf zu meinem Zimmer.

Ja! Die Tasche mit Süßigkeiten stand auf dem Stuhl, auf den ich sie gestellt hatte.

Ich griff mit beiden Händen danach. Riss die Tasche kaputt. Die Süßigkeiten fielen auf den Boden. Hungrig schaufelte ich sie in meinen offenen Mund. Ich machte mir nicht die Mühe, sie erst auszupacken.

Ich schlang sie einfach hinunter. Eine Hand voll nach der anderen. Und dann sah ich auf den Boden.

»Scruffy … hör auf!«, rief ich, während ich ein großes Stück Schokolade hinunterschluckte.

Der Hund hatte einen Schokoriegel zwischen den Zähnen.

Verzweifelt nagte er an der Verpackung.

»Nein! Das ist nichts für Hunde!«, knurrte ich. »Erinnerst du dich an letztes Jahr?«

Ich schnappte ihm den Riegel weg. »He!« Die rotgelbe Verpackung sprang mir ins Auge. Ich hörte auf zu kauen.

Ich hielt den Schokoriegel in Augenhöhe und starrte ihn an. Ich las den Namen auf der Verpackung noch einmal.

Und noch einmal.

»Alesha!«, schrie ich. »Alesha … komm her … *beeil dich*! Ich … ich *glaube* das nicht!«

27

Alesha kam in mein Zimmer gestürzt.

Scruffy sprang an ihr hoch, sein kleiner Schwanz wippte aufgeregt hin und her.

»Robbie ... was ist?«, rief Alesha.

»Der Schokoriegel ...«, stammelte ich und hielt ihn hoch. »Der Schokoriegel, den Mrs Eakins uns an Halloween gegeben hat!«

»Der Riegel Beste Schokolade?«, fragte Alesha, die Augen auf die rot-gelbe Verpackung gerichtet, die ich in meiner zitternden Hand hielt. »Was ist damit?«

Scruffy steckte seine Nase in die Tasche mit den Süßigkeiten. Ich jagte ihn von der Tasche weg.

»Das war kein Riegel Beste Schokolade!«, sagte ich atemlos zu Alesha.

»Wie bitte?«

»Ich hab falsch gelesen«, erklärte ich ihr. »Es war dunkel und schon sehr spät, erinnerst du dich? Und ich hab den Namen falsch gelesen, Alesha. Sieh selbst.«

Ich warf ihr den Schokoriegel zu.

»Das ist kein Riegel Beste Schokolade«, schrie ich. »Das ist ein Riegel Biester-Schokolade!«

Alesha studierte die Verpackung. Leise las sie den Namen. »Biester-Schokolade.«

Der Schokoriegel fiel ihr aus der Hand. Ihr Mund öffnete sich vor Schreck. »Du meinst ...?«

»Ich meine, dass wir kein Vollmondfieber haben«, antwortete ich. »Die alte Frau im Wald hat die Wahrheit gesagt. Vollmondfieber gibt es nicht.«

»Der Riegel Biester-Schokolade …«, murmelte Alesha.

»Mrs Eakins hasst uns«, fuhr ich fort. »Deshalb hat sie uns diese Schokoriegel gegeben … und uns in *Monster* verwandelt!«

Alesha dachte eine geraume Weile darüber nach. Während sie nachdachte, bewegten sich ihre Augen schnell hin und her. Dann warf sie den Kopf zurück und stieß ein wütendes Gebrüll aus.

Bevor es mir richtig bewusst wurde, brüllte ich auch.

Wir standen mitten in meinem Zimmer und brüllten vor Wut. Und dann drehten wir uns, ohne ein Wort miteinander zu wechseln, um und rannten los. Die Treppe hinunter. An Opa John vorbei, der einen leisen Schrei ausstieß, als wir durch das Wohnzimmer stürmten. Durch die Haustür.

Weiter unsere Wut hinausschreiend, rannten wir die Straße hinunter. Wir überquerten sie, ohne stehen zu bleiben. Und rannten weiter.

»Was machennnnn wir?«, rief ich schließlich Alesha zu – obwohl ich die Antwort bereits kannte.

»Wir zeigen Mrs Eakins, wozu Monster fähig sind!«

28

Wir stürmten über den Rasen von Mrs Eakins' Haus. Sprangen auf die vordere Veranda.

Wir klopften nicht, wir schellten nicht.

Mit einem wütenden Knurren griff ich nach der Haustür und riss sie aus den Angeln.

Dann stürzten wir ins Wohnzimmer – heulend, knurrend, schwer atmend. Bereit zu handeln.

»Mrs Eeeeeakins!«, brüllte ich.

Keine Antwort.

Ich rannte zur Wand, riss ein Bild herunter, stieß meine pelzige Faust durch das Bild und warf es auf den Boden.

Alesha torkelte zum Sofa. Mit den Zähnen riss sie den grünen Stoff kaputt.

Dann zog sie mit beiden Händen die Polsterung heraus und lachte dabei wie eine Hyäne.

Ich riss noch ein Bild herunter. Danach stieß ich meine Faust durch die Wand. Ich begann, Tapetenfetzen abzureißen.

Guuuuut. Das tat gut. Es war ein richtig gutes Gefühl!

»Mrs Eeeeeakins!«, brüllte ich noch einmal.

Alesha zog einen Blumenstrauß aus einer großen Vase und stopfte ihn sich in den Mund. Die Vase warf sie gegen die Wand, dass sie zerschmetterte.

»Hat jemand nach mir gerufen?«

Eine Stimme ertönte hinten aus der Diele.

Alesha spuckte die Blumen aus. Ich drehte mich schnell von der Wand weg, die ich gerade zerstört hatte.

Mrs Eakins schlenderte nachlässig ins Zimmer. Sie war ganz in Schwarz gekleidet.

Der Schaden, den wir angerichtet hatten, schien sie nicht zu berühren. Ein erfreutes Lächeln breitete sich auf ihrem blassen Gesicht aus.

»So, so. Meine beiden kleinen Monster«, sagte sie kalt. »Ich hoffe, ihr hattet ein schönes Halloweenfest.«

Wir antworteten nicht.

Mit einem wütenden Knurren sprang Alesha auf die Frau zu. Sie schlang ihre pelzigen Hände um Mrs Eakins' Kehle.

Mrs Eakins gab einen Würgelaut von sich und taumelte rückwärts gegen die Wand.

Alesha brüllte und drückte fester zu. Ich brüllte auch.

Jetzt waren wir Tiere. Wir waren keine Menschen mehr, wir waren nichts als Tiere.

Ich rannte durch das Zimmer, bereit, Alesha zu helfen, die kämpfende, keuchende Frau zu erledigen.

»Auu!«, schrie ich, als ich eine kleine Kommode umriss.

Krachend kamen die Kommodenschubladen heraus.

Und ich erblickte ... *Schokoriegel.*

Die Schubladen waren mit blau-weiß verpackten Schokoriegeln gefüllt.

»Was ist das?« Ich beugte mich hinunter und hob einen der Riegel auf.

Und meine Augen starrten wie gebannt auf das Etikett: VERWANDLUNGSRIEGEL.

Jaaaaa!

Die Kommode war mit Verwandlungsriegeln gefüllt! Mit Schokoriegeln, die Alesha und mich heilen würden!

Ich schnappte mir eine Hand voll davon. Dann drehte ich mich zu Alesha um.

»Halt!«, befahl ich ihr. »Alesha … lass Mrs Eakins los!«

Überrascht wirbelte Alesha herum. »Was?«

Ihre Hände ließen die Kehle der Frau los.

»Ich habe das Heilmittel!«, rief ich meiner Schwester zu. »Wir können gehen! Komm! Wir werden geheilt! Wir werden wieder normale Kinder!«

Ich schwang die Verwandlungsriegel über meinem Kopf. Und stieß einen ausgelassenen, glücklichen Schrei aus. Dann schob ich mir einen Riegel in den Mund und schlang ihn hinunter.

Alesha kam durch das Zimmer gerannt. Sie griff sich eine Hand voll Schokoriegel. Laut kauend aß sie einen.

Dann stürzten wir zur Haustür.

Ich drehte mich zu Mrs Eakins um. »Ich hoffe, Sie haben Ihre Lektion bekommen!«, fauchte ich. »Ich hoffe, Sie haben gelernt, niemals mehr Ihre Macht gegen Kinder zu richten!«

Mrs Eakins rieb sich die Kehle. Sie starrte uns wütend an. Dann winkte sie uns mit einer Hand, winkte, als wollte sie uns verzaubern. »Kleiner, immer kleiner«, rief sie heiser, während sie sich weiter die Kehle rieb. »Ihr werdet immer kleiner.«

»Ich fürchte, das funktioniert nicht!«, rief ich glücklich. »Meine Schwester und ich haben von den Verwandlungsriegeln gegessen ... und wir haben noch genug, um lange damit auszukommen!«

Alesha und ich rannten durch die offene Tür. Den Rasen vor dem Haus hinunter. Hüpfend. Vor Freude springend.

Wir waren so glücklich. Überglücklich.

Wir hatten die Straße fast erreicht, als ich mich plötzlich seltsam fühlte. Irgendwie merkwürdig. Mein ganzer Körper kribbelte.

Ich stolperte über meine Jeans.

Meine Füße rutschten aus meinen riesigen Schuhen.

Riesige Schuhe? Warum waren meine Kleider plötzlich so groß? Ich drehte mich zu Alesha um. Ich konnte sehen, wie sie schrumpfte!

Entsetzen breitete sich auf ihrem Gesicht aus. »Wir ... wir werden kleiner!«, stammelte sie. Ihre Stimme war plötzlich dünn und hoch.

»Aber ... aber ...«, stotterte ich.

»Wir müssen noch einen Verwandlungsriegel essen – schnell!«, rief Alesha. Sie nahm sich einen Schokoriegel.

Und dann öffnete sich ihr Mund weit und sie bekam Stielaugen.

»Robbie ...«, keuchte sie. »Robbie ... du hast wieder falsch gelesen!«

»Wieso?« Ich starrte sie an. Dann senkte ich die Augen und las die Aufschrift auf der Schokoriegelverpackung: Verwünschungsriegel.

Die Nacht der glühenden Kürbisse

Aus dem Amerikanischen
von Dagmar Weischer

1

»Wo gehst du hin, Elfe?«, rief mein Vater aus dem Wohnzimmer.

»Nenn mich nicht Elfe!«, rief ich zurück. »Mein Name ist Eva!«

Dad findet den Spitznamen Elfe süß, aber ich hasse ihn. Er nennt mich Elfe, weil ich ziemlich klein bin für ein zwölfjähriges Mädchen. Außerdem habe ich kurzes, glattes Haar und ein etwas spitzes Kinn und eine spitze, kleine Nase.

Wenn du wie eine Elfe aussähst, würdest du dann gern Elfe genannt werden?

Natürlich nicht.

Einmal hat Alex Parkes, mein bester Freund, mitgekriegt, wie mein Vater mich Elfe nannte. Alex machte es ihm nach und fragte mich: »Na, Elfe, alles klar?«

Da trat ich ihm mit aller Kraft auf den Fuß und seitdem nennt er mich nie wieder so.

»Wo gehst du hin, *Eva*?«, rief Dad noch einmal aus dem Wohnzimmer.

»Weg!«, erwiderte ich und knallte die Haustür hinter mir zu. Ich lasse meine Eltern gern im Unklaren und gebe ihnen nach Möglichkeit nie eine direkte Antwort.

Jetzt sagst du vielleicht, ich sei genauso boshaft wie eine Elfe. Aber wenn du das sagst, dann trete ich dir genauso auf den Fuß, pass bloß auf!

Ich bin zäh. Da könnt ihr jeden fragen. Alle werden dir sagen, dass Eva Brockmann zäh ist. Wenn man das kleinste Mädchen in der Klasse ist, dann *muss* man schon zäh sein!

Eigentlich hatte ich gar nicht vor, irgendwohin zu gehen. Ich wartete auf meine Freunde, die zu mir kommen wollten. Ich ging die Straße entlang und hielt nach ihnen Ausschau.

Ich sog tief die Luft ein. Die Leute im Eckhaus hatten gerade den Kamin angezündet. Weißer Rauch stieg aus dem Schornstein empor. Er roch süßlich nach Kiefernholz.

Ich liebe den Herbst. Dann ist es nicht mehr weit bis Halloween.

Halloween ist mein Lieblingsfeiertag. Wahrscheinlich mag ich diesen Tag deshalb so gern, weil ich mich dann in jemand anders verwandeln kann. Oder in *etwas* anderes.

Das ist die einzige Nacht im Jahr, in der ich nicht so aussehen muss wie sonst, mit meinem spitzen Kinn.

Aber ich habe auch ein Problem mit Halloween. Zwei Kinder in meiner Klasse sind das Problem. Betty Weiß und Nick Winston.

Die letzten beiden Jahre haben Betty und Nick uns Halloween total verdorben, Alex und mir.

Das macht mich heute noch wütend! Und Alex auch. Bloß weil zwei hochnäsige Kinder meinen, sie können sich alles erlauben, verderben sie uns unseren Lieblingstag!

Grrrrrrr.

Wenn ich bloß dran denke, würde ich am liebsten jemanden umhauen vor Wut!

Meine anderen Freunde, Paul und Paula Martin, ärgern sich auch darüber. Paul und Paula sind Bruder und Schwester, Zwillinge in meinem Alter. Sie wohnen in unserem Nachbarhaus und wir sind oft zusammen.

Paul und Paula sehen überhaupt nicht so aus wie die Leute, die ich sonst so kenne. Sie haben beide Mondgesichter und blonde Ringellöckchen. Sie haben rote Wangen und fröhliche Gesichter und sie sind beide klein und stämmig.

Mein Vater sagt, sie sähen aus wie Pfannkuchen.

Immer muss Dad alle Leute runterputzen!

Jedenfalls sind die Zwillinge genauso sauer auf Betty und Nick wie Alex und ich. Und *dieses* Halloween werden wir's ihnen zeigen.

Wir wissen nur noch nicht, wie.

Um das zu besprechen, wollen sie heute zu mir kommen.

Wie das Problem mit Betty und Nick anfing? Nun, um euch das zu erklären, muss ich zwei Jahre zurückgehen.

Ich sehe alles noch ganz deutlich vor mir.

Alex und ich waren damals zehn. Wir spielten draußen vor meinem Haus. Alex hatte sein Fahrrad hingelegt und reparierte irgendwas an den Speichen.

Es war ein schöner Herbsttag. Weiter die Straße runter verbrannte jemand einen Haufen Blätter. Das ist hier in Riverdale eigentlich verboten. Mein Vater droht immer gleich mit der Polizei, wenn jemand Laub verbrennt. Aber ich liebe den Duft.

Alex bastelte also an seinem Fahrrad rum und ich schaute ihm dabei zu. Ich weiß nicht mehr, worüber wir geredet haben. Jedenfalls sah ich irgendwann auf – und da standen Betty und Nick.

Betty sah so perfekt aus wie immer. »Miss Perfekt.« So nennt Dad sie immer – ausnahmsweise hat er mal Recht.

Der Wind blies ziemlich heftig. Aber das machte ihrem langen, glatten blonden Haar überhaupt nichts aus. Es flog ihr nicht so um den Kopf herum wie meines mir.

Betty hat eine perfekte, hell schimmernde Haut und perfekte grüne, funkelnde Augen. Sie ist sehr hübsch und das weiß sie auch.

Manchmal muss ich mich ganz schön zusammenreißen, ihr nicht mit den Fingern in die Haare zu fahren und sie zu zerraufen!

Nick ist groß und sieht gut aus mit seinen dunkelbraunen Augen und seinem warmherzigen Lächeln. Nick ist Afroamerikaner. Er hat einen stolzen Gang und gibt sich richtig cool, so wie die Rapper in den MTV-Videos.

Die Mädchen in der Schule finden ihn alle toll. Aber wenn er den Mund aufmacht, verstehe ich kein Wort. Weil er immer auf so einem großen Kaugummiklumpen Sorte grüner Apfel herumkaut.

»Mmmmmbbb, mmmmbbbbb.« Nick starrte auf Alex' Fahrrad herab und murmelte etwas vor sich hin.

»He!«, sagte ich. »Was wollt ihr hier?«

Betty machte ein angewidertes Gesicht und zeigte mit dem Finger auf mich. »Eva, du hast da was an der Nase hängen«, sagte sie.

»Oh!« Ich riss die Hand hoch und rieb unter meiner Nase, aber da war nichts.

»'tschuldigung«, sagte Betty kichernd. »Es sah bloß so aus.«

Betty und Nick lachten.

Betty spielt mir ständig solche gemeinen Streiche. Sie weiß, dass ich mir Sorgen um mein Aussehen mache. Und ich falle immer auf ihre blöden Streiche herein.

»Schönes Fahrrad«, nuschelte Nick Alex zu. »Wie viele Gänge?«

»Zwölf Gänge«, antwortete Alex.

Nick grinste höhnisch. »Meins hat zweiundvierzig Gänge.«

»Was?« Alex sprang auf. »Ein Rad mit zweiundvierzig Gängen gibt's doch gar nicht!«, rief er.

»Doch, meins«, behauptete Nick grinsend. »Eine Spezialanfertigung.«

Er machte eine große grüne Kaugummiblase. Das ist gar nicht so leicht, wenn man dabei grinst.

Ich wollte ihm die Blase in sein selbstgefälliges Gesicht patschen. Aber er wich mir aus und ließ sie zerplatzen.

»Warst du beim Frisör?«, fragte mich Betty und betrachtete mein windzerzaustes Haar.

»Nein«, erwiderte ich.

»Hätte mich auch gewundert«, sagte sie und strich ihr perfektes Haar glatt.

»Grrrrrrr!« Ich konnte nichts dafür. Ich ballte die Hände zu Fäusten und stieß ein wütendes Knurren aus.

Ich knurre oft. Manchmal merke ich das gar nicht.

»Mummmmmmbb, mmmmbbbb.« Nick sagte irgendwas. Kaugummisaft lief ihm übers Kinn.

»Was ist?«, fragte ich.

»Ich gebe eine Halloweenparty«, wiederholte er.

Mein Herz schlug höher. »Eine richtige Halloweenparty?«, fragte ich aufgeregt. »Mit Kostümen und heißem Punsch und Spielen und Äpfelschnappen und Gruselgeschichten?«

Nick nickte. »Ja, eine richtige Halloweenparty. Bei mir zu Hause am Halloweenabend. Habt ihr Lust zu kommen?«

»Klar!«, riefen Alex und ich aus.

Aber das war ein Fehler. Und was für einer!

2

Auf der Halloweenparty hatten sich schon eine ganze Menge Kinder aus der Schule versammelt, als Alex und ich eintrafen. Nicks Eltern hatten überall im Wohnzimmer orange und schwarze Papierschlangen aufgehängt. Drei riesige Kürbisfratzen grinsten uns von der Fensterbank aus an.

Natürlich lief ich als Erstes Betty in die Arme. Selbst im Kostüm war sie nicht schwer zu erkennen. Sie hatte sich als Prinzessin verkleidet.

Perfekt!

Sie trug ein rosarotes, mit Rüschen besetztes Prinzessinnenkleid mit langen Puffärmeln und einem hohen Spitzenkragen. Sie hatte ihr Haar mit einem Haarband hochgebunden, das mit funkelnden unechten Diamanten besetzt war.

Sie lächelte mich mit ihren Lippenstiftlippen an. »Bist du das, Eva?«, fragte sie und tat so, als würde sie mich nicht erkennen. »Was willst du denn darstellen? Eine Maus?«

»Nein!«, widersprach ich. »Ich bin doch keine Maus! Ich bin ein Klingon. Schaust du dir denn nie die Serie *Star Trek* an?«

Betty kicherte. »Bist du *sicher*, dass du keine Maus bist?«

Damit drehte sie sich zufrieden lächelnd um und

ging weg. Sie freut sich immer diebisch, wenn sie mich beleidigen kann.

Ich knurrte vor mich hin und suchte mir einen anderen Gesprächspartner. Vor dem Kamin traf ich Paul und Paula an. Die Zwillinge waren leicht zu erkennen. Sie hatten sich beide als Schneemänner verkleidet.

»Tolle Kostüme!«, sagte ich zur Begrüßung.

Jedes der Kostüme bestand aus zwei weißen Schneebällen. Ein kleiner Schneeball bedeckte den Kopf, ein großer den Rumpf.

In die Schneemannköpfe waren Augenhöhlen reingeschnitten. Aber ich konnte Paul nicht von Paula unterscheiden. »Woraus ist denn der Schnee gemacht?«, fragte ich.

»Aus Styropor«, antwortete Paula. Sie hat eine hohe, schrille Stimme. Jetzt wusste ich immerhin, wer wer war. »Wir haben sie aus großen Styroporblocks herausgeschnitten.«

»Cool«, sagte ich.

»Tolle Party, was?«, meinte Paul. »Alle aus unserer Klasse sind da. Hast du Cindy Morses Kostüm gesehen? Sie hat sich von Kopf bis Fuß mit Silberfarbe eingesprüht. Sogar das Gesicht und die Haare!«

»Und was stellt sie dar?«, fragte ich, während ich in dem überfüllten Raum nach ihr Ausschau hielt. »Silver Surf, den verchromten Wellenreiter?«

»Nein. Ich glaube, die Freiheitsstatue«, antwortete Paul. »Sie hält eine Plastikfackel in der Hand.«

Ein lautes Knistern im Kamin ließ mich zusammenfahren. Die meisten Lampen waren aus und das Dämmerlicht verlieh dem Raum die richtige Halloweenstimmung. Das Feuer ließ lange Schatten über den Fußboden tanzen.

Ich wandte mich um und sah Alex auf uns zusteuern. Sein ganzer Körper war mit Verbandszeug umwickelt. Er stellte offenbar eine Mumie dar.

»Ich hab ein Problem«, verkündete er.

»Was denn?«, fragte Paul.

»Meine Mutter hat mich viel zu schlampig eingewickelt«, beschwerte sich Alex. »Das geht alles wieder auf.« Er versuchte krampfhaft, den lose am Hals hängenden Verband festzuziehen.

»Mist!«, rief er wütend. »Das ganze Ding fällt auseinander.«

»Hast du denn darunter nichts an?«, erkundigte sich Paula.

Paul und ich mussten lachen. Ich stellte mir vor, wie Alex mitten in der Party in Unterwäsche dastand, mit einem Haufen Verbandszeug vor seinen Füßen.

»Doch. Ich hab meine Klamotten drunter an«, sagte Alex. »Aber wenn dieses Verbandszeug sich überall löst, lachen mich alle aus!«

»He – alles klar?«, fuhr Nick dazwischen. Er trug ein Batmankostüm, aber ich konnte seine dunklen Augen unter der Maske erkennen. Und ich erkannte ihn an der Stimme.

»Tolle Party«, sagte Paula.

»Ja, toll«, wiederholte ich.

Nick wollte noch etwas sagen. Doch ein ohrenbetäubender Lärm ließ alle zusammenfahren.

Wir erstarrten vor Schreck. »Was *war* das?«, rief Nick.

Alle verhielten sich ganz still.

Da hörte ich wieder diesen Lärm. Eine Art Rumsen. Und leise Stimmen.

»Das – das kommt aus dem Keller!«, stotterte Nick. Er zog sich die Batmanmaske vom Gesicht. Sein dichtes Haar fiel ihm ins Gesicht, aber ich sah ihm an, dass er Angst hatte.

»Oh!«, schrie Nick, als der Lärm wieder losging.

Dann hörten wir schwere Schritte – sie kamen die Kellertreppe hoch.

»Da ist jemand im Haus!«, kreischte Nick entsetzt. »Ein Einbrecher!«

3

»Mom! Dad!«, schrie Nick. Seine schrille Stimme durchdrang das stille Wohnzimmer. Alle anderen standen vor Schreck wie angewurzelt da.

Ein kalter Schauer lief mir über den Rücken, als ich die schweren Schritte die Treppe heraufstampfen hörte.

»Mom! Dad! Hilfe!«, rief Nick mit weit aufgerissenen Augen.

Keine Antwort.

Er rannte zum Schlafzimmer im hinteren Teil des Hauses. »Mom? Dad?«

Ich wollte ihm nachrennen. Aber gleich darauf kehrte er, am ganzen Körper zitternd, ins Wohnzimmer zurück. »Meine Eltern sind weg!«

»Ruf die Polizei!«, sagte jemand.

»Ja, ruf Eins, Eins, Null!«, schrie Alex.

Nick raste zum Telefon neben dem Sofa. Dabei stieß er mit dem Fuß gegen eine Pepsidose auf dem Teppich. Aber er bemerkte es nicht.

Er packte den Hörer und klemmte ihn ans Ohr. Ich sah, wie er die Notrufnummer drückte. Aber dann wandte er sich zu uns um und ließ den Hörer aus der Hand fallen. »Es tut sich nichts. Die Leitung ist tot!«

Einige Kinder schnappten erschrocken nach Luft, andere schrien entsetzt auf.

Ich wandte mich Alex zu und wollte etwas sagen. Doch bevor ich einen Ton herausbrachte, kamen zwei unförmige Gestalten aus dem Keller gestürmt.

»Neiiiiiin!« Nick stieß einen Schrei des Entsetzens aus. Betty drängte sich dicht an ihn. Ihre stark geschminkten Augen waren vor Angst weit aufgerissen. Sie packte Nick am Arm.

Die beiden Eindringlinge liefen zum Wohnzimmer

und versperrten den Eingang. Einer von ihnen hatte eine blaue Wollschimaske über dem Gesicht. Der andere trug eine Gorillamaske aus Gummi.

Beide hatten Lederjacken und schwarze Jeans an.

»Partyzeit!«, rief der Gorilla mit rauer Stimme und lachte. Ein grausames Lachen. »Partyzeit, Leute!«

Mehrere Kinder kreischten. Mir klopfte das Herz bis zum Hals. Mir wurde gleichzeitig heiß und kalt.

»Wer seid ihr?«, übertönte Nick die Schreckensschreie der Kinder. »Wie seid ihr hier hereingekommen? Wo sind meine Eltern?«

»Eltern?«, rief der Typ mit der Schimaske. Er hatte hellblaue Augen, fast so blau wie die Maske, die sein Gesicht bedeckte. »Hast du Eltern?«

Sie lachten beide.

»Wo sind sie?«, rief Nick.

»Ich glaube, die sind weggerannt, als sie uns kommen sahen!«, sagte der Typ durch die Schimaske.

Nick schluckte schwer und gab einen unterdrückten Würgelaut von sich.

Betty trat vor ihn hin. »Ihr könnt hier nicht rein!«, schrie sie die beiden Eindringlinge wütend an. »Wir feiern eine Party!«

Der Gorilla wandte sich kichernd zu seinem Partner um. Sie lachten alle beide aus vollem Hals.

»Jetzt ist das hier *unsere* Party!«, verkündete der Gorilla. »Die Party übernehmen wir!«

Unterdrückte Schreie erfüllten den Raum. Meine

Beine fühlten sich so weich an wie Gummi. Ich hielt mich an Alex' Schulter fest, um nicht in Ohnmacht zu fallen.

»W-was wollt ihr denn jetzt tun?«, fragte Betty entsetzt.

4

»Alles runter auf den Boden!«, befahl der Typ mit der Schimaske.

»Das kannst du nicht machen!«, begehrte Betty auf.

»Wir sind doch noch Kinder!«, rief jemand anders. »Wollt ihr uns ausrauben? Wir haben doch gar kein Geld!«

Ich bemerkte, wie sich Paul und Paula hinten am Kamin dicht aneinanderdrängten. Ihre Gesichter konnte man unter den Schneebällen nicht erkennen. Aber ich wusste, dass sie auch Angst hatten.

»Runter mit euch!«, schrien die beiden Eindringlinge.

Wir ließen uns alle gehorsam auf den Boden fallen. Der Raum hallte von dem dumpfen Aufschlagen und dem Geraschel der Kostüme wider.

»Ihr auch!«, wies der Gorilla ungeduldig Paul und Paula an.

»Das geht nicht! Wie sollen wir uns mit den großen Schneebällen hinlegen?«, rief Paula.

»Was weiß ich, runter!«, befahl der Gorilla mit schroffer Stimme.

»Runter – oder wir helfen nach!«, drohte sein Partner mit der Schimaske.

Ich sah, wie Paul und Paula sich abmühten. Sie mussten die unteren Schneebälle abstreifen, um sich wenigstens hinknien zu können. Paulas Schneeball zerbrach dabei.

»Okay, und jetzt Liegestütze!«, ordnete der Gorilla an.

»Was?«, riefen einige. Wir glaubten, unseren Ohren nicht zu trauen.

»Liegestütze!«, wiederholte der Gorilla. »Ihr wisst doch alle, wie das geht – oder nicht?«

»W-wie viele müssen wir denn machen?«, fragte Alex. Er kniete dicht neben mir auf dem Teppich vor dem Wohnzimmertisch.

»Ein paar Stunden«, antwortete der Typ mit der Schimaske.

»Stunden?«, riefen mehrere Kinder entsetzt.

»Zwei Stunden Liegestütze zum Aufwärmen«, sagte der Gorilla. »Danach denken wir uns was Schwierigeres für euch aus.«

»Richtig. Etwas *viel* Schwierigeres!«, fügte sein Partner hinzu. Dann prusteten sie beide los.

»Das könnt ihr nicht machen!«, schrie ich. Meine Stimme klang wie ein Quieken, wie eine Mäusestimme.

Andere Kinder protestierten ebenfalls. Ich sah zur Tür hinüber. Der Typ mit der Schimaske war jetzt ins Wohnzimmer gekommen. Aber der Gorilla versperrte immer noch den Weg.

»*Los jetzt!*«, befahl der Gorilla.

»Sonst werden's *drei* Stunden!«, fügte sein Partner hinzu.

Allgemeines Jammern und Stöhnen. Aber wir legten uns alle auf den Bauch und fingen an, Liegestütze zu machen. Was blieb uns anderes übrig?

»Aber das können wir keine zwei Stunden durchhalten!«, wandte Alex keuchend ein. »Da werden wir ja *ohnmächtig*!«

Er hob und senkte sich, hob und senkte sich dicht neben mir. Mit jeder Bewegung löste sich sein Mumienkostüm noch mehr.

»Schneller!«, trieb uns der Gorilla an. »Los. Zack, zack!«

Ich hatte erst vier oder fünf Liegestütze gemacht, da fingen mir schon die Arme an wehzutun. Ich mache nicht viel Sport, außer Radfahren und Schwimmen im Sommer.

Länger als zehn oder fünfzehn Minuten hielt ich das jedenfalls nicht aus.

Ich hob den Blick zum Zimmereingang – und schrie erschrocken auf.

5

»Alex, sieh mal!«, flüsterte ich.

»Was?«, brummte er.

Ich stieß ihn in die Seite.

Er verlor das Gleichgewicht und fiel hin. »He, Eva! Was ist los?«, knurrte er.

Wir blickten beide zum Wohnzimmereingang.

Da standen Betty und Nick, die doch eigentlich auch auf dem Boden liegen mussten. Sie hatten sich den beiden Eindringlingen angeschlossen.

Und sie hatten beide ein breites, hämisches Grinsen im Gesicht.

Ich hörte mit den Liegestützen auf und sah, wie Nick anfing zu lachen.

Betty stimmte ein. Sie lachte so heftig, dass ihr Haarband wackelte. Dann klatschten sie sich gegenseitig in die Hände.

Um mich herum mühten sich immer noch ein paar Kinder ab, rauf, runter, rauf, runter. Sie stöhnten und grunzten, während sie gehorsam ihre Liegestütze machten.

Aber Alex und ich hatten aufgehört. Wir knieten auf dem Boden und starrten Betty und Nick an. Die beiden Halunken lachten sich halb tot.

Ich wollte schon meinem Zorn Luft machen – da zogen sich die Eindringlinge die Masken vom Gesicht.

Den Jungen mit der Gorillamaske erkannte ich sofort. Es war Ted Jeffrey. Er geht auf die Highschool und wohnt neben Nick.

Den mit der Schimaske kannte ich auch. Er hieß Joe Irgendwas. Er ist ein Freund von Ted.

Ted strich sich sein rotbraunes Haar aus der Stirn. Sein Haar war nass und sein Gesicht ganz rot. Er schwitzte. Wahrscheinlich war es heiß unter der Gummimaske.

Joe warf seine Skimaske auf den Boden und lachte uns kopfschüttelnd aus. »War doch bloß Spaß, Leute!«, rief er. »Happy Halloween!«

Die anderen hatten jetzt auch mit ihren Liegestützen aufgehört. Aber niemand rührte sich vom Fleck. Wir waren wohl alle zu schockiert, um aufzustehen.

»Bloß ein Partyspaß!«, fügte Nick grinsend hinzu.

»Haben wir euch erschreckt?«, fragte Betty mit Unschuldsmiene.

»Grrrrrr!« Ich stieß das lauteste Knurren aus, das ich je geknurrt hatte. Ich wäre am liebsten aufgesprungen und hätte Prinzessin Betty das Haarband vom Kopf gerissen und ihr um den Hals gewickelt!

Ted und Joe klatschten sich gegenseitig freudig in die Hände. Sie hoben zwei Pepsidosen auf und kippten sich den Inhalt in den Mund.

»Ihr könnt jetzt aufstehen!«, verkündete Nick.

»Wow! Ihr hättet mal eure ängstlichen Gesichter

sehen sollen!«, rief Betty schadenfroh aus. »Da haben wir euch ganz schön reingelegt, was!«

»Ich fass es nicht«, murmelte Alex kopfschüttelnd. Der Verband hatte sich von seinem Gesicht gelöst. Bandagen hingen ihm lose über die Schultern. »Ich fass es nicht. So was Gemeines!«

Ich rappelte mich zitternd auf und half Alex auf die Beine. Hinter uns hörte ich Paul und Paula schimpfen. Ihre Kostüme waren total im Eimer.

Jetzt schimpften und zeterten alle. Betty und Nick waren die Einzigen, die lachten. Alle anderen fanden das überhaupt nicht lustig.

Ich steuerte auf die beiden Halunken zu, um ihnen meine Meinung zu sagen. Da kamen Nicks Eltern von draußen herein und zogen ihre Mäntel aus.

»Wir waren nebenan bei den Jeffreys«, verkündete Nicks Mutter. Dann erblickte sie Ted. »Oh, hallo, Ted. Wir waren gerade drüben bei deinen Eltern. Was machst du hier? Hilfst du Nick bei seiner Party?«

»Sozusagen«, antwortete Ted grinsend.

»Und, ist eure Party schön?«, fragte Nicks Vater.

»Ja, toll«, sagte Nick. »Wirklich toll, Dad.«

Das ist also die Geschichte, wie Betty und Nick uns vor zwei Jahren Halloween verdorben haben.

Alex und ich waren wirklich sauer.

Nein. Mehr als sauer. Wir waren wütend. Dasselbe galt auch für Paul und Paula.

Halloween ist unser Lieblingsfeiertag. Den lassen wir uns nicht gern mit einem gemeinen Streich verderben.

Und so wollten wir uns letztes Jahr rächen.

6

»Wir brauchen eine ganz ausgefallene Dekoration«, meinte Paula. »Nicht immer diese alten Kürbisse und Skelette.«

»Ja, was richtig Unheimliches«, fügte Paul hinzu.

»Wieso, die Kürbisfratzen sind doch unheimlich genug«, meinte ich. »Besonders wenn man Kerzen reinstellt und ihre dunklen Gesichter mit diesem gezackten bösen Grinsen aufleuchten.«

»Kürbisfratzen sind doch was für Babys«, fand Alex. »Vor denen hat doch keiner Angst. Paula hat Recht. Wenn wir Betty und Nick Angst einjagen wollen, dann brauchen wir was Besseres.«

Es war eine Woche vor Halloween. Wir vier hatten bei mir zu Hause alle Hände voll zu tun. Wir bereiteten *meine* Halloweenparty vor!

Jawohl. Letztes Jahr feierten wir die Party bei mir zu Hause.

Wieso ich diese Party geben wollte? Nur aus einem einzigen Grund.

Aus Rache.

Wir wollten uns an Betty und Nick rächen.

Alex, Paul, Paula und ich hatten schon das ganze Jahr über davon geredet und Pläne geschmiedet. Und uns die schauerlichsten Sachen ausgedacht.

Aber so einen gemeinen Streich wie Betty und Nick wollten wir nicht spielen.

Das war *zu* gemein. Und *zu* angsteinflößend.

Einige von meinen Freunden haben immer noch Albträume von Typen mit Schi- und Gorillamasken.

Wir wollten jedenfalls nicht *alle* unsere Gäste erschrecken, sondern bloß Betty und Nick. Wir wollten die beiden bis auf die Knochen blamieren!

Eine Woche vor dem ereignisreichen Abend saßen wir nach dem Abendessen bei mir im Wohnzimmer. Eigentlich hätten wir Hausaufgaben machen sollen. Aber Halloween stand vor der Tür. Da war keine Zeit für Hausaufgaben. Wir benötigten unsere ganze Freizeit dazu, böse Pläne zu schmieden.

Paul und Paula hatten eine Menge wirklich fürchterlicher Ideen. Dabei sehen die beiden so süß und unschuldig aus. Aber sie haben's faustdick hinter den Ohren, wenn man sie erst mal richtig kennt.

Alex und ich wollten lieber etwas Einfacheres. Je einfacher, desto furchteinflößender. Dachten wir.

Ich wollte zum Beispiel von der Treppe aus ein Spinnennetz auf Betty und Nick herabfallen lassen. Ich kenne ein Geschäft, in dem es richtig klebrige, kratzige Spinnennetze gibt.

Alex hat eine Tarantel, die er in seinem Zimmer in einem Glaskäfig hält. Eine lebende Tarantel. Er dachte, wir könnten ja die Tarantel in das Spinnennetz setzen und sie dann in dem Netz auf Bettys Kopf fallen lassen.

Keine schlechte Idee.

Alex wollte auch eine Falltür in den Wohnzimmerboden sägen. Wenn Betty und Nick dann drauftraten, würden wir die Falltür aufreißen, und sie würden im Keller verschwinden.

Die Idee musste ich aber leider wieder fallen lassen. Obwohl ich sie gut fand. Aber ich war mir nicht sicher, wie Mom und Dad reagieren würden, wenn sie dahinterkämen, dass wir den Wohnzimmerboden aufgesägt hatten.

Außerdem wollte ich die beiden Doofköpfe ja nur erschrecken. Ich wollte nicht, dass sie sich den Hals brachen.

»Wo sollen wir denn die Blutlachen hinlegen?«, fragte Paul.

Er hielt in jeder Hand eine rote Plastikblutlache. Er und seine Schwester hatten ein Dutzend davon in einem Kostümgeschäft gekauft. Die gab es in verschiedenen Größen und sie sahen richtig echt aus.

»Und vergesst nicht den grünen Schleim!«, rief Paula uns in Erinnerung. Neben ihr standen drei Plastikbeutel mit Schleim.

Alex und ich öffneten einen Beutel und fassten die

glibberige, klebrige, triefende Schmiere an. »Wo hast du das gekauft?«, fragte ich. »Im selben Geschäft?«

»Nein. Das kam aus Paulas Nase!«, sagte Paul lachend.

Wutschnaubend nahm Paula einen der Beutel und schwenkte ihn drohend hin und her, als wollte sie ihrem Bruder das Zeug ins Gesicht klatschen. Er lachte und sprang vom Sofa.

»Halt! Pass auf!«, rief ich. »Wenn der Beutel platzt …«

»Wir könnten ja den Schleim von der Decke hängen lassen«, schlug Alex vor.

»Au ja! Cool!«, rief Paul aufgeregt. »Und dann tropft er auf Betty und Nick runter!«

»Wir könnten ihnen den Schleim auch überkippen!«, fügte Alex begeistert hinzu. »Dann sehen sie aus wie zwei klebrige grüne Kleckse.«

»Blubb, blubb, blubb!« Paula schlug mit den Armen um sich und tat so, als würde sie in dem Schleim ertrinken.

»Ob der Schleim an der Decke kleben bleibt?«, gab ich zu bedenken. »Wird er lange genug halten? Und wie kriegen wir die zwei dazu, dass sie sich drunterstellen?«

Ich bin in unserer Gruppe diejenige, die immer praktisch denkt. Die anderen haben eine Menge wilder Ideen. Aber sie denken nie an die Umsetzung.

Das ist dann meine Aufgabe.

»Ich weiß auch nicht«, sagte Alex. Er sprang vom Stuhl. »Ich hol mal was zu trinken.«

»Oder der Schleim könnte doch aus den Kürbissen quellen?«, schlug Paul vor. »Das wäre doch richtig unheimlich, was?«

»Oder wenn Blut aus den Kürbissen strömen würde?«, meinte Paula. »Das wäre doch noch viel unheimlicher!«

»Wir müssen Betty und Nick eine Falle stellen«, sagte Paul und dachte scharf nach. »Gegen Schleim und Spinnweben und Blut ist ja nichts zu sagen. Sie sollen denken, dass sie richtig in Gefahr sind. Sie sollen denken, dass ihnen was richtig *Furchtbares* passiert.«

Ich wollte gerade zustimmen – da ging das Licht aus.

»Oh!«, rief ich überrascht aus und blinzelte in die Dunkelheit. »Was ist los?«

Paul und Paula antworteten nicht.

Die Vorhänge waren zugezogen. Von draußen drang kein Licht ins Wohnzimmer. Es war so dunkel, dass ich meine beiden Freunde, die mir direkt gegenübersaßen, nicht sehen konnte!

Da hörte ich eine leise, raue Stimme. Es war ein unheimliches Flüstern, ganz, ganz nah an meinem Ohr:

»Kommt mit mir.
Kommt mit mir nach Hause.
Kommt nach Hause, wo ihr hingehört.
Kommt nach Hause – ins Grab.«

7

Ich starrte in die Dunkelheit. Das Geflüster jagte mir einen kalten Schauer über den Rücken.

»Kommt mit mir.
Kommt mir mir nach Hause.
Kommt nach Hause, wo ihr hingehört.
Kommt in euer Grab, Betty und Nick.
Wegen euch bin ich gekommen, wegen euch allein.
Kommt, Betty und Nick. Kommt jetzt mit mir.«

»Das ist toll!«, rief ich aus.

Das Licht ging wieder an. Paul und Paula klatschten jubelnd in die Hände.

»Gut gemacht, Alex!«, lobte ich ihn begeistert.

Er stellte seinen Kassettenrekorder vor uns auf den Wohnzimmertisch und ließ das Band zurücklaufen. »Ich glaube, das wird ihnen ganz schön Angst machen«, sagte er.

»Sogar *ich* hab Angst gekriegt!«, gab ich zu. »Obwohl ich wusste, was es war.«

»Wenn das Licht ausgeht und die Stimme anfängt zu flüstern, kriegt bestimmt *jeder* eine Gänsehaut!«, meinte Paula. »Besonders wenn der Kassettenrekorder direkt unter dem Sofa steht.«

»Wer hat denn die Stimme aufgenommen?«, fragte Paul. »Du, Alex?«

Alex nickte.

»Cool«, sagte Paul. Er wandte sich an mich. »Aber weißt du, Eva, Paula und ich würden Betty und Nick gern auch ein paar von *unseren* Streichen spielen.«

»Die sparen wir uns auf, bis wir sie wirklich brauchen«, meinte ich dazu.

Ich bückte mich und öffnete einen der Plastiksäcke mit Schleim. Ich tauchte meine Hand hinein und holte einen großen grünen Klumpen heraus. Er fühlte sich kalt und klebrig an.

Ich spielte damit in meiner Hand herum und drückte und knetete ihn. Dann formte ich einen Ball daraus.

»Meint ihr, der ist klebrig genug, dass er von der Decke hängen kann?«, fragte ich. »Es wäre doch schön gruselig, wenn er die Wände runterrinnt. Ich finde …«

»Nein, ich hab eine bessere Idee«, unterbrach mich Alex. »Die Lampen gehen alle aus – richtig? Dann hört man die flüsternde Stimme. Und an der Stelle, wo sie sagt: ›Kommt in euer Grab, Betty und Nick‹, schleicht sich jemand von hinten an und lässt ihnen einen großen Klumpen Schleim auf den Kopf fallen.«

»Au ja, das ist cool!«, rief Paul aus. Wir lachten und jubelten.

Ein paar gute Ideen hatten wir also schon. Aber wir brauchten noch mehr. Ich wollte nichts riskieren. Ich wollte nicht, dass Betty und Nick das Ganze nur für einen gelungenen Scherz hielten.

Ich wollte, dass sie Angst bekamen – richtig ANGST.

Also überlegten wir uns noch mehr unheimliche Ideen. Und noch mehr.

Wir arbeiteten die ganze Woche daran. Gleich nach der Schule bis spät in die Nacht. Wir stellten Fallen auf. Wir versteckten im ganzen Wohnzimmer kleine schaurige Überraschungen.

Wir schnitzten die hässlichsten Kürbisfratzen, die man sich nur denken kann. Und wir setzten echt aussehende Plastikkakerlaken hinein.

Wir stellten ein über zwei Meter großes Monster aus Pappmaschee her. Das bauten wir so auf, dass es aus dem Garderobenschrank fiel, sobald man an einer Schnur zog.

Wir kauften echt aussehende Gummischlangen und Würmer und Spinnen und versteckten sie überall im Haus.

Wir aßen und schliefen nicht mehr. Wir schleppten uns in die Schule und dachten dabei nur an eines, nämlich, womit wir unsere Ehrengäste noch mehr erschrecken konnten.

Endlich war der große Tag gekommen. Halloween.

Wir vier trafen uns bei mir zu Hause. Wir waren viel zu aufgeregt, um still zu sitzen oder herumzustehen. Wir liefen geschäftig im Haus herum und sprachen kaum miteinander. Und wir überprüften noch einmal sorgfältig all unsere vorbereiteten Fallen und Streiche.

Noch nie in meinem Leben hatte ich so hart gearbeitet! Noch nie!

Ich war so damit beschäftigt, meine Party – und unsere Rache – vorzubereiten, dass mir erst in allerletzter Minute einfiel, dass ich mich ja gar nicht um ein Halloweenkostüm gekümmert hatte.

So trug ich zu guter Letzt dasselbe Klingonkostüm, das ich im Jahr davor schon angehabt hatte.

Alex ging in jenem Jahr als Pirat. Er trug eine Augenklappe und ein gestreiftes Hemd und auf seiner Schulter saß ein Papagei.

Paul und Paula hatten sich als Kleckse oder so was verkleidet. Ich hätte wirklich nicht sagen können, was genau sie darstellen sollten.

Aber unsere Kostüme waren uns auch nicht so wichtig. Wichtig war, Betty und Nick Angst einzujagen.

Und dann, eine Stunde vor der Party, während wir aufgeregt im Wohnzimmer auf und ab marschierten, läutete das Telefon.

Der Anruf erfüllte uns alle mit Entsetzen.

8

Ich stand direkt neben dem Telefon, als es läutete. Der schrille Ton erschreckte mich zu Tode. War ich etwa nervös und angespannt? JA!

Ich ergriff den Hörer noch mitten im ersten Klingelton. »Hallo?«

Am anderen Ende hörte ich eine vertraute Stimme. »Hallo, Eva. Hier ist Betty.«

»Betty!«, rief ich aus. Wahrscheinlich wollte sie wissen, um wie viel Uhr die Party losgehen sollte. »Die Party fängt um acht an«, sagte ich deshalb. »Aber wenn du und Nick ...«

»Deswegen rufe ich an«, unterbrach mich Betty. »Nick und ich können heute Abend nicht kommen.«

»Was ist?«

Mir glitt der Hörer aus der Hand. Er fiel scheppernd zu Boden.

Ich bückte mich, um ihn aufzuheben. Dabei stolperte ich und hätte fast den Tisch umgeworfen.

»Was? Was hast du gesagt?«, fragte ich ungläubig.

Betty wiederholte die niederschmetternde Nachricht. »Nick und ich können nicht kommen. Wir gehen stattdessen zu Nicks Cousin. Der will bis Mitternacht auf Beutezug gehen. In vier verschiedenen Gegenden. Er hat uns versprochen, dass wir säckeweise Süßigkeiten kriegen. Tut mir leid.«

»Aber, Betty ...«, sagte ich schwach.

»Tut mir leid«, wiederholte sie. »Bis dann. Tschüss.«

Sie legte auf.

Ich stieß einen heiseren Schrei aus und sank auf die Knie.

»Was ist los?«, fragte Alex.

»Sie – sie – sie –« Mehr brachte ich nicht heraus.

Meine drei Freunde umringten mich. Alex versuchte,

mir auf die Beine zu helfen. Aber mir schwirrte der Kopf. Ich wollte nicht aufstehen.

»Sie kommen nicht!«, stieß ich schließlich hervor. »Sie kommen nicht.«

»Oh«, sagte Alex leise. Paul und Paula schüttelten betrübt den Kopf, sprachen aber kein Wort.

Wir waren alle wie vom Donner gerührt und fühlten uns zu elend, um etwas zu sagen. Wenn ich bloß an die ganze Arbeit dachte ... die lange Planung und all die harte Arbeit.

Ein *ganzes Jahr* Planung und Arbeit.

Aber ich fange jetzt nicht an zu heulen, nahm ich mir vor. Mir ist nach Heulen zumute, aber ich heule nicht.

Zitternd rappelte ich mich auf. Und starrte auf das Sofa.

»Was ist *das* denn?«, kreischte ich.

Alle drehten sich um und sahen, was ich sah. Ein riesiges, hässliches Loch in einem der braunen Ledersofakissen.

»O nein!«, rief Paula aus. »Ich habe mit einem Ball aus grünem Schleim gespielt. Er muss auf das Sofa gefallen sein, als ich aufstand. Er ... er hat ein *Loch* in das Kissen gebrannt!«

»Schnell – leg irgendwas drauf, bevor Mom und Dad es sehen ...«, setzte ich an.

Natürlich kamen genau in dem Augenblick Mom und Dad ins Wohnzimmer spaziert. »Alles klar?«, fragte Dad. »Alles bereit für deine Gäste?«

Ich schickte ein Stoßgebet zum Himmel, sie mögen das riesige Loch im Sofa nicht sehen.

»Lieber Himmel! Was ist denn mit dem Sofa passiert?«, schrie Mom auf.

Mom und Dad brauchten lange, um über das ruinierte Sofa hinwegzukommen.

Und ich brauchte noch länger, um über die ruinierte Party hinwegzukommen.

Das also war *letztes* Halloween. Zwei ruinierte Halloweens hintereinander.

Inzwischen ist wieder ein Jahr vergangen.

Wieder steht Halloween vor der Tür. Dieses Jahr haben wir *doppelt* so viel Grund, uns an Betty und Nick zu rächen.

Wenn wir bloß schon einen Plan hätten ...

9

»Dieses Jahr gehe ich als Weltraumprinzessin«, verkündete Betty. Wieder hatte sie ihr blondes Haar hochgesteckt, mit demselben Glitzerband. Und sie trug dasselbe lange Spitzenkleid.

Dasselbe Kostüm wie vor zwei Jahren. Aber damit sie nach Weltraumprinzessin aussah, hatte sich Betty hellgrüne Farbe ins Gesicht geschmiert.

Immer muss sie als Prinzessin gehen, dachte ich verärgert. Egal ob grün oder nicht, Hauptsache Prinzessin.

Nick kam in Umhang und Strumpfhose daher und behauptete, er wäre Superman. Er sagte, das sei das Kostüm seines kleinen Bruders. Und er erzählte uns auch, warum er keine Zeit für ein eigenes Kostüm gehabt hätte. Aber ich konnte ihn nicht verstehen, weil er wieder mal so einen großen Kaugummi im Mund hatte.

Alex und ich verkleideten uns als Gespenster. Dazu hängten wir uns Bettlaken mit rausgeschnittenen Augenhöhlen und Armlöchern um und das war's.

Mein Bettlaken schleifte im Gras hinter mir her. Ich hätte es abschneiden sollen. Aber jetzt war es zu spät. Wir waren schon unterwegs auf Beutezug.

»Wo sind Paul und Paula?«, wollte Nick wissen.

»Die holen wir bestimmt noch ein«, sagte ich und hob meinen noch leeren Sack für Süßigkeiten hoch. »Los, lasst uns gehen.«

Wir vier gingen also in die klare, kalte Nacht hinaus. Ein blasser Halbmond stand tief über den Häusern. Das Gras schimmerte gräulich unter einer dünnen Frostdecke.

Am Ende unserer Einfahrt blieben wir stehen. Ein Kombi ratterte auf der Straße heran. Die Frau am Steuer fuhr langsamer und starrte uns an. Aus dem Heckfenster spähten zwei große Hunde.

»Wo sollen wir anfangen?«, fragte Betty.

Nick nuschelte etwas, was ich nicht verstand.

»Ich will die ganze Nacht auf Beutezug gehen!«, verkündete Alex. »Vielleicht ist es das letzte Mal.«

»Was? Wie meinst du das?«, fragte Betty und wandte ihm ihr grünes Gesicht zu.

»Nächstes Jahr sind wir Teenager«, erklärte Alex. »Dann sind wir zu alt dafür.«

Ein ziemlich trauriger Gedanke.

Ich wollte einen tiefen, frischen Atemzug nehmen. Da fiel mir ein, dass ich vergessen hatte, ein Loch für die Nase oder den Mund ins Betttuch zu schneiden. Wir waren noch nicht weiter gekommen als bis zum Gehsteig vor unserem Vorgarten und schon fing ich an zu schwitzen!

»Lasst uns ›In den Weiden‹ anfangen«, schlug ich vor.

Das Wohngebiet »In den Weiden« besteht aus lauter kleinen Häusern. Es fängt jenseits eines kleines Waldes an, bloß zwei Blocks entfernt von uns.

»Warum ›In den Weiden‹?«, fragte Betty und fummelte an ihrem Haarband herum.

»Weil die Häuser so schön nah beieinander liegen«, erklärte ich. »Da brauchen wir nicht so weit zu laufen und kriegen trotzdem eine Menge Süßigkeiten. Außerdem muss man nicht diese langen Auffahrten rauf- und runterlaufen.«

»Klingt gut«, fand Nick.

Wir gingen den Bordstein entlang. Auf der anderen

Straßenseite sah ich zwei Monster und ein Skelett, die in einen Vorgarten einbogen. Kleine Kinder, gefolgt von ihrem Vater.

Mein Kostüm flatterte im Wind. Gefrorene, trockene Blätter knackten unter meinen Füßen. Der Himmel schien sich zu verfinstern, als wir an den kahlen schwarzen Bäumen des Wäldchens vorbeigingen.

Kurz darauf erreichten wir die ersten Häuser von »In den Weiden«. Die Straßenlaternen warfen einen warmen gelben Schein auf die Gegend. Viele Häuser waren mit orangen und grünen Lichtern geschmückt, mit ausgeschnittenen Hexen und Kobolden und flackernden Kürbisfratzen.

Wir marschierten also zu viert von Haus zu Haus und brüllten voller Erwartung: »Streich oder Spende!«, und sammelten alle möglichen Süßigkeiten ein.

Die Leute riefen »Ooh!« und »Aah!«, wenn sie Bettys Prinzessinnenkostüm sahen. Sie war die Einzige in unserer Gruppe, die ein anständiges Kostüm trug. Wahrscheinlich fiel sie deswegen auf.

Unterwegs begegneten wir einer Menge anderer Kinder. Die meisten schienen jünger zu sein als wir. Ein Kind hatte sich als Milchtüte verkleidet. Auf einer Seite waren sogar die Nährwertangaben aufgedruckt.

Wir brauchten für beide Straßenseiten ungefähr eine halbe Stunde. Das Wohngebiet endete in einer Sackgasse. Sozusagen im Nichts.

»Wohin jetzt?«, fragte Betty.

»Halt, wartet mal. Ein Haus noch«, sagte Alex. Er deutete auf ein kleines Backsteinhaus, das versteckt hinter Bäumen lag.

»Das habe ich gar nicht bemerkt«, meinte ich. »Wahrscheinlich weil es das einzige Haus ist, das nicht direkt an der Straße liegt.«

»Das Licht ist an und sie haben einen Kürbis im Fenster«, verkündete Alex. »Los, wir gehen mal hin.«

Wir spazierten also die Stufen zur Haustür hoch und drückten auf die Klingel. Die Haustür ging sofort auf. Eine kleine, weißhaarige Frau steckte den Kopf heraus. Sie blinzelte uns durch ihre dicken Brillengläser an.

»Streich oder Spende!«, riefen wir vier im Chor.

»Lieber Himmel!«, rief sie aus und presste ihre runzeligen Hände gegen die Wangen. »Was für wunderschöne Kostüme!«

Was? Wunderschöne Kostüme?, dachte ich. Zwei Betttücher und ein ausgeliehenes Supermankostüm vom letzten Jahr?

Die alte Frau drehte sich um. »Fred, komm, sieh dir das an!«, rief sie ins Haus. »Diese Kostüme musst du dir anschauen!«

Irgendwo weit hinten im Haus hörte ich einen Mann husten.

»Kommt rein. Bitte kommt doch rein«, bat die alte Frau. »Ich möchte, dass mein Mann euch sieht.« Sie trat einen Schritt zurück, um uns ins Haus zu lassen.

Wir zögerten.

»Kommt ruhig rein!«, drängte sie. »Fred muss sich unbedingt eure Kostüme ansehen. Er kann nur so schlecht aufstehen. Bitte!«

Betty ging voran. Wir traten in ein kleines, schwach beleuchtetes Wohnzimmer. In dem kleinen Backsteinkamin an der Wand loderte ein Feuer. Ich kam mir vor wie in einem Hochofen. Hier drin musste es fünfhundert Grad heiß sein!

Die Frau schloss die Haustür hinter uns. »Fred! Fred!«, rief sie. Dann wandte sie sich uns zu und lächelte. »Er ist im Hinterzimmer. Folgt mir.«

Sie öffnete die Tür und ließ uns eintreten. Zu meiner Überraschung war dieses Hinterzimmer riesengroß.

Und vollgestopft mit kostümierten Kindern.

»Huch!«, rief ich verdutzt aus.

Die meisten Kinder hatten ihre Masken abgenommen. Einige von ihnen weinten. Andere hatten gerötete, zornige Gesichter. Wieder andere hockten auf dem Fußboden und sahen ganz missmutig aus.

»Was ist hier los?«, fragte Betty mit schriller Stimme, die Augen vor Angst weit aufgerissen.

»Was machen die hier alle?«, fügte Nick hinzu und schluckte schwer.

Ein rotgesichtiger, kleiner Mann mit struppigem weißen Haar kam, auf einen weißen Stock gestützt, aus der Ecke gehumpelt. »Eure Kostüme gefallen mir«, sagte er und grinste uns an.

»Wir – wir müssen jetzt gehen«, stammelte Betty.

Wir drehten uns alle zur Tür um. Doch die alte Frau hatte sie hinter uns geschlossen.

Ich warf einen Blick zurück auf die kostümierten Kinder. Es waren über zwanzig. Sie sahen alle so verängstigt und unglücklich aus.

»Wir müssen gehen!«, rief Betty noch einmal.

»Ja, lasst uns hier raus!«, drängte Nick.

Der alte Mann lächelte. Die Frau trat hinter ihn. »Ihr müsst bleiben«, sagte sie. »Wir möchten uns eure Kostüme anschauen.«

»Ihr könnt nicht gehen«, setzte der Mann hinzu und stützte sich schwerfällig auf seinen Stock. »Wir müssen uns eure Kostüme ansehen.«

»Wie bitte? Was soll das? Wie lange wollen Sie uns denn hier festhalten?«, schrie Betty.

»Für immer«, antwortete das alte Paar einstimmig.

10

Das träumte ich so vor mich hin.

Ich wartete unten an der Straße vor meinem Haus auf meine Freunde. Und malte mir dabei aus, wie Betty und Nick in die Falle eines unheimlichen alten Paares gerieten, das Halloweenkinder einfing und für immer gefangen hielt.

In meinem Tagtraum stahlen sich Alex und ich natürlich durch eine Seitentür davon.

Aber Betty und Nick wurden geschnappt, bevor sie entwischen konnten. Und sie wurden nie wieder gesehen.

Netter Tagtraum, was?

Ich träumte immer noch vor mich hin, als Alex, Paul und Paula endlich aufkreuzten. Ungeduldig marschierten wir in mein Zimmer hinauf.

»Eva, wieso grinst du denn so?«, wollte Paula wissen und ließ sich auf mein Bett fallen.

»Ich habe gerade einen sehr lustigen Tagtraum gehabt«, erklärte ich. »Von Betty und Nick.«

»Was kann da schon lustig sein?«, fragte Alex. Er hob einen Tennisball vom Boden auf und warf ihn Paul zu. Dann begannen die beiden ein Ballspiel durch mein ganzes Zimmer.

»Es war ein sehr lustiger Traum«, beharrte ich, setzte mich aufrecht hin und reckte mich. »Besonders das Ende.«

Ich erzählte ihnen den ganzen Traum. Ihr Grinsen verriet mir, dass er ihnen auch gefiel.

»Wir haben aber keine Zeit für Tagträume, Eva«, beschwerte sich Paula. »Wir brauchen einen richtigen Plan. Halloween steht vor der Tür.«

In diesem Moment warf Alex den Ball zu hoch. Er knallte gegen die Lampe auf meiner Kommode, sodass sie umfiel.

Paul rannte darauf zu und fing die Lampe gerade noch auf, ehe sie zu Boden krachte.

»Super!«, rief Alex aus. »Der Fang des Monats!« Alex und Paul klatschten sich gegenseitig in die Hände. Dabei schlug Alex so fest zu, dass dem armen Paul beinahe doch noch die Lampe runtergefallen wäre.

»Grrrrrrr!«, knurrte ich Alex an und zeigte auf meinen Schreibtischstuhl. »Da, setz dich hin. Wir müssen ernsthaft nachdenken.«

»Genau«, stimmte Paula zu. »Dieses Jahr sollen sich Betty und Nick so richtig zu Tode erschrecken. Wir müssen es ihnen für die letzten zwei Jahre heimzahlen. Und wie!«

»Was schlagt ihr vor?«, fragte Alex und ließ sich mit seinem langen, schlaksigen Körper in den Sessel fallen. »Sollen wir uns im Gebüsch verstecken und ›Buh!‹ rufen?«

Keine gute Idee.

»Ich hab mir ein paar richtig schaurige Sachen für eine Party ausgedacht«, fing ich an. »Ich finde …«

»Keine Party!«, fiel mir Paula ins Wort.

»Richtig. Keine Party«, stimmte ihr Bruder zu. »Wir haben uns letztes Jahr solche Mühe gegeben für die Party. Und dann sind Betty und Nick einfach nicht gekommen.«

»Grrrrr.« Bei dem bloßen Gedanken daran musste ich wieder knurren.

»Also, wenn wir sie nicht auf einer Halloweenparty

erschrecken, wo denn dann?«, fragte Alex und trommelte mit seinen Fingern auf den Schreibtisch.

»Paul und ich haben ein paar ganz tolle Ideen«, verkündete Paula.

»Genau. Ich finde, diesmal müsst ihr auf Paula und mich hören«, sagte Paul. »Wir haben einen richtig tollen Plan. Der Schock reicht fürs ganze Jahr. Wirklich!«

Alex zog den Schreibtischstuhl näher heran und Paul setzte sich neben ihn auf den Fußboden. Ich rückte auf dem Bett näher an Paula heran.

Mit leiser, fast flüsternder Stimme erzählte Paula Alex und mir von ihrem Plan. Es war ein richtig unheimlicher Plan.

Mir lief schon beim Zuhören ein Schauer über den Rücken.

»Es ist ganz einfach«, sagte Paula zum Schluss. »Ganz leicht. Das funktioniert auf jeden Fall.«

»Wir verpassen Betty und Nick ein Halloween, das sie nie mehr vergessen werden!«, prahlte Paul.

»Das ist gemein«, murmelte Alex.

Ich starrte die pummeligen, rotwangigen Zwillinge an. Sie sahen so niedlich aus. So süß und unschuldig. Aber was sie mit Betty und Nick vorhatten, war wirklich haarsträubend!

»Ja, das ist gemein«, stimmte ich zu. »Und grausam. Und ekelhaft und fürchterlich.« Ich grinste. »Der Plan *gefällt* mir.«

Wir mussten alle lachen.

»Also, einverstanden?«, fragte Paul. »Machen wir's?«

Wir waren alle einverstanden. Feierlich gaben wir uns die Hand.

»Toll«, sagte Paula. »Also, Eva, du brauchst sie nur einzuladen, mit dir auf Beutezug zu gehen. Paul und ich erledigen den Rest.«

»Kein Problem«, erwiderte ich grinsend. »Kein Problem.«

Wir jubelten und gratulierten uns. Wir waren uns sicher, das war *das* Halloweenjahr! *Unser* Jahr!

Paula wollte noch etwas sagen, aber da steckte meine Mutter den Kopf zur Tür herein.

»Was brütet ihr vier denn da aus?«, erkundigte sie sich.

»Och ... nichts«, antwortete Alex schnell.

»Wir schmieden nur Pläne für Halloween, Mom«, erklärte ich ihr.

Mom biss sich auf die Unterlippe. Sie machte ein ernstes Gesicht. »Weißt du, Eva«, sagte sie kopfschüttelnd. »Ich glaube nicht, dass ich dich dieses Jahr auf Beutezug gehen lassen kann.«

11

Mom – du *musst* mich aber gehen lassen! *Unbedingt!* Sonst verdirbst du uns unsere ganzen Rachepläne!

Um ein Haar wären mir diese Sätze rausgerutscht.

Aber ich konnte mich gerade noch zügeln.

Ich schluckte und musterte sie forschend. Sie meinte das doch wohl nicht im Ernst, oder?

Doch.

»Mom, was ist los?«, schrie ich sie schließlich an. »Was hab ich denn getan? Warum bestrafst du mich?«

»Eva, ich will dich doch nicht bestrafen«, sagte Mom lachend. »Ich finde nur, dass es dieses Jahr nicht so eine gute Idee ist, von Haus zu Haus zu ziehen. Hast du denn in der Zeitung nicht von den Leuten gelesen, die in der Stadt verschwunden sind?«

»Was? Verschwunden?«

Ich musste sofort wieder an meinen Tagtraum denken. An das alte Paar, das Kinder im Hinterzimmer einsperrte.

»Du meinst, Kinder sind verschwunden?«, fragte ich.

Mom schüttelte den Kopf. »Nein. Nicht Kinder. Erwachsene. Gestern ist schon der vierte verschwunden. Hier. Ich zeig's dir.«

Mom trug die Zeitung zusammengerollt unter dem Arm. Sie holte sie hervor und rollte sie auf. Sie hielt die Titelseite hoch, sodass wir sie alle sehen konnten.

Ich konnte die fette schwarze Schlagzeile von meinem Platz aus lesen:

VIER MENSCHEN AUF MYSTERIÖSE WEISE VERSCHWUNDEN

Ich stand vom Bett auf und ging zu meiner Mutter hinüber. Ich sah, wie Paul und Paula besorgte Blicke austauschten. Alex machte auch ein ganz ernstes Gesicht. Er trommelte nervös mit den Fingern auf den Schreibtisch.

Ich nahm Mom die Zeitung aus der Hand und starrte auf die Fotos der vermissten Menschen. Drei Männer und eine Frau.

»Die Polizei rät zu höchster Vorsicht«, sagte Mom leise.

Alex trat neben mich und nahm mir die Zeitung aus der Hand. Er betrachtete nachdenklich die Fotos. »He – das sind alles fette Leute!«, rief er aus.

Jetzt drängten wir uns alle um die Zeitung herum und starrten die grauen Fotos an. Alex hatte Recht. Alle vier waren extrem fett. Der Erste, ein glatzköpfiger Mann in einem ausgebeulten Pullover mit Stehkragen, hatte mindestens ein sechsfaches Kinn!

»Unheimlich«, murmelte ich.

Paul und Paula waren merkwürdig still. Wahrscheinlich hatten sie Angst.

»Wie können sich vier dicke Menschen einfach in Luft auflösen?«, fragte Alex.

Mom seufzte. »Das möchte die Polizei auch gern wissen«, sagte sie.

»Aber Mom, wenn nur Erwachsene verschwinden, wieso darf ich dann nicht auf Beutezug gehen?«, fragte ich.

»Bitte lassen Sie Eva doch mitkommen«, bat Paula. »Das ist das letzte Halloween, an dem wir noch auf Beutezug gehen können.«

»Nein, lieber nicht«, antwortete Mom und biss sich wieder auf die Unterlippe.

»Aber wir sind bestimmt *ganz, ganz, ganz* vorsichtig!«, versprach ich.

»Lieber nicht«, wiederholte Mom. »Lieber nicht.«

Und wieder einmal war unser Halloween im Eimer.

12

Aber dann fand Dad es doch in Ordnung, dass wir auf Beutezug gingen.

Es war zwei Tage später. Mom und Dad hatten lang und breit darüber diskutiert.

»Du darfst gehen, wenn ihr zusammenbleibt«, schärfte Dad mir ein. »Bleibt in der Nähe. Und entfern dich nicht von den anderen. Okay, Elfe?«

»Danke, Dad!«, rief ich aus. Ich war so glücklich,

dass ich sogar die »Elfe« überhörte. Stattdessen überraschte ich ihn mit einer stürmischen Umarmung.

»Meinst du wirklich, wir sollen sie gehen lassen?«, fragte Mom zweifelnd.

»Klar meint er das!«, sagte ich mit Nachdruck.

Ich würde auf keinen Fall zulassen, dass sie ihre Meinung wieder änderten. Ich war schon halb aus der Küche raus, um Alex telefonisch davon zu unterrichten, dass es doch noch was wurde mit unserem Plan!

»In der Nachbarschaft werden doch jede Menge Kinder unterwegs sein«, hörte ich Dad noch zu Mom sagen. »Außerdem sind Eva und ihre Freunde alt genug und vernünftig genug, sich nicht in Schwierigkeiten zu begeben.«

»Danke, Dad!«, rief ich wieder.

Mom wollte die Diskussion noch fortführen. Aber ich lief schnell aus der Küche und hinauf in mein Zimmer, bevor sie etwas sagen konnte.

Ich rief Alex an und teilte ihm die gute Nachricht mit. Er meinte, er würde Paul und Paula verständigen und ihnen sagen, sie sollten sich für die Halloweennacht rüsten.

So weit, so gut. Jetzt blieb nur noch ein kleines Problem: Ich musste Betty und Nick überreden, mit uns auf Beutezug zu gehen.

Ich holte tief Luft und rief bei Betty an. Ihre Mutter sagte, sie sei drüben bei Nick, um ihm bei seinem Halloweenkostüm zu helfen.

Also lief ich rüber zu Nick. Es war ein grauer Samstagnachmittag. Es hatte den ganzen Morgen geregnet und am Himmel trieben immer noch Sturmwolken dahin.

Das Gras in den Vorgärten schimmerte von den Regentropfen. Ich sprang über große Pfützen auf dem Bürgersteig. Ich trug einen dicken grauen Jogginganzug. Aber die Luft war feucht und kalt. Da hätte ich besser noch eine Jacke drüber anziehen sollen.

Das letzte Stück zu Nicks Haus rannte ich, um mich aufzuwärmen. Auf der obersten Stufe vor der Haustür blieb ich stehen und verschnaufte. Dann drückte ich auf die Klingel.

Kurz darauf öffnete Nick die Tür.

»Nanu!«, rief ich aus, als ich sein Kostüm sah. Er hatte wippende Antennen auf dem Kopf. Und er trug eine wuschelige gelbe Weste über einem schwarz-gelb gestreiften Mädchenbadeanzug.

»Du – du gehst als Biene?«, stammelte ich.

Er nickte. »Betty und ich arbeiten noch an dem Kostüm. Erst heute Morgen haben wir eine schwarze Strumpfhose für die Bienenbeine gekauft.«

»Cool«, sagte ich. Er sah wirklich bescheuert aus.

Aber warum hätte ich ihm das sagen sollen?

Betty begrüßte mich, als ich ins Zimmer trat. Sie hatte gerade die neue Strumpfhose ausgepackt und dehnte und zog sie in die Länge.

»Eva, hast du abgenommen?«, fragte sie mich.

»Wie bitte? Nein.«

»Oh. Dann sieht dein Jogginganzug wohl absichtlich aus wie ein unförmiger Sack, oder wie?«

Sie ist so gemein!

Sie wandte sich ab. Aber ich sah, wie sie vor sich hin kicherte. Sie kommt sich immer so witzig vor!

»Ist das denn dein Kostüm?«, fragte sie mich.

Ich beschloss, einfach nicht mehr auf ihre blöden Witze zu achten. »Nein. Ich glaube, ich gehe dieses Jahr als Superheld«, sagte ich. »Mit Umhang und Strumpfhose. Als was willst du denn gehen?«

»Als Ballerina«, antwortete sie. Sie reichte Nick die Strumpfhose. »Hier sind deine Bienenbeine. Hast du zufällig ein Stück Karton?«

»Wofür?«, fragte Nick.

»Wir müssen noch den Stachel machen. Den kleben wir dann hinten an die Strumpfhose.«

»Kommt nicht infrage!«, protestierte Nick. »Kein Stachel. Ich brauche keinen Stachel. Ich würde mich doch sowieso nur draufsetzen.«

Sie stritten eine Weile hin und her, aber ich hielt mich raus.

Nick siegte schließlich. Kein Stachel.

Betty schmollte eine Weile und schnitt ihm Grimassen. Die ist stinksauer, wenn sie nicht ihren Willen kriegt! Aber Nick ist noch sturer als sie.

»Hört zu«, fing ich an. »Alex und Paul und Paula und ich gehen dieses Jahr zusammen auf Beutezug.«

Ich holte tief Luft, bevor ich mit meiner Frage rausrückte. »Wollt ihr mitkommen?«

»Ja, klar«, antwortete Nick.

»Okay«, sagte Betty.

Und das war's. Die Falle konnte zuschnappen.

Das fürchterlichste Halloween, das sie je erlebt hatten, stand Betty und Nick bevor.

Und uns dummerweise auch.

13

Die Woche zog sich endlos hin. Ich zählte die Stunden bis Halloween.

Endlich war sie da, die große Nacht. Ich war so nervös, dass ich mein Superheldkostüm kaum zusammenkriegte.

Viel war ja nicht dran an meinem Kostüm. Ich trug eine hellblaue Strumpfhose und ein blaues Oberteil. Über die Strumpfhose zog ich rote Boxershorts.

Als Umhang schnitt ich mir ein rotes Bettlaken zurecht, das wir nicht mehr brauchten, und befestigte es an meinen Schultern. Dazu zog ich weiße Stiefel an. Und ich trug eine rote Pappmaske, die nur meine Augen bedeckte.

»Super-Eva!«, rief ich aus, als ich mich so im Spiegel betrachtete.

Ich wusste, das war ein ziemlich langweiliges Kostüm. Aber das machte mir nichts aus. An diesem Abend ging es nicht um Kostüme, sondern um Angst. Es ging darum, zwei Mitschüler zu Tode zu erschrecken!

Ich holte eine große braune Einkaufstasche aus dem Schrank, die mir als Beutesack dienen sollte. Dann huschte ich die Treppe hinunter, in der Hoffnung zu entkommen, ehe meine Eltern noch was von mir wollten. Ich hatte keine Lust, mir in letzter Minute noch einen Vortrag darüber anzuhören, auf was ich alles aufpassen sollte.

Pech gehabt.

Dad hielt mich unten an der Treppe auf. »Wow! Tolles Kostüm, Elfe!«, rief er aus. »Was stellst du denn dar?«

»Bitte nenn mich nicht Elfe«, beklagte ich mich. Ich wollte an ihm vorbei zur Haustür, aber er versperrte mir den Weg.

»Lass mich schnell noch ein Foto machen«, sagte er.

»Ich bin aber spät dran«, wandte ich ein. Ich wollte mich mit Alex um halb acht an der Straßenecke treffen. Jetzt war es schon Viertel vor acht.

»Sei vorsichtig draußen!«, rief meine Mutter aus dem Wohnzimmer.

Dad verschwand, um seine Kamera zu holen. Ich wartete am Fuß der Treppe und klopfte mit den Fingern ungeduldig aufs Treppengeländer.

»Und sprich nicht mit fremden Leuten!«, setzte Mom aus dem Wohnzimmer hinzu.

Sehr hilfreich.

»Okay. Nur ein Foto«, sagte Dad, als er mit der Kamera vor dem Auge zurückkam. »Stell dich an die Tür. Du siehst toll aus, Eva. Bist du Supergirl oder so was?«

»Nur irgendein Superheld«, murmelte ich. »Ich muss jetzt wirklich weg, Dad.«

Er rückte die Kamera in die richtige Position. »Wie wär's mit einem Lächeln?«

Ich zeigte die Zähne.

Er drückte auf den Auslöser.

»Oh. Warte. Hat es geblitzt?«, fragte er. »Ich glaube, der Blitz war nicht eingeschaltet.« Er untersuchte die Kamera.

»Dad …«, fing ich an. Ich dachte an Alex, der jetzt wartend an der Ecke stand. Alex hasste es zu warten. Er war bestimmt schon furchtbar nervös.

So nervös wie ich.

»Dad, ich muss zu meinen Freunden.«

»Wenn dir jemand verdächtig vorkommt, renn weg!«, rief Mom aus dem Wohnzimmer.

»Versuchen wir's noch mal, Elfe.« Dad hob die Kamera vors Auge. »Lächeln!«

Er drückte auf den Auslöser. Kein Blitz.

»So was …« Er überprüfte die Kamera noch einmal.

»Dad, bitte …«, drängte ich.

»Oh«, murmelte er. »Ist das zu glauben? Kein Film

drin.« Er schüttelte den Kopf. »Ich war mir todsicher, es wäre ein Film drin. Ich geh schnell rauf und hole einen. Sekunde!«

»Dad!«, schrie ich.

Da läutete es an der Tür. Wir erschraken beide, Dad und ich.

»Bestimmt Halloweenkinder«, meinte Dad.

Ich sprang zur Tür und riss sie auf. Ich blinzelte in das gelbe Licht einer Taschenlampe. Vor mir stand ein Junge, ganz in Schwarz. Er trug einen schwarzen Pullover und eine schwarze Hose. Er hatte sich eine schwarze Wollschimütze tief in die Stirn gezogen. Sein Gesicht war ganz schwarz angemalt. Und er trug schwarze Handschuhe.

»Nettes Kostüm«, sagte Dad. »Gib ihm einen Schokoriegel, Eva.«

Ich stöhnte auf. »Dad, er kommt nicht betteln. Das ist Alex.« Ich stieß die Windfangtür auf, um Alex hereinzulassen.

»Ich dachte, wir wollten uns an der Ecke treffen«, beschwerte er sich.

Dad starrte Alex' schwarzes Kostüm an. »Was stellst du denn dar?«, fragte er.

»Eine dunkle, stürmische Nacht«, erklärte Alex.

»Und was ist daran stürmisch?«, fragte ich.

»Das hier«, antwortete Alex. Er zog eine schwarze Plastikwasserpistole und spritzte mir damit ins Gesicht.

Dad lachte schallend los. Er hielt das wohl für einen

Witz. Dann rief er Mom aus dem Wohnzimmer, damit sie sich das anschaute.

»Wir kommen hier nie weg«, flüsterte ich Alex zu. »Wir werden noch Betty und Nick verpassen.«

Wir hatten diesen Abend genau im Voraus geplant, jede einzelne Minute. Aber jetzt war womöglich der ganze Plan gefährdet.

Mein Magen krampfte sich zusammen. Der Umhang schnürte mich plötzlich ein.

Mom und Dad standen da und bestaunten Alex' Kostüm. »Eine dunkle, stürmische Nacht! Wirklich originell«, fand Mom. »Aber wie will man dich denn im Dunkeln sehen? Sei bloß vorsichtig, wenn du über die Straße gehst!«

Mom hatte heute Abend aber auch für jeden gute Ratschläge parat.

Jetzt reichte es mir. »Wir müssen gehen. Tschüss«, sagte ich. Ich schob Alex zur Tür hinaus und folgte ihm dicht auf den Fersen.

Mom rief mir noch mehr Warnungen hinterher. Aber ich konnte sie nicht mehr hören. Ich zog Alex den Gartenweg entlang und wir rannten zur Straßenecke. Dort waren wir mit Betty und Nick verabredet.

Unseren beiden Opfern.

»Du hättest an der Ecke stehen bleiben sollen«, warf ich ihm vor. »Vielleicht waren Betty und Nick schon da und sind wieder gegangen.«

»Aber du bist ewig nicht gekommen«, protestierte

Alex. »Ich dachte, vielleicht ist dir was dazwischengekommen.«

Mein Herz klopfte laut und mein Magen verkrampfte sich noch mehr. »Okay, okay«, sagte ich. »Panik führt jetzt auch zu nichts.«

Es war eine klare, kalte Nacht. Raureif ließ die Rasenflächen silbrig erscheinen. Über uns am Himmel stand eine dünne Mondsichel.

In den meisten Häusern der Straße brannte Licht. Auf der anderen Straßenseite sah ich zwei Gruppen Kinder auf Beutezug. Sie eilten alle auf dasselbe Haus zu. Im Haus daneben bellte aufgeregt ein Hund.

Ich wandte meinen Blick zu der Ecke, wo wir mit Betty und Nick verabredet waren. Keiner da.

Alex und ich blieben unter der Straßenlaterne stehen. Ich lockerte den Halsausschnitt meines Umhangs. Er schnürte mir richtig die Luft ab. Da sah ich, dass ich den Umhang zu lang gelassen hatte. Der Saum schleifte am Boden und war schon ganz nass.

»Wo stecken die bloß?«, fragte ich.

»Du weißt doch, dass sie immer zu spät kommen«, sagte Alex.

Er hatte Recht. Betty und Nick ließen einen ständig absichtlich warten.

»Die werden bestimmt jeden Moment kommen«, meinte Alex.

Eine große Hecke führte um das Eckgrundstück herum. Alex fing an, zwischen der Hecke und dem Bordstein auf und ab zu laufen. Sein Outfit war so schwarz, dass er überhaupt nicht mehr zu sehen war, sobald er in den Schatten der Hecke eintauchte.

»Musst du dauernd auf und ab …?«, fing ich an.

Doch die Worte blieben mir im Hals stecken, als ich ein Husten hörte. Von der anderen Seite der Hecke.

Ein tiefes, raues Husten.

Nach einem Menschen klang das nicht. Eher wie das Knurren eines Tieres.

Ich wandte mich um. Alex hatte es auch gehört. Er blieb stehen und starrte die Hecke an.

Da hörte ich ein Scharren. Die Hecke schien plötzlich zu wackeln.

»W-wer ist denn dahinten?«, stieß ich hervor.

Wieder bewegte sich die Hecke. Sie bebte und knackte.

»He – wer *ist* da?«, rief Alex.

Stille.

Die Hecke wackelte erneut. Diesmal heftiger.

»Soll das ein Scherz sein oder was?«, fragte Alex mit zitternder Stimme.

Wieder knurrte das Tier.

»Neiiin!«, schrie ich, als zwei hässliche Bestien fauchend aus der Hecke gesprungen kamen.

Es ging alles so schnell, dass ich es nur verschwommen sehen konnte: zottiges Fell, aufgerissene Mäuler, speicheltriefende Zähne.

Bevor ich etwas tun konnte, stürzte sich eine der Bestien fauchend und knurrend auf mich. Sie warf mich zu Boden. Und grub ihre Raffzähne in meine Schulter.

14

Ich stieß einen schrillen Schmerzensschrei aus und versuchte, mich aufzurappeln. Aber die knurrende Bestie drückte mich zu Boden.

»Stopp! *Stopp*!« Ich versuchte krampfhaft, mich freizukämpfen, aber die Bestie wickelte mir den Umhang um den Körper, sodass ich mich nicht mehr rühren konnte.

»He!«, hörte ich Alex wütend ausrufen. Aber ich konnte nicht sehen, was mit ihm los war.

»Neiiiiiin! Lass mich los!«, kreischte ich.

Mit äußerster Kraft gelang es mir, die Hand freizubekommen. Ich schlug gegen das geifernde Gesicht der Kreatur.

Zu meinem Entsetzen löste sich das ganze Gesicht.

Eine Maske. Ich hielt eine Gummimaske in der Hand.

Ich starrte in ein grinsendes Gesicht über mir.

Es dauerte einen Moment, bis ich den Jungen erkannte. Ted Jeffrey. Ja. Ted Jeffrey von der Highschool, der uns alle vor zwei Jahren auf Nicks Party erschreckt hatte.

»Ted«, murmelte ich und zerrte mir den Umhang vom Körper.

»Hab ich dich! Hab ich dich!«, flüsterte er. Dann ließ er mich los und stand auf.

»Du Mistkerl!«, rief ich zornig und warf ihm die Gummimaske ins Gesicht.

Er fing sie mit einer Hand auf und lachte. »Eva, verstehst du denn gar keinen Spaß?«

»Was? Spaß? Das nennst du *Spaß*?«, schrie ich ihn an.

Ich rappelte mich auf und wischte mir verärgert die Klamotten ab. Mein Umhang war total zerknittert und voller nasser brauner Blätter.

Alex hatte mit der anderen Bestie gekämpft. Jetzt zog auch diese sich die Maske vom Gesicht. Es war natürlich Joe, Teds widerlicher Freund.

»Hoffentlich haben wir euch nicht *erschreckt*!«, spottete er. Er und Ted kicherten wie wild. Sie krümmten sich vor Lachen und klatschten sich gegenseitig in die Hände.

Bevor ich ihnen sagen konnte, wie bescheuert ich sie fand, hörte ich noch jemand anders lachen. Zu meiner Überraschung kamen Betty und Nick hinter der Hecke hervor. Alle vier gackerten ausgelassen.

»Grrrrrrr!«, knurrte ich wütend. In diesem Augenblick hätte ich alles darum gegeben, *wirklich* ein Superheld zu sein. Dann hätte ich ihnen mit meinen Superfäusten in ihre lachenden Fratzen geboxt.

Oder ich hätte meinen Umhang ausgebreitet und wäre davongeflogen – weit weg, damit ich sie nicht mehr sehen musste.

»Happy Halloween, Eva!«, rief Betty selbstgefällig. Dann wiederholte sie es noch einmal im Chor mit Nick: »Happy Halloween!« Die beiden setzten ihr ekliges Grinsen auf.

»Wie lange habt ihr da hinter der Hecke gestanden, Nick und du?«, fragte ich zornig.

»Lange genug!«, erwiderte Nick kichernd. Und schon brachen er und Betty wieder in Gelächter aus.

»Die ganze Zeit haben wir hinter der Hecke gestanden«, erklärte Betty. »Ich *liebe* Halloween – du nicht?«

Ich knurrte vor mich hin. Aber ich sagte nichts.

Bleib cool, Eva, sagte ich zu mir selbst. Betty und Nick und ihre Highschool-Kumpel haben dir doch bloß einen kleinen Streich gespielt.

Aber euch wird das Lachen schon noch vergehen.

Bevor die Nacht vorüber ist, werden Alex und ich diejenigen sein, die als Letzte lachen.

Wenn Paul und Paula kommen, dann werden wir sie erschrecken. Aber wie!

Ted und Joe hatten sich ihre Monstermasken wieder aufgesetzt. Sie legten den Kopf in den Nacken und heulten wie Wölfe. Teds Maske war wirklich scheußlich. Gummispucke troff von den langen spitzen Reißzähnen.

»Die kommen doch nicht etwa mit auf Beutezug – oder?«, fragte ich Betty.

Betty schüttelte den Kopf und rückte das Diadem in ihrem blonden Haar zurecht.

»Bestimmt nicht!«, rief Ted hinter seiner hässlichen Maske hervor. »Joe und ich sind dazu schon zu alt. Besonders in Gegenwart solcher Babys, die sofort zu heulen anfangen.«

»Wozu tragt ihr dann diese Monsterkostüme?«, wollte Alex wissen.

»Um Kinder zu erschrecken«, antwortete Joe. Wieder fingen er und Ted an zu lachen, laut und gehässig.

Joe packte meine Maske und zog sie mir bis zum Kinn herunter. Ted rieb mit seinem Handrücken über Alex' Backe und verschmierte seine schwarze Schminke. Dann liefen sie los, um neue Opfer zu suchen.

Diese gemeinen Kerle.

Ich war froh, als sie gingen. Ich sah ihnen nach, um sicherzugehen, dass sie nicht ihre Meinung änderten und zurückkehrten.

»Nette Typen«, sagte Nick und stellte seinen orange-schwarzen Beutesack ab. Dann rückte er seine Bienenfühler zurecht.

Auf der anderen Straßenseite hörte ich Kinder lachen. Ich wandte mich um und sah eine Gruppe von vier Kindern – lauter Monster und Kobolde – auf ein Haus zulaufen.

»Los, lasst uns gehen«, drängte Betty. »Mir ist kalt.«

»Wollten Paul und Paula nicht auch hierher kommen?«, fragte Nick.

»Doch. Aber die holen uns bestimmt ein«, sagte ich.

Wir überquerten die Straße und steuerten auf das erste Haus zu, ein großes, hell erleuchtetes Backsteinhaus mit einem lächelnden Kürbis im Fenster neben dem Eingang.

Während wir den Kiesweg hinaufgingen, sah ich auf die Uhr.

Ich erschrak.

Fast Viertel nach acht!

Um acht hatten wir uns mit Paul und Paula an der Ecke verabredet.

Wo *steckten* die bloß?

Sie kamen doch sonst nie zu spät. Nie.

Ich schluckte schwer.

Sollte dieses Halloween etwa schon wieder schiefgehen?

War ihnen etwas dazwischengekommen?

15

Wir betraten die Veranda und spähten durch die gläserne Windfangtür. Eine große rötliche Katze mit auffallend blauen Augen starrte uns von drinnen an.

Ich läutete an der Tür.

Kurz darauf öffnete eine junge Frau in Jeans und einem gelben Stehbundpullover uns die Tür und lächelte uns an. Sie trug einen Korb mit verschiedenen Süßigkeiten.

»Toll seht ihr alle aus!«, sagte sie und ließ jedem einen Schokoriegel in den Sack fallen.

»Eva, halte deinen Sack hoch!«, ermahnte Betty mich mit schriller Stimme.

»Oh, Entschuldigung.« Ich war noch immer in Gedanken. Ich machte mir Sorgen um Paul und Paula. Ich hielt der Frau meinen Sack hin. Die Katze starrte mich mit Schlitzaugen an.

»Bist du eine Prinzessin?«, wollte die Frau von Betty wissen.

»Nein, eine Ballerina«, antwortete Betty.

»Und du bist ein Stück Kohle?«, fragte sie Alex.

»Ja, irgend so was«, murmelte Alex und verzichtete auf seine »Dunkle, stürmische Nacht«-Nummer. Vermutlich musste auch er an Paul und Paula denken.

»Viel Spaß noch«, sagte die Frau und zog die Tür zu.

Wir vier sprangen von der Veranda und steuerten über den raureifbedeckten Rasen auf das nächste Grundstück zu. Als ich mich kurz umdrehte, bemerkte ich, dass die Katze uns immer noch nachsah.

Im nächsten Haus war es dunkel. Wir gingen quer über den Rasen auf das Nachbarhaus zu. Auf der Veranda stand schon eine Gruppe Kinder und rief: »Streich oder Spende! Streich oder Spende!«

»Wo *bleiben* die bloß?«, flüsterte ich Alex zu.

Er zuckte mit den Schultern.

»Wenn die nicht kommen …«, fing ich an. Doch als ich merkte, dass Betty zuhörte, beendete ich den Satz lieber nicht.

Wir warteten, bis die anderen Kinder weg waren, dann stiegen wir die Veranda hinauf. Zwei kleine Kinder – sie waren vielleicht drei oder vier Jahre alt – reichten jedem, der kam, eine kleine Tüte Popcorn.

Sie mussten über Nicks Bienenkostüm lachen und wollten die Fühler anfassen. Der kleine Junge fragte ihn, wo er denn seinen Stachel hätte.

»Damit hab ich jemanden gestochen und da ist er stecken geblieben«, erklärte Nick.

Dann starrten sie Alex in seinem schwarzen Outfit an. Ich glaube, sie hatten Angst vor ihm. »Bist du ein Monster?«, fragte das kleine Mädchen ängstlich.

»Nein, ich bin ein Stück Kohle«, erklärte Alex.

Sie nickte mit ernster Miene.

Wir liefen weiter und brachten noch die drei übrigen Häuser auf dieser Straßenseite hinter uns. Unterwegs begegneten wir zwei Kindern, auf die ich ab und zu als Babysitter aufpasse. Sie trugen die gleichen Roboterkostüme. Ich blieb stehen, um mich kurz mit ihnen zu unterhalten.

Dann musste ich rennen, um die anderen einzuholen. Sie hatten schon die Straße überquert und bei den Häusern auf der anderen Seite angefangen.

Ein starker Windstoß blähte meinen Umhang auf. Ich zitterte vor Kälte – und sah noch einmal nervös auf die Uhr.

Wo steckten die bloß? Wo steckten Paul und Paula?

Unser ganzer Plan hing von ihnen ab …

»Wow! Ganz schön fette Beute!«, rief Nick aus, als ich bei den anderen war, und kramte in seinem Beutesack.

»Hast du auch Marshmallows?«, fragte Betty. »Ich tausche alles gegen Marshmallows.«

»Nur einer hat uns Äpfel gegeben«, sagte Nick und machte ein angewidertes Gesicht. Er langte in seinen Sack und holte den Apfel heraus. Dann schleuderte er ihn durch den Garten neben uns.

Patsch!, knallte der Apfel gegen einen Baum. Von dort sprang er in die nächste Einfahrt.

»Was sollen wir mit Äpfeln?«, beschwerte sich Nick. »Wissen die Leute denn nicht, dass wir bloß Süßigkeiten wollen?«

»Manche Leute sind wirklich *so* blöd«, meinte Betty. Sie holte ihren Apfel heraus und ließ ihn ins Gras fallen. Dann versetzte sie ihm mit der Spitze ihres Ballettschuhs einen Tritt.

Die haben den Streich, der ihnen bevorsteht, wirklich verdient, dachte ich. Diese Knallköpfe.

Aber wo sind Paul und Paula?, überlegte ich wieder.

Wir setzten unseren Beutezug der Reihe nach fort. Es

wurde langsam spät und immer weniger Kinder waren draußen zu sehen.

Die Laterne kurz vor der Straßenecke war kaputt. An dieser Stelle war es stockfinster.

Einer von Nicks Fühlern rutschte ihm immer wieder runter. Er rückte ihn jetzt bestimmt schon zum zehnten Mal zurecht.

Als wir uns der Straßenecke näherten, verdeckte ein großer Baum den Mond, und es wurde noch finsterer.

»Oh!«, schrie ich auf, als plötzlich zwei Gestalten hinter dem Baum hervor auf uns zusprangen.

Ich dachte, es wären schon wieder Ted und Joe.

Aber dann sah ich, dass es nicht die beiden waren.

In Windeseile wandten uns die beiden Gestalten den Rücken zu und versperrten uns den Weg. Sie trugen dunkle, lange Gewänder, die bis auf den Boden fielen. Und über die Köpfe …

Über die Köpfe gestülpt …

… trugen sie Kürbisse!

Große, runde Kürbisse saßen auf ihren Schultern.

»Hilfe!«, rief Alex erschrocken aus. Er trat zurück und stieß mit mir zusammen.

Betty und Nick starrten die beiden erstaunt an.

Doch es kam noch viel schrecklicher.

Als die beiden Gestalten uns langsam ihr Gesicht zuwandten, kamen ihre Fratzen zum Vorschein.

Ein schauerliches gezacktes Grinsen war in ihre Kürbisköpfe geschnitten.

Und blitzende dreieckige Augen.

Erleuchtet durch Flammen!

Leuchtend orange und gelbe Flammen tanzten in ihren Köpfen!

Und während die Kürbisköpfe uns ihre flammenden Fratzen zuwandten, öffneten Alex und ich den Mund und schrien auf vor Entsetzen.

16

Unsere Schreie hallten in der ganzen Straße wider.

Die Flammen blitzten in den Augen der Kürbisköpfe.

Ich drehte mich zu Betty und Nick um. Der Schein der brennenden Kürbisköpfe flackerte auf ihren Gesichtern. Sie standen ruhig da und starrten die grinsenden Kürbisse an.

Betty sagte zu mir: »Ist das eure Art von Scherz? Wolltet ihr uns damit erschrecken?«

»Wir wissen doch, dass das Paul und Paula sind«, sagte Nick. Er zerrte an einem der dunklen, wallenden Gewänder. »He, Paul – alles klar?«

Die beiden Kürbisköpfe sagten nichts.

»Wie habt ihr denn das mit den Flammen gemacht? Habt ihr Kerzen da drin?«, fragte Betty. »Wie könnt ihr eigentlich sehen?«

Die Kürbisköpfe grinsten uns schweigend an. Eine Flamme zuckte aus einer Zickzackfratze.

Mir lief es kalt den Rücken runter. Diese Kostüme waren irgendwie *zu* originell. Ich hörte die Flamme in den riesigen orangen Köpfen zischen. Die Kostüme waren dunkelgrün, wie Kürbisranken.

Aber wieso haben Betty und Nick keine Angst?, fragte ich mich.

Ich hatte zwar damit gerechnet, dass Paul und Paula in gruseligen Kostümen auftauchen würden. Aber so was Ausgefallenes wie diese Flammenkürbisse hatte ich nicht erwartet.

Die Kostüme waren wirklich toll. Aber ich war total enttäuscht. Betty und Nick hatten überhaupt keine Angst.

Dieses Halloween wird ein Reinfall – genau wie die vorherigen, dachte ich.

Ich trat an Alex' Seite. Seinen Gesichtsausdruck konnte ich unter der schwarzen Schminke nicht erkennen.

»Wie machen die das bloß mit den Flammen?«, flüsterte er. »Das ist echt Wahnsinn!«

Ich nickte. »Aber Betty und Nick sind überhaupt nicht erschrocken«, raunte ich ihm zu.

»Es ist noch zu früh«, wisperte Alex. »Paul und Paula haben ja erst angefangen.«

Ich hatte mich mit den Beinen in meinem Umhang verheddert. Ich riss ihn los und warf ihn nach hinten.

Die beiden Kürbisköpfe hatten immer noch kein Wort gesagt.

Betty hob ihren Beutesack auf und wandte sich an mich. »Wenn ihr Nick und mir Angst einjagen wollt, dann müsst ihr euch schon was Besseres einfallen lassen«, sagte sie spöttisch.

»Wir sind nicht solche Angsthasen wie ihr«, prahlte Nick.

Flammen zuckten aus den Augen der Kürbisköpfe. Die beiden Gestalten neigten ihre großen Köpfe, während sie auf Betty und Nick zugingen.

Wie machen die das bloß?, fragte ich mich. Wie steuern sie die Flammen? Mit einer Art Fernbedienung?

»Also, sollen wir jetzt hier stehen bleiben und festfrieren? Oder gehen wir weiter auf Beutezug?«, fragte Betty.

»Wir könnten in deiner Straße weitermachen«, schlug ich ihr vor.

Betty wollte antworten – aber das Zischen der Flammen in dem Kürbiskopf neben ihr ließ sie verstummen.

»Lasst uns woandershin gehen«, sagte die Fratze von irgendwo innerhalb des Kürbiskopfes. Die Stimme hörte sich an wie ein Knacken. Zu rau für ein Flüstern. Es war ein trockener, erstickter Laut.

»Woandershin«, wiederholte die andere Gestalt. Die weibliche Stimme klang ebenfalls wie ein Knacken. Wie wenn man auf verdorrte Blätter tritt.

»Was ist los?«, rief Nick aus.

»Wir kennen eine bessere Gegend«, sagte der erste Kürbiskopf mit seiner Knackstimme. Der in das dicke Kürbisfleisch geschnittene gezackte Mund bewegte sich nicht. Die Stimme zischte von innen. Die orangen und gelben Flammen zuckten im Rhythmus der Worte.

»Wir kennen eine bessere Gegend.«

»Eine Gegend, die ihr nie vergessen werdet.«

Betty verdrehte lachend die Augen. »Oh, was für unheimliche Stimmen!«, bemerkte sie bissig.

»Hilfe! Ich zittere vor Angst!«, spottete Nick.

Er und Betty lachten.

»Hört schon auf damit, Leute«, sagte Betty zu den Kürbisköpfen. »Eure Kostüme sind ja nicht schlecht. Aber damit könnt ihr uns nicht erschrecken. Also hört auf mit diesen unheimlichen Stimmen, okay?«

»Ja«, stimmte Nick zu. »Kommt, wir klappern noch ein paar Häuser ab. Es wird langsam spät.«

»Folgt unssss«, zischte der eine Kürbiskopf.

»Folgt uns in eine neue Gegend. Eine bessere Gegend.«

Sie führten uns die Straße hinunter. Beim Gehen wippten die großen Köpfe auf ihren Schultern. Die Flammen flackerten aus ihren Köpfen wie der Schein von Taschenlampen.

»Was machen die denn?«, flüsterte Alex mir ins Ohr. »Das ist doch gar nicht unser Plan. Wo bringen die uns hin?«

Ich hatte keine Ahnung.

17

Wir gingen drei Straßen weiter und entfernten uns immer mehr von zu Hause. Wir kamen an einer Reihe großer Steinhäuser vorbei, die zurückgesetzt hinter hohen Hecken lagen. Im nächsten Block befand sich ein leerer Platz, auf dem ein Gebäude neu gebaut wurde.

Die beiden Kürbisköpfe gingen mit großen Schritten weiter. Beim Laufen wippten die Köpfe auf ihren Schultern. Sie richteten ihre flammenden Gesichter immer geradeaus und schauten sich nicht nach uns um.

»Wo gehen wir denn hin?«, fragte Nick und rannte los, um sie einzuholen. Er zog einen von ihnen an seinem Gewand. »Auf der anderen Seite sind doch noch interessante Häuser, warum geht ihr vorbei?«

Der Kürbiskopf lief weiter. *»Lasst uns eine neue Gegend ausprobieren«*, sagte er mit seiner Knackstimme.

»Genau«, zischte der andere. *»Eine neue Gegend. Eine bessere Gegend. Ihr werdet sehen.«*

Hinter dem leeren Platz ging es an einer Reihe kleiner, dunkler Häuser vorbei

»Wo gehen wir eigentlich hin?«, flüsterte jetzt auch Alex. Er deutete auf Paul und Paula. »Was soll das? Warum machen die das? Langsam machen die sogar mir Angst.«

»Ich bin sicher, sie wissen, was sie tun«, flüsterte ich zurück.

Ich blickte mich um. Es waren kaum noch Kinder unterwegs. Es wurde langsam spät und die meisten kleinen Kinder waren schon nach Hause gegangen.

In der nächsten Einfahrt standen zwei größere Kinder – ein Gorilla und ein pummeliger Clown – und untersuchten den Inhalt ihrer Säcke. Sie hielten die Köpfe gesenkt. Als wir vorübergingen, sahen sie noch nicht mal auf.

»He, wir verpassen so viele gute Häuser!«, protestierte Nick. Er deutete auf ein Backsteinhaus an der Ecke. »Können wir da nicht anhalten? Die Leute geben uns immer haufenweise Süßigkeiten. Wirklich. Haufenweise.«

Aber die Kürbisköpfe hörten nicht auf ihn und gingen weiter.

»He, halt! Stopp!«, rief Betty.

Sie und Nick traten vor die Kürbisköpfe hin.

»Stopp! Bleibt stehen!«

»Eine neue Gegend«, krächzte der eine.

»Lasst uns eine neue Gegend ausprobieren«, wiederholte der andere.

»Eine bessere Gegend.«

Mir lief es eiskalt den Rücken runter. Paul und Paula verhielten sich wirklich sehr unheimlich.

Ich riss meinen Umhang von dem Gestrüpp los, in dem ich mich verfangen hatte. Die Luft wurde plötzlich kalt und feucht. Ich wickelte mich eng in meinen Umhang ein. Nick, der vor mir ging, fummelte an seinen Bienenfühlern herum. Ich sah, dass Bettys Ballettschuhe ganz nass und schmutzig waren.

Wir folgten den Kürbisköpfen über die Straße. Dann verließen sie den Gehweg und bogen in einen dunklen Wald ein.

Alex kam neben mich. Sogar durch seine dicke schwarze Schminke konnte ich seine besorgte Miene erkennen. »Wieso führen die uns in den Wald?«, flüsterte er.

Ich zuckte mit den Schultern. »Wahrscheinlich wollen sie Betty und Nick jetzt so richtig erschrecken.«

Zweige und verdorrte Blätter knackten unter unseren Füßen, als wir durch den Wald marschierten.

Da kam mir ein erschreckender Gedanke. Ich musste plötzlich an die vier fetten Leute denken, die vermisst wurden.

Vier Menschen waren spurlos verschwunden, so als hätten sie sich in Luft aufgelöst. Und sie wurden nie mehr gesehen.

Ich musste an die Ermahnungen meiner Mutter denken. Hatte sie mir nicht eingeschärft, nur dort herumzulaufen, wo viele Kinder und hell erleuchtete Straßen waren?

Mir fiel ein, dass sie mich heute eigentlich überhaupt nicht auf Beutezug gehen lassen wollte.

Was ich hier mache, ist nicht richtig, sagte ich mir.

Mom hatte schon Recht gehabt. Es war nicht gut, an diesem Abend in den Wald zu gehen.

Es war nicht gut, die Straße und die hell erleuchteten Häuser zu verlassen und allein in den dunklen, unheimlichen Wald zu gehen.

»*Eine neue Gegend*«, sagte der Kürbiskopf weiter vorn mit seiner Knackstimme.

»*Gleich hinter diesem Wald*«, flüsterte der andere. »*Eine wirklich gute Gegend. Ihr werdet sehen.*«

Die dunklen, kahlen Bäume und das hohe Gestrüpp flackerten im Schein der Kürbisköpfe.

Mein Herz pochte laut. Ich lief schneller, um mit den anderen Schritt zu halten.

Paul und Paula sind doch gute Freunde, schärfte ich mir ein.

Ich bin sicher, sie wissen, wohin sie gehen.

Aber so hatten wir das nicht geplant. So war das nicht abgesprochen.

Wieso hatte ich nur so ein ungutes Gefühl bei der Sache?

18

»Paul! Paula! Bleibt stehen!«, schrie Betty mit ihrer schrillen Stimme. »Seht mal, wie ich aussehe! Mein schönes Ballettröckchen!«

Sie hielt ihren Rock vorn hoch. Sogar in der Dämmerung konnte ich einen Schmutzfleck darauf entdecken.

»Wir müssen raus aus diesem Wald!«, rief Betty wütend.

»Ja, es ist viel zu dunkel. Und wir verschwenden hier nur unsere Zeit«, stimmte Nick zu.

Sein Beutesack verfing sich an einem niedrigen Ast. Er zerrte fest daran, um ihn freizubekommen.

Paul und Paula achteten nicht auf ihr Jammern. Mit ihren großen Flammenkürbissen auf den Schultern marschierten sie schnurstracks weiter durch den dunklen Wald. Uns blieb nichts anderes übrig, als ihnen zu folgen.

Kurz darauf traten wir auf eine schmale Straße hinaus. Als wir die hellen Straßenlaternen und links und rechts die kleinen Häuser sahen, stießen wir einen Freudenschrei aus.

»Jetzt können wir auf Beutezug gehen«, krächzte der eine Kürbiskopf.

Ich ließ meinen Blick die Straße auf und ab wandern. Ein Häuschen stand neben dem anderen auf kleinen Grundstücken. Die meisten Eingänge waren erleuchtet. Viele Häuser waren für Halloween geschmückt.

Ein Häuserblock folgte auf den nächsten. So weit das Auge reichte, standen auf beiden Straßenseiten hell erleuchtete Häuser.

»Das ist wirklich eine *tolle* Gegend für unseren Beutezug!«, verkündete ich und fühlte mich schon viel besser. Und viel weniger ängstlich.

»Ja, echt toll!«, stimmte Nick mir zu. »Hier werden wir ordentlich Süßigkeiten abräumen!«

»Wo sind wir eigentlich?«, fragte Alex. »Diese Gegend ist mir völlig unbekannt.«

Keiner antwortete. Wir waren viel zu aufgeregt und wollten endlich anfangen.

Ich zupfte mir ein paar nasse Blätter von meinem Umhang und rückte meine Maske gerade. Von unserem Marsch durch den Wald waren wir alle ganz zerzaust. Wir brauchten ein Weilchen, bis wir unsere Kostüme wieder in Form gebracht hatten.

Dann eilten wir zu sechst auf das erste Haus zu.

Eine junge Frau mit einem Baby auf dem Arm öffnete die Tür. Sie ließ Minischokoriegel in unsere Säcke fallen. Das Baby betrachtete neugierig die flammenden Kürbisköpfe und lächelte.

Beim nächsten Haus dauerte es ewig, bis ein älteres Paar endlich aufmachte. »Streich oder Spende!«, brüllten wir aus vollem Halse. Sie hielten sich die Ohren zu. Wahrscheinlich waren wir ihnen zu laut.

»Es tut mir leid. Wir haben keine Süßigkeiten«, sagte die alte Frau. Dafür ließ sie uns ein paar Münzen in die Säcke fallen. Fünf Pence pro Sack.

Wir liefen durch den kleinen Garten aufs nächste Haus zu. Zwei Mädchen, sieben oder acht Jahre alt, begrüßten uns an der Tür. »Tolle Kostüme habt ihr an!«, sagte die eine zu Paul und Paula. Sie gaben uns kleine Tüten Gummibärchen.

»Das ist echt cool hier!«, rief Nick aus, während wir auf das Nachbarhaus zuliefen.

»Die Häuser stehen so schön nah beieinander«, fügte Betty hinzu. »Da schaffen wir ja im Handumdrehen hundert Häuser!«

»Wieso sind wir nicht früher schon hierher gekommen?«, wunderte sich Alex.

»Streich oder Spende!«, schrien wir, als wir am nächsten Haus läuteten.

Ein etwas älterer Junge mit langem blonden Haar und einem Ohrring öffnete die Tür. Er kicherte über unsere Kostüme. »Cool«, murmelte er. Dann ließ er kleine Packungen Popcorn in unsere Säcke fallen.

Weiter ging es zum nächsten Haus. Und zum nächsten und wieder zum nächsten.

Dann kam eine neue Häuserzeile und wir läuteten auch dort an jedem Haus. Zwei weitere Blocks folgten. Die Häuserreihen schienen überhaupt kein Ende zu nehmen.

Mein Beutesack war fast voll. Wir blieben an einer Ecke stehen, weil Alex' Schuh aufgegangen war. Während er ihn wieder zuband, verschnauften wir kurz.

»Beeil dich!«, forderte der eine Kürbiskopf Alex auf. Flammen schlugen wütend aus seinen Augenhöhlen.

»So ist esssss«, zischte der andere. *»Die Zeit drängt unssssss.«*

»Immer mit der Ruhe«, murmelte Alex. »Ich hab einen Knoten im Schnürsenkel.«

Während er sich mit seinem Schuh abmühte, wippten die Kürbisköpfe voller Ungeduld auf und ab.

Endlich stand Alex auf und hob seinen prallen Beutesack. Die Kürbisköpfe steuerten schon auf den nächsten Häuserblock zu.

»Ich werde langsam müde«, flüsterte Nick Betty zu. »Es ist auch bestimmt schon recht spät.«

»Mein Sack ist fast voll«, entgegnete Betty und nahm ächzend den schweren Sack in die andere Hand.

»Beeilt euch«, drängte der eine Kürbiskopf. *»Es kommen noch viele Häuser.«*

»So ist esssss«, bestätigte der andere.

Wir brachten noch zwei weitere Häuserblocks hinter uns. Wir gingen jeweils beide Straßenseiten ab. Insgesamt ungefähr zwanzig Häuser.

Mein Sack war bis obenhin voll. Ich musste ihn mittlerweile mit beiden Händen tragen.

Da ging Alex' Schnürsenkel wieder auf. Als er ihn zubinden wollte, riss der Schnürsenkel ab. »Was mache ich denn jetzt?«, jammerte er.

»Beeil dich«, befahl der eine Kürbiskopf ungeduldig. *»Es kommen noch mehr Häuser.«*

»Ich werde langsam müde«, klagte Betty so laut, dass alle es hören konnten.

»Ich auch«, meinte Nick. »Und mein Sack wird mir auch zu schwer.«

»Blöder Schnürsenkel«, murrte Alex, immer noch über seinen Schuh gebeugt.

»Ich glaube, es ist wirklich schon spät«, sagte ich und schaute mich um. »Ich sehe überhaupt keine anderen Kinder mehr. Die sind bestimmt schon alle nach Hause gegangen.«

Ich nahm meinen Umhang ab. Der Stoff war total verdreht und schnürte mich ein. Ich rollte ihn zusammen und klemmte ihn mir unter den Arm.

»Mehr Häuser«, flüsterte der eine Kürbiskopf.

»Beeilt euch. Es kommen noch viel mehr Häuser«, raunte der andere Kürbiskopf mit der weiblichen Knackstimme. Die gelben Flammen tanzten in seinem Kopf.

»Aber wir wollen nicht mehr«, beschwerte sich Nick.

»Ja, wir haben genug«, sagte Betty mit schriller Stimme.

»Ihr könnt nicht aufhören!«, fauchte der eine Kürbiskopf.

»Was?«, fragte Nick ungläubig.

»Los, weiter! Ihr könnt nicht aufhören!«, drängte der Kürbiskopf.

Die beiden Kürbisköpfe schienen plötzlich zu schweben und sich über uns zu erheben. Die Flammen loderten bedrohlich glühend in ihren dreieckigen Augen.

»Ihr könnt nicht aufhören! NIEMALS könnt ihr aufhören!«

19

»Haha. Sehr witzig«, sagte Betty und verdrehte die Augen. Aber Nick trat erschrocken zurück. Seine Beine schienen nachzugeben und er hätte beinah seinen Sack fallen lassen.

»Noch ein Block«, forderte der eine Kürbiskopf.

»Noch ein Block. Und noch einer.«

»Halt! Moment mal!«, protestierte Betty. »Wir lassen uns von euch nicht so herumkommandieren. Ich gehe jetzt nach Hause!«

Sie drehte sich um und wollte losmarschieren. Doch die beiden Kürbisköpfe versperrten ihr den Weg.

»Lasst mich gehen!«, rief Betty aus und wich blitzschnell nach rechts aus. Aber die beiden Kürbisköpfe huschten mit ihr mit. Ihr flammendes Grinsen schien breiter zu werden. Und heller.

Lautlos schwebend kreisten sie uns ein. Sie wirbelten um uns herum, schneller und immer schneller – bis es so aussah, als wären wir von Flammen umringt.

Uns umgab eine Wand aus lodernden Flammen.

»Ihr werdet gehorchen!«, riefen die Kürbisköpfe mit ihren knackenden Stimmen.

Jetzt bedrohten uns die Flammen von hinten und drängten uns vorwärts.

Was blieb uns übrig, als ihnen zu gehorchen? Wir waren Gefangene. Gefangene ihrer Flammen.

Ein alter Mann stand vor der Tür des nächsten Hauses. Er grinste uns an, als wir die Veranda betraten. »Ihr seid aber reichlich spät unterwegs, findet ihr nicht?«, sagte er.

»Schon«, antwortete ich.

Er steckte uns Erdnusspäckchen in unsere Säcke.

»Beeilt euch«, hetzte der eine Kürbiskopf uns, als wir über den nassen Rasen auf das Nachbarhaus zusteuerten. *»Beeilt euch!«*

Nicks Beutesack war inzwischen so schwer, dass er ihn hinter sich herziehen musste. Ich trug meinen ächzend mit beiden Händen. Betty jammerte dauernd vor sich hin und schüttelte den Kopf.

Wir brachten beide Straßenseiten hinter uns. Jetzt waren gar keine anderen Kinder mehr unterwegs. Auch keine Autos. In den Häusern gingen die Lichter aus.

»Beeilt euch!«, drängte der eine Kürbiskopf.

»Noch viele Häuser! Noch viele Häuserblocks.«

»Auf keinen Fall!«, schrie Nick.

»Auf keinen Fall!«, rief auch Betty, um sich stark zu geben, aber ich hörte ein Zittern in ihrer Stimme.

Die Kürbisfratzen tauchten wieder über uns auf. Die flammenden Augen starrten uns an.

»Beeilt euch! Ihr könnt jetzt nicht aufhören! Ihr könnt nicht aufhören!«

»Aber es ist schon so spät!«, protestierte ich.

»Und ich verliere dauernd meinen Schuh!«, beschwerte sich Alex.

»Wir haben keine Lust mehr!«, warf Betty mit schriller Stimme ein.

»Ihr könnt jetzt nicht aufhören! Beeilt euch!«

»Noch viele Häuser. Das ist die BESTE Gegend!«

»Nein!«, schrien Betty und Nick zusammen. »Nein! Nein! Nein!«

»Unsere Säcke sind voll!«, sagte ich.

»Meiner reißt gleich«, jammerte Alex.

»Nein! Nein!«, schrien Betty und Nick noch immer.

Die beiden Kürbisfratzen begannen, wieder um uns herumzuwirbeln, immer schneller und schneller, bis sie wieder eine Feuerwand bildeten. *»Ihr müssssst!«*, zischte der eine.

»Ihr müssssst weitermachen!«, sagte der andere.

Sie wirbelten näher heran. So nah, dass ich die glühende Hitze ihrer Flammen spüren konnte.

Und beim Herumwirbeln fingen sie an, zu zischen wie Schlangen vor dem Angriff.

Das Zischen wurde zunehmend lauter – es klang, als wären wir von Schlangen *umzingelt!*

Ich ließ meinen schweren Beutesack fallen. »Hört auf!«, schrie ich sie an. »Hört auf! Ihr seid nicht Paul und Paula!«

Flammen schlugen aus ihren Augen. Ihr Zischen verwandelte sich in lautes Geheul.

»Ihr seid nicht Paul und Paula!«, wiederholte ich. »Wer seid ihr?«

20

Sie wirbelten immer langsamer, bis sie schließlich stehen blieben. Helle Flammen züngelten aus ihren grinsenden Fratzen. Ihr schrilles Geheul hallte von den kahlen Bäumen wider und durchschnitt die Stille der Nacht.

»Wer seid ihr?«, fragte ich wieder, und meine Stimme zitterte. Mein ganzer Körper zitterte. Ich hatte plötzlich das Gefühl, als hätte mich die Kälte der Nacht durchdrungen.

»Wer seid ihr? Habt ihr unseren Freunden etwas angetan?«

Keine Antwort.

Ich drehte mich zu Alex um. Sein Gesicht war hell erleuchtet vom Schein der zuckenden Flammen. Ich sah trotz seiner schwarzen Schminke, dass er Angst hatte.

Ich schluckte und drehte mich zu Betty und Nick um. Sie grinsten höhnisch und schüttelten den Kopf.

»Ist das eure Art Halloweenscherz?«, fragte Betty und verdrehte die Augen. »Wow! Habt ihr wirklich geglaubt, Nick und ich fallen auf so was rein?«

»Ooh, ich hab ja solche Angst! Hilfe!«, spottete Nick und schlug mit den Knien aneinander. »Seht ihr, ich zittere wie Espenlaub!«

Er und Betty lachten schallend.

»Wirklich tolle Kostüme. Und diese Flammen! Aber wir wissen, dass es Paul und Paula sind«, sagte Nick. »Uns erschreckst du nicht so leicht, Eva.«

»Bestimmt nicht«, bestätigte Betty. »Sieh her!«

Sie und Nick packten jeder einen der Kürbisköpfe und zogen daran.

»Hau ruck!«

Sie zerrten die flammenden Kürbisköpfe von den Schultern.

Da schrien wir alle vier auf: Die beiden verkleideten Gestalten hatten darunter *keine Köpfe*!

21

Unsere schrillen Schreie durchdrangen die Nacht wie heulende Sirenen.

Der Kürbiskopf glitt Betty aus der Hand und fiel polternd zu Boden. Grelle orange Flammen schossen aus Augen und Mund.

Nick hielt den anderen Kürbiskopf noch in der Hand. Aber er ließ ihn fallen, als sich der gezackte Mund plötzlich bewegte.

Die flammenden Köpfe grinsten uns aus dem Gras an.

»Ohhh!« Entsetzt schwankte ich rückwärts. Ich wollte wegrennen, so schnell ich konnte, und nie mehr zurücksehen.

Aber ich konnte meinen Blick nicht von den beiden Köpfen losreißen, die uns aus dem nassen Gras entgegengrinsten.

Mein Herz pochte laut und meine Beine fingen an zu zittern. Auf einmal packte mich jemand am Arm.

»Alex!«

Er klammerte sich an mich. Seine Hand war eiskalt. Mit der anderen Hand deutete er auf die beiden kopflosen Gestalten.

Sie standen reglos in ihren dunklen, wallenden Gewändern da. Die Stelle zwischen den Schultern, wo die Köpfe gesessen hatten, war flach und glatt.

Es sah so aus, als ob die Kürbisköpfe nur lose darauf balanciert hätten, ohne Befestigung.

Ohne Befestigung.

Betty und Nick drängten sich aneinander. Betty hatte ihr Haarband verloren und ihr Haar fiel ihr in feuchten Strähnen ins Gesicht.

Nicks Beutesack war zur Seite umgekippt. Einige seiner Süßigkeiten lagen im Gras verstreut, wenige Zentimeter von einem der Kürbisköpfe entfernt.

Die Flammen in den Köpfen tanzten und flackerten. Und dann fingen die gezackten Münder an, sich zu bewegen.

Das Grinsen wurde breiter, die dreieckigen Augen schmaler.

»Hi, hi, hi, hiiiiii.«

Ein hässliches Lachen drang aus ihren Mündern. Es

war ein boshafter, trockener Ton. Er klang wie ein Räuspern oder Husten.

»Hi, hi, hiiiiiiii.«

»Neiiin!«, schrie ich. Ich hörte, wie Alex neben mir nach Luft schnappte.

Nick schluckte hörbar. Betty packte mit beiden Händen den Ärmel seines Bienenkostüms und zog ihn zurück, bis sie neben Alex und mir standen.

»Hi, hi, hiiiiiiii.«

Die lodernden Kürbisköpfe lachten und lachten.

Dann kam Bewegung in ihre Körper. Sie streckten schnell ihre langen Arme aus und hoben die Köpfe aus dem Gras auf.

Ich dachte, sie wollten sich die Köpfe wieder aufsetzen. Aber das taten sie nicht. Sie hielten sich die Köpfe vor den Bauch.

»Hi, hiiiiii.«

Wieder dieses trockene Lachen. Die Kürbismünder verzerrten sich in den dunklen, runden Gesichtern. Die Augen starrten uns ausdruckslos an und sahen im flackernden Schein der Flammen erst grellorange, dann dunkel aus.

Da merkte ich, dass ich Alex' Arm quetschte. Aber er schien es gar nicht zu spüren.

Ich ließ ihn los. Und holte tief Luft.

»Wer seid ihr?«, rief ich den beiden Gestalten zu. Meine Stimme klang hell und zaghaft. »Wer seid ihr? Und was wollt ihr von uns?«

»*Hi, hi, hiiii.*« Wieder ließen sie ihr hässliches Lachen hören.

22

»Wer seid ihr?«, stieß ich noch einmal hervor und übertönte ihr trockenes, knackendes Lachen. »Wo sind Paul und Paula? Wo sind unsere Freunde?«

Flammen züngelten zischend aus ihren Köpfen hervor. Ihr gezacktes oranges Grinsen wurde noch breiter.

»Eva, lass uns abhauen«, flüsterte Alex. »Wir müssen nur schnell machen, dann entwischen wir ihnen vielleicht, los …«

Wir fuhren herum und rannten los. Betty und Nick stolperten uns hinterher.

Meine Beine fühlten sich so wackelig und weich an, dass ich dachte, ich klappe zusammen. Und mein Herz klopfte so heftig, dass ich kaum Luft bekam.

»Lauf!«, schrie Alex atemlos und zerrte mich am Arm. »Eva, schneller!«

Aber wir kamen nicht weit.

Die Gestalten holten uns ein und wirbelten mit ihrem schrillen, Furcht erregenden Zischen um uns herum. Sie schlossen uns ein, hielten uns in ihrem Flammenkreis gefangen.

Wir konnten ihnen nicht entrinnen.

Über die lodernden Flammen hinweg blickte ich Hilfe suchend die Straße auf und ab.

Niemand war zu sehen. Nichts bewegte sich. Keine Autos. Keine Leute. Nicht einmal ein Hund oder eine Katze.

Mit ihren Köpfen vor dem Bauch traten die beiden Gestalten auf uns zu. Sie bauten sich drohend vor uns auf und hoben die orange glühenden Köpfe hoch über ihre nackten Schultern.

»*Mehr Häuser. Mehr Häuser*«, stießen die Kürbismünder hervor. Ihre gelblichen Augen starrten auf uns herab.

»*Mehr Häuser. Mehr Häuser.*«

»*Ihr könnt nicht aufhören. Ihr müsst weitermachen!*«

»*Hebt eure Säcke auf. Hebt sie auf – jetzt sofort!*«, knurrte der Kürbiskopf mit der weiblichen Stimme. Den Kürbiskopf zwischen den Händen, blickte sie auf uns herab, und ihr gezackter Mund formte sich zu einem boshaften Grinsen.

»Wir – wir *wollen* aber nicht mehr!«, jammerte Nick und klammerte sich an Betty.

»Wir wollen nach Hause!«, rief Betty.

»*Mehr Häuser. Mehr Häuser. Mehr Häuser*«, zischten die Kürbisköpfe im Chor.

Sie stießen uns gemeinsam vorwärts. Sie schubsten uns und trieben uns an.

Wir hatten keine Wahl. Müde hoben wir unsere

Beutesäcke vom Gras auf und setzten uns in Bewegung.

Sie gingen hinter uns her und flüsterten dabei immer wieder: *»Mehr Häuser. Mehr Häuser.«*

Sie scheuchten uns auf das erste Haus in der Straße zu und schubsten uns die Veranda hoch. Dann lauerten sie in der Nähe.

»Wie … wie lange müssen wir denn noch auf Beutezug gehen?«, fragte Betty.

Die beiden Kürbisköpfe grinsten. *»Für immer!«*, verkündeten sie.

23

Eine Frau öffnete die Tür und ließ Nussküsschen in unsere Säcke fallen. »Ihr seid aber reichlich spät unterwegs«, meinte sie. »Wohnt ihr hier in der Nähe?«

»Nein«, antwortete ich. »Wir wissen eigentlich gar nicht, wo wir sind. Wir sind fremd hier, aber zwei kopflose Kürbisgestalten zwingen uns dazu, hier auf Beutezug zu gehen. Sie haben gesagt, wir müssten für immer weitermachen. Helfen Sie uns – bitte! Sie müssen uns helfen!«

»Haha! Das ist gut!«, lachte die Frau. »Das ist wirklich lustig. Du hast eine rege Fantasie!« Damit schloss sie die Tür, bevor ich noch etwas sagen konnte.

Beim nächsten Haus machten wir uns gar nicht mehr die Mühe, um Hilfe zu bitten. Uns würde ja doch keiner glauben.

»Habt ihr aber volle Säcke!«, wunderte sich die Frau im Nachbarhaus. »Ihr müsst ja schon seit Stunden unterwegs sein!«

»Wir ... wir sind eben ganz gierig auf Süßigkeiten«, sagte Alex erschöpft.

Ich sah mich nach den Kürbisköpfen um. Sie deuteten mit einer ungeduldigen Handbewegung an, dass wir zum nächsten Haus weitergehen sollten.

Wir verabschiedeten uns von der Frau und zuckelten durch den Vorgarten. Unsere Säcke waren jetzt so schwer, dass wir sie hinter uns herziehen mussten.

Während wir aufs nächste Haus zusteuerten, lief Betty von hinten auf mich zu. »Was sollen wir denn jetzt tun?«, flüsterte sie mir ins Ohr. »Wie sollen wir bloß diese ... diese Monster loswerden?«

Ich zuckte mit den Schultern.

»Ich hab solche Angst«, gab Betty zu. »Du glaubst doch nicht wirklich, dass diese Kürbisköpfe uns *für immer* auf Beutezug schicken, oder? Was wollen die bloß? Warum machen die das mit uns?«

»Keine Ahnung«, sagte ich und schluckte schwer. Ich sah, dass Betty den Tränen nahe war.

Nick trottete mit gesenktem Kopf weiter. Müde zerrte er den prall gefüllten Sack hinter sich her und murmelte kopfschüttelnd etwas vor sich hin.

Wir stiegen die Veranda zum nächsten Haus hinauf und läuteten. Ein Mann mittleren Alters in einem hellgelben Schlafanzug öffnete die Tür. »Streich oder Spende!«, riefen wir matt.

Er ließ uns kleine Toffeerollen in die Säcke fallen. »Ganz schön spät«, bemerkte er. »Wissen eure Eltern, dass ihr noch unterwegs seid?«

Ohne zu antworten, schlurften wir zum nächsten Haus. Und zum übernächsten.

Die ganze Zeit suchte ich nach einer Möglichkeit zu entkommen. Aber die beiden Gestalten ließen uns nie aus den Augen. Sie blieben immer dicht bei uns und hielten sich im Dunkeln. Ihre Augen glühten orangerot vom lodernden Feuer in ihren Köpfen.

»Mehr Häuser«, riefen sie im Chor und zwangen uns, die Straße zu überqueren und die ganze lange Häuserreihe auf der anderen Seite abzuklappern.

»Mehr Häuser.«

»Ich hab solche Angst«, sagte Betty wieder mit zitternder Stimme zu mir. »Und Nick auch. Wir haben beide solche Angst, dass uns schon richtig schlecht ist.«

Ich wollte ihr schon sagen, dass es mir genauso ging, aber da sahen wir plötzlich jemanden die Straße entlanggehen.

Einen Mann in einer blauen Uniform!

Zuerst hielt ich ihn für einen Polizisten. Doch als er unter das Licht einer Laterne trat, merkte ich, dass er einen blauen Arbeitsanzug anhatte. Auf dem Kopf trug er eine blaue Baseballkappe. Er hielt eine große schwarze Vesperdose in der Hand.

Bestimmt kommt er gerade von der Arbeit, dachte ich. Er pfiff leise vor sich hin und ging mit gesenktem Kopf. Ich glaube nicht, dass er uns sah. Aber das sollte sich ändern.

»Hiiilfe!«, schrie Betty plötzlich los. »Bitte helfen Sie uns!«

Der Mann blickte verdutzt auf und betrachtete uns blinzelnd.

Betty lief über das Gras auf ihn zu. Wir folgten ihr und zerrten unsere schweren Säcke hinter uns her.

»Helfen Sie uns, bitte!«, flehte Betty den Mann mit schriller Stimme an. »Sie müssen uns retten!«

Wir rannten zu viert atemlos auf ihn zu und umzingelten den verwirrten Mann. Er sah uns mit zusammengekniffenen Augen an und kratzte sich am Kopf.

»Was ist denn los, Kinder? Habt ihr euch verlaufen?«, fragte er.

»Monster!«, platzte Nick heraus. »Kopflose Kürbismonster sind hinter uns her! Sie haben uns gefangen und zwingen uns, auf Beutezug zu gehen!«

Der Mann fing an zu lachen.

»Das stimmt!«, versicherte Betty ihm. »Sie müssen uns glauben! Sie müssen uns helfen!«

Der Mann kratzte sich wieder am Kopf und musterte uns.

»Schnell, bitte!«, jammerte Nick.
Ich starrte den verdutzten Mann an.
Würde er uns helfen?

24

»*Sie müssen* uns helfen!«, flehte Nick den Mann wieder an.

»Okay. Dann spiele ich eben mit«, sagte der Mann und rollte mit den Augen. »Wo sind denn eure Monster?«

»Dort!«, rief ich.

Wir gingen in den Vorgarten zurück.

Niemand da. Die Kürbisköpfe hatten sich verzogen.

Sie waren weg.

Betty gab einen erschrockenen Laut von sich. Nick blieb der Mund offen stehen.

»Wo sind sie denn hin?«, murmelte Alex.

»Genau hier haben sie gestanden«, beharrte Betty. »Alle beide. Und sie hielten ihre Köpfe in den Händen. Wirklich!«

Der Mann stieß einen langen Seufzer aus. »Happy Halloween, Kinder«, sagte er matt. »Aber jetzt lasst mich in Ruhe damit, okay? Ich komme gerade von der Arbeit und bin todmüde.«

Er nahm seine schwarze Vesperdose in die andere

Hand und ging. Wir sahen ihm nach, als er die Einfahrt hinauflief und hinter dem Haus verschwand.

»Nichts wie weg hier!«, rief Nick.

Doch bevor wir losrennen konnten, sprangen die beiden Kürbisköpfe hinter einer niedrigen Hecke hervor. Die orangeroten Flammen in ihren Köpfen loderten zischend. Ihre gezackten Münder verzerrten sich zu einer wütenden Grimasse.

»Mehr Häuser«, knurrten beide mit kratziger Stimme. *»Mehr Häuser. Ihr könnt nicht aufhören.«*

»Aber wir sind so müde!«, protestierte Betty mit brüchiger Stimme. Wieder sah ich Tränen in ihren Augen.

»Lasst uns gehen – bitte!«, flehte Nick sie an.

»Mehr Häuser. Weiter!«

»Ihr dürft niemals aufhören! NIEMALS!«

»Ich kann nicht mehr!«, rief Nick. »Mein Sack ist voll. Seht doch!« Er zeigte den Kürbisköpfen seinen prall gefüllten Beutesack. Oben fielen schon die Süßigkeiten heraus.

»Meiner ist auch voll!«, sagte Alex. »Bis oben hin! Nicht ein einziges Popcorn passt da noch rein!«

»Wir müssen nach Hause!«, jammerte Betty. »Unsere Säcke platzen schon!«

»Das ist kein Problem«, sagte der eine Kürbiskopf.

»Kein Problem?«, wiederholte Betty ungläubig. »Wieso kein Problem?«

»Fangt an zu essen«, befahl der Kürbiskopf.

»Was?«, riefen wir alle fassungslos.

»Fangt an zu essen«, drängte er. *»Nun esst schon.«*

»He, kommt nicht infrage!«, empörte sich Nick. »Wir stehen hier bestimmt nicht rum und ...«

Er hielt abrupt inne, denn jetzt schienen sich die beiden Gestalten zu erheben. Grelle gelbe Flammen schossen aus ihren Augen. Aus ihren gezackten, grimmig verzerrten Mündern drang ein heißer Windstoß, der mir im Gesicht brannte.

Wir alle wussten, was passieren würde, wenn wir ihnen nicht gehorchten. Wir würden ihren Flammen zum Opfer fallen.

Nick nahm einen Schokoriegel oben aus seinem Sack. Mit zitternder Hand schob er sich den Riegel in den Mund.

Wir machten uns alle daran, zu essen. Wir hatten keine andere Wahl.

Ich biss von einem Karamellriegel ab und fing an zu kauen. Ich schmeckte gar nichts. Ein dicker Klumpen blieb mir an den Zähnen kleben. Aber ich schob mir trotzdem das nächste Stück in den Mund und kaute weiter.

»Schneller! Schneller!«, trieben die Kürbisköpfe uns an.

»Bitte!«, bettelte Betty, den Mund voller Lakritz. »Wir können nicht ...«

»Schneller! Esst! Esst!«

Ich stopfte mir eine ganze Tüte Popcorn in den Mund und kaute mühsam darauf herum. Ich sah, wie Alex in seinem Sack herumkramte und nach etwas suchte, was sich ohne viel Kauen essen ließ.

»Los! Esst!«, befahlen die flammenden Köpfe über uns. *»Esst! Esst!«*

Nick würgte seinen vierten Schokoriegel runter. Dann nahm er sich eine Tafel Schokolade und fing an, sie auszupacken.

»Mir … mir wird schlecht!«, rief Betty aus.

»Los! Nicht nachlassen!«, kam der knackende Befehl.

»Nein. Wirklich, mir ist schlecht!«, schrie sie.

»Esst weiter! Los, schneller!«

Nick verschluckte sich und ein Klumpen Karamell flog ihm aus dem Mund. Betty klopfte ihm auf den Rücken, bis er aufhörte zu husten.

»Mehr! Schneller!«, kommandierten die Kürbisköpfe.

»Ich … ich kann nicht mehr!«, krächzte Nick und ließ die Arme hängen.

Drohend beugten sich die Gestalten über ihn. Zornige Flammen schossen aus ihren Augen.

Nick nahm sich hastig einen Krokantriegel, riss das Papier ab und biss hinein.

So standen wir alle vier zusammengedrängt am Bordstein und verschlangen unsere Süßigkeiten. Wir kauten mit Hochgeschwindigkeit. Kaum hatten wir etwas hinuntergewürgt, schoben wir uns mehr rein.

Wir zitterten und hatten Angst. Uns war kotzübel.

Dabei hatten wir keine Ahnung, dass uns das Allerschlimmste erst noch bevorstand.

25

»Ich … krieg … nichts mehr … runter«, stieß Betty hervor.

Eine ganze Weile hatten wir jetzt Süßigkeiten in uns hineingestopft. Betty lief schon Schokolade das Kinn runter und ihr Haar war auch ganz klebrig.

Nick kniete vornübergebeugt im Gras und hielt sich stöhnend den Bauch. »Ich fühl mich gar nicht gut«, murmelte er und stieß einen langen Rülpser aus.

»Ich kann keine Schokolade mehr sehen, nie wieder«, flüsterte Alex mir zu.

Ich wollte etwas sagen, aber mein Mund war voll.

»Mehr Häuser!«, befahl der eine Kürbiskopf. *»Mehr Häuser. Weiter, weiter!«*

»Nein – bitte nicht!«, flehte Betty verzweifelt.

Noch immer vornübergebeugt, stieß Nick wieder einen langen Rülpser aus.

»Es ist fast Mitternacht!«, protestierte Betty. »Wir müssen nach Hause!«

»Es kommen noch viele Häuser«, sagte der eine Kürbiskopf und kniff seine flammenden Augen zusammen. *»Häuser ohne Ende. Beutezug ohne Ende!«*

»Aber uns ist schlecht!«, ächzte Nick und hielt sich den Bauch. »Wir schaffen heute keine Häuser mehr!«

»Alle Leute schlafen schon«, versuchte Alex die Kürbisköpfe zu überzeugen. »Niemand macht uns so spät noch auf!«

»In dieser Gegend schon«, entgegnete der eine Kürbiskopf.

»Kein Problem in dieser Gegend!«, stimmte der andere zu. *»Hier kann man FÜR IMMER auf Beutezug gehen!«*

»Aber … aber … aber …«, stotterte ich.

Ich wusste, es hatte keinen Zweck. Die flammenden Gestalten würden uns zwingen weiterzumachen. Sie würden nicht auf unser Jammern und Flehen hören.

Und sie würden uns nicht nach Hause gehen lassen.

»Mehr Häuser! Mehr! Für immer auf Beutezug gehen!«

Betty half Nick auf die Beine. Sie hob seinen Sack auf und drückte ihn ihm in die Hand. Dann strich sie sich die Haarsträhnen aus dem Gesicht und nahm ihren eigenen Sack.

Wir vier marschierten über die Straße und schleiften die Säcke lustlos hinter uns her. Die Nachtluft war jetzt kalt und schwer. Ein stürmischer Wind rüttelte an den Bäumen und blies uns das braune Laub vor die Füße.

»Unsere Eltern machen sich bestimmt schon Sorgen«, murmelte Nick. »Es ist schon so spät.«

»*Sie sollten* sich auch Sorgen machen!«, erwiderte

Betty mit zitternder Stimme. »Womöglich sehen wir sie nie wieder.«

Auf der Veranda des ersten Hauses, an das wir kamen, brannte noch Licht. Die Kürbisköpfe scheuchten uns hinauf.

»Aber es ist viel zu spät«, protestierte Nick.

Wir hatten keine andere Wahl. Ich läutete.

Wir warteten bebend. Uns war kotzübel von dem vielen süßen Zeug, das wir in uns hineingestopft hatten.

Langsam ging die Tür auf.

Wir erstarrten vor Schreck.

26

»Ohhh!«, stieß Alex hervor.

Nick sprang von der Veranda.

Ich starrte die Gestalt unter dem gelben Licht an. Es war eine Frau. Eine Frau mit einer feixenden Kürbisfratze als Kopf.

»Streich oder Spende?«, fragte sie und grinste uns mit ihrem gezackten Mund an. Orange Flammen tanzten und flackerten in ihrem Kopf.

»O nein!«, rief Alex aus, hüpfte von der Veranda und stolperte dabei über Nick.

Ich konnte meinen Blick nicht von dem grinsenden

Kürbiskopf abwenden. *Das ist ein Albtraum!,* sagte ich mir. *Ein wahrhaftiger Albtraum!*

»Sind Sie …?«, fing ich an.

Doch sie schloss die Tür, bevor ich den Satz zu Ende sprechen konnte.

»Mehr Häuser!«, befahlen die Kürbisköpfe. *»Weiter, weiter!«*

Wir schleppten uns zum nächsten kleinen Haus. Die Tür sprang auf, noch während wir die Verandatreppe betraten.

Und da stand schon wieder so eine Kürbiskopfgestalt!

Diese hier trug Jeans und ein braunes Sweatshirt. Die Flammen zischten und knackten hinter ihren Augen und ihrem Mund. Zwei breite, krumme Zähne waren in den Mund geschnitzt, einer oben, einer unten. Es sah richtig albern aus.

Aber meinen Freunden und mir war nicht zum Lachen zumute.

Im Haus daneben wurden wir von zwei Kürbisköpfen begrüßt. Wir überquerten die Straße. Auch dort erwartete uns beim ersten Haus schon wieder so ein Feuerkopf.

Wo sind wir bloß?, fragte ich mich.

Was ist das nur für eine merkwürdige Gegend?

Die beiden Kürbisköpfe scheuchten uns zum nächsten Häuserblock. In allen Häusern wohnten Kürbisköpfe.

Am Ende des Blocks setzte Betty ihren Beutesack ab

und wandte sich zu den beiden Kürbisköpfen um. »Bitte – lasst uns aufhören!«, flehte sie sie an. »Bitte!«

»Wir können nicht mehr!«, rief Nick erschöpft. »Ich … ich bin so müde. Und mir ist kotzübel.«

»Bitte!«, setzte Alex eindringlich hinzu. »Bitte!«

»Ich schaffe kein einziges Haus mehr. Wirklich nicht«, sagte Betty kopfschüttelnd. »Ich hab solche Angst. Diese Gestalten … in jedem Haus …« Sie schluchzte auf und ihre Stimme versagte.

Nick verschränkte die Arme vor seinem gestreiften Bienenkostüm. »Ich gehe keinen Schritt weiter«, verkündete er. »Mir ist egal, was ihr dann macht. Ich rühre mich nicht von der Stelle.«

»Ich auch nicht«, sagte Betty und stellte sich neben ihn.

Die beiden Kürbisköpfe antworteten nicht. Stattdessen erhoben sie sich hoch hinauf in die Luft.

Ich trat einen Schritt zurück, als sie ihre dreieckigen Augen weit aufrissen und ihre Münder aufsperrten. Grelle orange Flammen schlugen aus ihren Augen.

Dann dehnten sich ihre Münder noch weiter. Und schließlich stießen beide ein Heulen aus. Der schrille Ton durchdrang die schwere Nachtluft und schwoll an und ab, an und ab, wie Feuerwehrsirenen.

Die Kürbisköpfe neigten sich nach hinten, bis ihre Flammen senkrecht in den Himmel schossen. Gleichzeitig wurde ihr Sirenengeheul lauter. Und lauter. Bis ich mir die Ohren zuhalten musste.

Da blitzte ein Licht auf. Ich drehte mich um und sah, wie ein weiterer Kürbiskopf von der anderen Straßenseite auf uns zukam.

»Oh!«, krächzte ich, als zwei weitere Kürbisköpfe aus ihren Häusern eilten.

Und noch zwei. Und noch einer. Und noch einer.

Überall auf der Straße flogen die Türen auf.

Kürbisköpfe strömten heraus. Sie eilten auf uns zu. Zischend und heulend.

Flackernde, tanzende Flammen schossen aus ihren Augen und Mündern und erhellten den schwarzen Himmel. Sie schwebten und glitten mit wippenden Köpfen die Straße entlang, durch die dunklen Vorgärten, und heulten wie Sirenen und zischten wie Schlangen.

Sie kamen näher. Immer näher.

Dutzende und aberdutzende.

Alex, Betty, Nick und ich drängten uns mitten auf der Straße aneinander, während die Kürbisköpfe immer näher rückten.

Sie umringten uns. Ein Kreis grinsender, flammender Kürbisfratzen über dunklen Gewändern.

Die Gestalten tanzten langsam um uns herum. Dabei wippten ihre Köpfe auf ihren Schultern im Takt mit.

Langsam, ganz langsam, tanzten sie um uns herum. Und dann riefen sie im Chor mit ihren heiseren, knackenden Stimmen:

»Streich oder Spende! Streich oder Spende! Streich oder Spende!«

»Was wollen die?«, rief Betty. »Was haben die vor?«

Ich konnte ihr nicht mehr antworten, denn in diesem Moment sprangen vier Gestalten in die Mitte des Kreises.

Und als ich sah, was sie in ihren Händen trugen, stieß ich einen Schrei aus.

27

»Streich oder Spende! Streich oder Spende! Streich oder Spende!«

Mein Schrei übertönte den Sprechgesang der Kürbisköpfe.

Dann, als die vier Gestalten in den Kreis getreten waren, wurde es still. Das gezackte Grinsen der vier Kürbisköpfe wurde breiter, als sie sich uns näherten.

Sie hatten die Hände vor dem Bauch. Und in den Händen hielt jeder von ihnen einen Kürbiskopf!

Vier zusätzliche Kürbisköpfe!

»O nein!«, schrie Nick auf, als er das sah.

Betty packte Nick entsetzt am Arm. »Was haben die bloß mit diesen Köpfen vor?«

Hellgelbe Flammen flackerten aus den Augen und grinsenden Mündern der vier Extraköpfe.

»Die sind für euch!«, verkündete einer der Kürbisköpfe mit einer Stimme wie aneinander geriebener Kies.

»Ohhh!«, stieß ich hervor.

Ich starrte die leeren Köpfe an, ihre flammenden Augen, ihr hässliches Grinsen.

»Die sind für euch«, wiederholte der Kürbiskopf und kam näher. *»Das sind eure neuen Köpfe!«*

»Nein! Das könnt ihr nicht machen! Das dürft ihr nicht!«, kreischte Betty. »Ihr ...«

Ihr Geschrei wurde unterbrochen, als eine der Gestalten einen Kürbis über ihren Kopf hob. Der Kürbis hatte unten eine Öffnung. Die Gestalt rammte Betty den Kürbis auf den Kopf.

Nick versuchte wegzulaufen.

Aber einer der Kürbisköpfe schnitt ihm schnell den Weg ab – und rammte ihm auch einen Kürbis auf den Kopf. Ich stolperte entsetzt rückwärts.

Die Hände verzweifelt gegen ihre Kürbisköpfe gepresst, liefen Betty und Nick die Straße hinunter. Sie rannten blind drauflos und schrien. Ihre Schreie durchdrangen die Dunkelheit.

Dann wandten sich die Gestalten zu Alex und mir um. Und hoben die leeren Kürbisse hoch.

»Bitte!«, flehte ich sie an. »Bitte nicht!«

28

»Bitte!«, rief ich. »Bitte keinen Kürbis!«

»Bitte«, jammerte auch Alex.

Und dann prusteten wir beide los.

Die beiden Gestalten legten die hohlen Kürbisköpfe auf den Boden. Dann verwandelten sich plötzlich ihre eigenen Kürbisköpfe auf ihren Schultern. Die Flammen erloschen. Die Köpfe begannen zu schrumpfen und sanken in sich zusammen.

Wenige Sekunden später hatten Paul und Paula ihre ursprünglichen Köpfe zurück.

Jetzt brachen wir alle vier in Gelächter aus. Wir umarmten uns, wirbelten im Kreis herum und tanzten wie die Wilden die Straße rauf und runter. Wir warfen den Kopf in den Nacken und lachten zum Mond und zu den Sternen hinauf. Wir lachten, bis uns die Seiten wehtaten.

»Es hat geklappt, Leute!«, rief ich aus, als wir uns endlich beruhigt hatten. »Es hat geklappt! Diesmal haben wir Betty und Nick richtig Angst gemacht!«

»Das reicht für den Rest ihres Lebens!«, rief Alex. Er schlug Paul vor Begeisterung auf den Rücken. Dann machte er wieder ein paar Freudensprünge und wedelte schadenfroh mit den Händen.

»Geschafft! Geschafft!«, rief ich ausgelassen. »Wir haben ihnen Angst eingejagt! Endlich haben wir's geschafft!«

»Das hat richtig Spaß gemacht!«, bemerkte Alex. »Und es war so einfach!«

Ich ging auf Paul und Paula zu und umarmte sie. »Wie gut, dass wir zwei Außerirdische als Freunde haben!«, rief ich aus.

29

»Halt! Sei nicht so laut!«, raunte Paul mir zu und blickte sich nervös um.

»Es braucht niemand sonst zu wissen, dass wir nicht von der Erde sind«, meinte Paula.

»Ich weiß, ich weiß!«, sagte ich. »Deswegen haben wir eure unheimlichen Kräfte bisher ja auch nie dazu benutzt, um Betty und Nick zu erschrecken.«

»Dieses Jahr *musste* es einfach sein!«, warf Alex ein.

»Aber wir müssen sehr vorsichtig sein«, sagte Paula.

Paul erhob sich und wandte sich an alle Kürbiskopfgestalten, die noch um uns herumstanden. »Danke für eure Hilfe, Brüder und Schwestern!«, rief Paul ihnen zu. »Jetzt aber schnell nach Hause, ehe jemand merkt, dass wir die ganze Gegend bevölkert haben!«

Winkend und lachend und fröhlich plappernd, eilten die anderen Kürbisköpfe zurück in ihre Häuser. Kurz darauf war die Straße wieder leer – bis auf uns vier.

Fröhlich machten wir uns auf den Heimweg. Alex und ich zogen unsere schweren Beutesäcke hinter uns her.

Alex drehte sich zu Paul und Paula um und strahlte übers ganze Gesicht. »Was meint ihr, wann werden Betty und Nick wohl merken, dass sie sich die Kürbisse bloß vom Kopf ziehen müssen?«, fragte er.

»Vielleicht nie!«, antwortete Paula.

Da mussten wir wieder lachen.

Wir hörten erst auf, als wir vor meinem Haus ankamen.

»Danke noch mal«, sagte ich zu Paul und Paula. »Ihr wart wirklich toll.«

»Toller als toll!«, erklärte Alex. »Ihr wart einfach supertoll! Ab und zu habt ihr sogar *mir* Angst gemacht! Obwohl ich wusste, dass ihr das wart!«

»Und wisst ihr, was noch gut daran ist, außerirdische Freunde zu haben?«, fragte ich. »Ihr beide esst keine Süßigkeiten.«

»Das stimmt«, sagten Paul und Paula.

»Das heißt, Alex und ich dürfen alles behalten!«, rief ich lachend aus.

Da kam mir plötzlich ein ernster Gedanke und ich hörte auf zu lachen. »Wisst ihr, ich habe euch noch nie essen sehen«, sagte ich zu den beiden Außerirdischen. »Was *esst* ihr denn eigentlich?«

Paula streckte die Hand aus und kniff mich in den Arm. »Du bist immer noch ziemlich dürr, Eva«, antwortete sie. »Du wirst schon noch merken, was Paul und ich essen, wenn du ein bisschen zugelegt hast.«

»Genau«, stimmte Paul zu. »Leute von unserem Planeten essen am liebsten dicke, fette Erwachsene. Also braucht ihr euch im Augenblick noch keine Sorgen zu machen.«

Mir blieb der Mund offen stehen. »He – ihr macht doch wohl Spaß, oder?«, fragte ich. »Paul? Paula? Das ist doch nicht euer Ernst, oder? Das ist ein Witz. Ja, oder? Ja, *oder*?«